Albert Camus | José Muñoz
LE PREMIER HOMME

第一个人

插图珍藏本

［法］阿尔贝·加缪 著
［阿根廷］何塞·穆尼奥斯 绘
陆洵 施晓晨 译

生活·讀書·新知 三联书店

Originally published in France as:
LE PREMIER HOMME
Ⓒ Futuropolis, 2013.
Current Chinese translation rights arranged through Divas International, Paris
巴黎迪法国际版权代理_（www.divas-books.com）
Simplified Chinese Copyright Ⓒ 2022 by SDX Joint Publishing Company.
All Rights Reserved.
本作品简体中文版权由生活·读书·新知三联书店所有。
未经许可，不得翻印。

图书在版编目（CIP）数据

第一个人：插图珍藏本/（法）阿尔贝·加缪著；（阿根廷）何塞·穆尼奥斯绘；陆洵，施晓晨译. —北京：生活·读书·新知三联书店，2022.3
ISBN 978 – 7 – 108 – 07290 – 0

Ⅰ.①第⋯ Ⅱ.①阿⋯②何⋯③陆⋯④施⋯ Ⅲ.①自传体小说–法国–现代 Ⅳ.① I565.45

中国版本图书馆 CIP 数据核字（2021）第 206864 号

责任编辑	张	惟
装帧设计	康	健
责任校对	常高峰	
责任印制	宋	家
出版发行	生活·讀書·新知 三联书店	
	（北京市东城区美术馆东街22号 100010）	
网　　址	www.sdxjpc.com	
图　　字	01-2018-6778	
经　　销	新华书店	
制　　作	北京金舵手世纪图文设计有限公司	
印　　刷	河北鹏润印刷有限公司	
版　　次	2022年3月北京第1版	
	2022年3月北京第1次印刷	
开　　本	787毫米×1092毫米 1/16 印张 18.5	
字　　数	150千字 图98幅	
印　　数	0,001 – 3,000 册	
定　　价	168.00元	

（印装查询：01064002715；邮购查询：01084010542）

目 录

原著编者按　　　　　　　　　　　1

第一部分　　寻父　　　　　　　　1
第二部分　　儿子或第一个人　　195

附录　　　　　　　　　　　　　269

原著编者按

我们今天出版《第一个人》。这是阿尔贝·加缪去世前正在写的一本书。1960年1月4日,有人在他的挎包里发现了这本书的手稿,总共144页。手稿是由他奋笔疾书而成,有时少了句号,有时缺了逗号,字迹潦草,很难辨认,之后也未再修改。

根据作者手稿和弗朗西娜·加缪的第一份打字稿,我们整理出这部作品。为了便于理解,我们重新加了标点。

阅读时有疑问的词语加了方括号,无法辨认的词语或句中成分用方括号内的空格标出。

页面下方的星号代表同一句话的不同说法,字母代表页面空白处的补充,数字代表编者的注释。

附录部分是插页(我们将其编号为 I 至 V),有几页是插在手稿中的(插页 I 在第四章前,插页 II 在第六章 [附] 前),其他插页附在手稿后。

题为《第一个人》(笔记与提纲)的记事本,是一个方格纸的小活页本,有助于读者了解作者想要如何展开这部作品,因此也附在书后。

读完《第一个人》,大家就会明白我们把两封信也放在附录里的用意:一封是阿尔贝·加缪在获得诺贝尔奖的次日寄给他的小学教师路易·热尔曼的,另一封是路易·热尔曼的回信。

在此,我们要感谢奥黛特·狄亚涅·克雷亚克、罗杰·格勒尼埃和罗贝尔·伽利玛,感谢他们的深情厚意,感谢他们一直以来给予我们的帮助。

卡特琳娜·加缪
(1994年)

第一部分
寻 父

说情者：未亡人加缪

献给永远无法读到此书的你 [a]

a.（补充地质状况、大地和海洋）

一辆马车行驶在一条碎石路上。马车的上方，浓厚的云层在暮色中向东飘移。

　　三天前，这厚厚的云层在大西洋上空膨胀，等待西风袭来。西风一到，云便开始滚动，起初很慢，随后越来越快，越过秋天波光粼粼的海面，径直飞往陆地。它们在摩洛哥的山峰上散开[a]，在阿尔及利亚高原上方又重新聚集成云团。现在，在接近突尼斯边境时，它们渴望拥抱第勒尼安海，想与它融为一体。

a. 索尔费里诺。

　　这好似一座巨大的岛屿，北边是波涛汹涌的海水，南边是绵延起伏的沙丘，云层在这座海岛上空疾驰数千公里后，飞临这个无名的国度，速度不比数千年来帝国和种族的变更快多少。此时，云层已经疲惫不堪，有些化成大颗的雨滴，零零星星地落下，滴滴答答的声音回响在坐有四名乘客的马车顶棚上方。

马车吱吱嘎嘎地行驶在道路上，路面清晰可辨，但不够硬实。火花不时从马车的铁轮箍上或是马掌下迸发出来，一块燧石撞在马车车板上，或是陷入车辙的柔软泥地里，发出低沉的声音。然而这两匹小马稳步前进，走了很远，几乎没有失态。马的胸部朝前倾，拉着这辆满载家具的沉重马车。它们不停地向前飞奔，步态各异，将脚下的道路甩在身后。

其中一匹马有时会大声打响鼻，每每这时，它的步伐会变得无序。驾马车的阿拉伯人便拽响马背上已经磨损的缰绳[*]，于是这马又立即恢复了原来的步调。

* 旧得裂了缝。

坐在前排长凳、挨着车夫的男人是一个三十多岁的法国人，神情坚定，他望着下面两匹马摇来晃去的臀部。男人身材结实，粗壮有力，长着一张长脸，天庭饱满，下巴坚毅，眼眸清澈。尽管已经过了季节，他仍穿着一件人字斜纹布上衣，三粒扣子一直扣到脖子处，这种扣法颇为时髦。他一头短发，还戴着一顶轻便的鸭舌帽 [a][b]。

a. 或者一顶瓜皮帽？
b. 穿着一双厚皮鞋。

雨滴开始滴落在他们头顶上方的车篷上。这时，男人转身朝马车里面喊道："还好吗？"马车里，一个女人坐在第二张长凳上，这张长凳卡在第一张长凳、堆积的旧行李箱以及家具之间。她衣着寒酸，但裹着一条厚实的羊毛大披肩。女人朝男人笑了笑，说道："我很好，很好。"同时还微微做了一个手势表示歉意。

一个四岁的小男孩正靠在她怀里熟睡。她面色温和，五官端正，头发如西班牙女人般又卷又黑，鼻子小巧挺直，一双栗色的眼睛美丽而温暖。但这脸庞上却有某种东西触动人心。这不是暂时刻写在面容上的某种疲态或是类似的神情，不是的，而是某种心不在焉，有那么几分魂不守舍，如同某些纯真的人惯有的神态。此时此刻，这样的神态从她美丽的脸庞上流露出来，尽管稍纵即逝。她那摄人心魄的目光里饱含善意，偶尔又闪过一丝莫名的恐惧感。她的手因干活而变得粗糙，骨节粗大。她轻轻拍了拍她丈夫的后背说："我没事，我没事。"随即，她收起了笑容，目光移向外面的道路，路面上的积水开始泛起粼粼波光。

男人转身朝向阿拉伯人。阿拉伯人一脸平静，他戴着用黄色细短绳扎的头巾，穿着肥大的短裤，腿肚扎紧，身躯显得很壮实。"路还远吗？"阿拉伯人的大白胡子下露出微笑，答道："还有八公里就到了。"

男人再次转身，神情关切地望着他的妻子，脸上没有一丝笑容。她的目光始终停留在路面上。"把缰绳给我。"男人对阿拉伯人说。阿拉伯人回答道："好的。"阿拉伯人把缰绳递给他，于是他从阿拉伯人身上跨过去，同时阿拉伯人从他身下滑到他刚刚离开的位置上。男人用缰绳抽了两下马，马儿被打得服服帖帖，又迈起了矫健的步伐，缰绳一下子被拉紧了。"你对马挺了解的。"阿拉伯人对男人说。男人没有微笑，只是简短地道了声："是。"

天色已经变暗。骤然间，夜幕降临。阿拉伯人从他左侧的横锁头上取下方形灯笼，转身朝向车里，划了好几根粗糙的火柴，点燃了灯笼里的蜡烛。然后他又把灯笼放回原处。现在小雨沙沙地下着。雨滴在灯笼的微光中闪闪发亮。周围一片漆黑，只听得见淅淅沥沥的雨声。

马车不时驶过一些带刺的灌木丛，微光中偶尔闪现几棵低矮的树。但是其他时候，它行驶在荒野之中，黑暗让荒野显得更为广阔。只有烧焦的青草味，或是猛然飘来的浓烈肥料味，才让人想到马车路过的是一片开垦过的土地。女人在车夫身后说话，车夫此时稍微拉了拉缰绳，身体后仰。"这里一个人都没有。"女人又重复道。"你害怕吗？""什么？"男人又重复了一遍他的话，但这次是喊出来的。"不，不，跟你在一起，我一点都不怕。"她回答的时候，脸上却显出一丝忧虑。"你不舒服吗？"男人问道。"有点。"

他催促着马儿前进，浓浓夜色中再次充斥着车轮轧路和八只铁蹄踏路的巨大声响。

这是1913年秋天的一个夜晚。这两位乘客两个小时前从博恩火车站出发。此前，他们从阿尔及尔乘坐火车三等车厢的硬座，经过一天一夜的旅程才到达博恩火车站。他们在车站找到了这辆车和这位阿拉伯人。阿拉伯人正在等他们，准备把他们送去二十多公里外、一个小村庄旁的一块垦地。男人即将接管这块地产的经营。他们花了些时间将旅行箱和其他物品装上车，崎岖不平的路面又让他们在路上耽搁了一些工夫。

阿拉伯人似乎察觉到同伴的焦虑，于是对他说："不要害怕。这儿可没有强盗。"男人说："到处都有强盗。但是我有备而来。"说着他便拍了拍自己鼓胀的口袋。阿拉伯人说："你说的有道理。总是有些疯子。"这时，男人的妻子叫他："亨利，我很不舒服。"男人说了句脏话，又催了催马[a]。"快到了。"男人说道。

a. 小男孩。

过了一会儿，他又望着妻子。"还很不舒服吗？"她漫不经心地朝他笑了笑，却笑得有些奇怪，并没有表现出痛苦的样子。"是的，很不舒服。"男人依然关切地望着她。女人又再次表示歉意："没什么大不了的。也许是坐火车的缘故。"阿拉伯人喊道："快看，村庄。"

果然，在道路左侧稍远处，可以看到索尔费里诺村在雨中散发出的朦胧之光。"但是你走了右边的路。"阿拉伯人说。男人犹豫了一下，转身朝妻子问道："我们回家还是去村庄？""哦！回家吧，这样更好些。"

又行驶了一会儿，马车便向右拐，朝正等着他们的陌生的家驶去。阿拉伯人说："还有一公里。""要到了。"男人朝妻子所在的方向说道。

女人的身体蜷缩着，脸埋在手臂中。
男人叫了她一声："露西。"
  女人却纹丝未动。

男人用手碰了碰她。她静静地哭着。男人学着她的腔调，一字一顿地喊道："你马上就可以躺下来。我就去找医生。""是的，去找医生，我觉得要这么办。"阿拉伯人看着他们，神情有些惊讶。"她快生了，"男人说，"村子里有医生吗？""有，如果你需要的话，我去叫。""不，你待在家里照看她。我去会快一些。他有车或者马吗？""有车。"阿拉伯人随即对女人说："你马上就要有一个儿子了，他一定很漂亮。"女人对他微微一笑，似乎没有听懂。"她听不到，"男人说道，"在家里，你得用力喊，得做手势。"

马车突然飞奔起来，行驶中几乎没有声音。路面愈来愈窄，上面落满了凝灰岩。车子沿途经过一些小瓦棚，棚子后面可以看到近处的葡萄园。浓烈的葡萄汁气味扑面而来。他们穿过一些屋顶高耸的楼房，驶入一个没有一棵树的院子，车轮碾过院子里的煤渣。阿拉伯人一言不发，他抓住缰绳把它拉紧。

a. 天黑了？

马停下脚步，其中一匹打着响鼻[a]。阿拉伯人用手指着一座刷了白石灰的小房子。一根葡萄藤攀爬在房子低矮的小门边上，门的四周由于用硫酸铜杀虫而发青。男人跳下车，冒着雨朝房子跑去。

他打开了门。

房间很阴暗，壁炉里什么都没有。阿拉伯人跟在他后面，在黑暗中径直走向壁炉，擦着一根燃烧殆尽的火柴，点亮了悬挂于房间中央圆桌上方的煤油灯。男人这才勉强看清，眼前是一间白石灰粉墙面的厨房，里面有一个贴着红砖的洗碗槽、一个旧式碗橱，墙上还挂着一本破烂不堪的日历。一个同样铺着红色方砖的楼梯通往楼上。"把火生起来，"他说着，转身又回到了马车旁。（他去接小男孩？）

  女人一言不发，默默地等待着。

他把女人抱下来放在地上，搂了她一会儿，然后把她的头微微抬起。"你能走路吗？""可以。"女人说着，用她骨节粗大的手抚摸他的手臂。男人扶着她朝屋里走去。"等等。"他说。

阿拉伯人已经把火生起来了，并往火里添加着葡萄藤蔓，动作灵巧。女人站在桌边，双手捂着肚子。美丽的脸庞面向明亮的灯光，却因痛苦而一阵阵地扭曲。她似乎既没有感觉到潮湿，也没有注意到房子破败寒酸的气息。男人在楼上的房间里忙碌着，接着出现在上面的楼梯口。"房间里没有壁炉吗？""没有。"阿拉伯人说道，"另一个房间也没有。"

  男人说："过来吧。"
   阿拉伯人便朝他走去。

    随后，他背着身子出现，手抬床垫，男人搬着另一头。他们把床垫放到壁炉旁。男人把桌子拉到一个角落。阿拉伯人又上了楼，不久，又抱着一个长枕头和几条被子下来了。

   男人对他的妻子说："躺在那儿。"说完便扶她去床垫那里。
    女人有些犹豫。

   此时此刻，床垫散发着一股潮湿马鬃的味道。"我不能脱衣服。"她一边环顾四周一边说道，语气中带有一丝害怕，好像她终于认清了这个地方……"脱掉你里面的衣服。"男人说道。他又一次重复："脱掉内衣。"随后又对阿拉伯人说："谢谢。替我卸下一匹马吧，我要骑到村子里去。"

阿拉伯人出去了。女人开始解衣服，背对着丈夫，男人也同样背对着她。随后女人躺了下去。刚躺好盖上被子，她就长长地叫了一声，嘴巴张得很大，仿佛想一下子释放出所有积聚在身体里的痛苦。男人站在床垫旁边，任凭她喊叫。等她安静下来，男人便脱下衣服，单膝跪地，亲吻了一下双眼紧闭的女人那美丽的额头。然后他重新穿上衣服，冒着雨冲了出去。

卸了套的马儿在原地转圈，它前蹄踩在煤渣路上。阿拉伯人说："我去找一个马鞍。"
"不用了，留着缰绳，我就这么骑着去。把行李箱和其他东西放在厨房吧。你有老婆吗？"
"她死了。她是老死的。"
"那你有女儿吗？"
"上帝保佑，没有。不过我有儿媳妇。"
"让她过来吧。"
"我会的。你放心去吧。"

男人看着站在蒙蒙细雨中一动不动的阿拉伯老人，阿拉伯人那被雨水沾湿的胡子下露出一丝微笑。男人从来不笑，但他却用清澈的目光关切地望着阿拉伯人。接着他朝阿拉伯人伸出手，对方则以阿拉伯人特有的方式握住他的手指，随即把手指送到唇边。男人转过身，脚下踩着煤渣，发出吱吱嘎嘎的声音。他走到马旁，径直跳了上去，在沉重的马蹄声中渐行渐远。

从垦区出来后，男人便朝十字路口的方向走去，他们一开始就是在那里瞧见村子里的亮光的。此时，这灯光显得愈发明亮，雨也停了，右边通往光亮的那条道路笔直地穿过葡萄园，有些区段的铁丝闪着亮光。差不多走了一半路程，马儿放慢脚步缓缓前行。他们走到一个长方形棚屋跟前。棚屋的一部分是一个用砖石砌成的房间，另一部分要大一些，由木头打造，有一个很大的避雨棚，房檐遮住了一个凸向外面的柜台。一扇门嵌在砖石砌成的墙上，上面写着"雅克太太农家餐厅"。

　　光线从门的底缝里透出。

男人勒住马，停在门旁。他没有下马，敲了敲门。里面立刻传来洪亮而坚定的声音："是谁？""我是圣阿波特尔垦区新上任的管理员。我的妻子快要生了，需要帮助。"
　　无人应答。

过了一会儿,有人拉开了门闩。门半掩着,隐约可见一个头发乌黑卷曲的欧洲女人。她脸颊丰满,厚厚的嘴唇上方长着有些扁平的鼻子。"我叫亨利·科尔梅里。您能去照看一下我妻子吗?我要去找医生。"

她用那双习惯打量男人和不幸的眼睛注视着他。他则坚定地承受着女人的目光,没加任何解释。"我会去的,"她说,"您赶紧去找医生吧。"男人谢过女人,然后用脚后跟夹了夹马肚子。

没过多久,在路过干土垒成的围墙后,他到达了村庄。在他面前似乎只有一条路。路的两旁排列着小平房,这些房子都很相似。他一直走到一个凝灰岩铺就的小广场,那里出乎意料地耸立着一座金属框架的音乐亭。广场和街道一样,空无一人。科尔梅里走到一座房屋前,这时马闪避了一下。一片漆黑中,一个阿拉伯人突然冒了出来。他穿着深色的破旧呢斗篷,朝男人走来。科尔梅里立即问道:"您知道医生家在哪里吗?"阿拉伯人打量着这位骑马人,随后说了句:"跟我来吧。"

他们向路的另一侧走去。其中有个底层加高的建筑物,门口有一座刷着白石灰的楼梯。建筑物上写着"自由、平等、博爱",旁边是灰泥围墙围着的小花园。阿拉伯人指着花园深处的一座房子说:"就是那儿了。"

科尔梅里从马上跳下来,步伐毫无疲态。他穿过花园,在正中间看到一棵低矮的棕榈树,叶子已经干枯,树干也已腐烂。男人敲了敲门。

没人应答[a]。

他转过身。阿拉伯人一直在静静地等着。

a. 我跟摩洛哥人打过仗(目光捉摸不定),摩洛哥人不是善类。

男人又敲了敲门。门的另一边传来脚步声,这脚步声在门后停住了。但是门没有开。科尔梅里再一次敲门,并说:"我找医生。"门闩随即被拉开。门开了,出来了一个男人,他长着娃娃脸,显得很年轻,但是头发却几乎全白。他身形高大,体形健硕,小腿裹着绑腿,穿着一身狩猎服。他微笑着说:"咦,您从哪儿来?我从来没见过您。"男人对他解释了一番。"哦,是的,村长已经告诉我了。不过,您怎么到这么个穷乡僻壤来生孩子?"男人说他预计没这么早,一定是算错了日子。"好吧,人人都可能会经历这种事。走吧,我给'斗牛士'装上马鞍就跟您去。"

往回走到半路,雨又下了起来。医生骑着一匹带着灰色斑点的马,追上了科尔梅里。科尔梅里已经全身湿透,却始终直挺挺地坐在笨重的农用马身上。

"您来这里可真奇怪,"医生喊道,"不过您看,这村庄除了有蚊子和出没在穷乡僻壤的强盗之外,还是不错的。"他与同伴并排前行。"您得注意,不到春天蚊子是不会打扰您的,而强盗……"他笑了笑,而男人始终一言不发,继续向前行驶。

医生好奇地注视着他说:"什么都别怕,一切都会好的。"科尔梅里转身朝向医生,清澈的双眸静静地注视着他,言语中满是诚恳:"我没有害怕。我已经习惯了这些严酷的打击。""这是你们的第一个孩子?""不是,我把一个四岁的儿子留在阿尔及尔的岳母家了。"[1]

> 1. 与前文描述相矛盾:"一个四岁的小男孩正靠在她怀里熟睡。"

马车到达了十字路口后便朝着垦地的方向驶去。地上的煤渣立刻在马蹄下飞扬起来。

当马停下脚步,一切又归于宁静,只能听到从屋里传来的大叫声。两个男人下了马。

一个黑影躲在滴水的葡萄藤下等待着他们。他们走近时,方才认出是阿拉伯老人。他用一个袋子把自己团团裹住。"你好,卡杜尔,"医生朝他打招呼,"情况怎么样了?"

"我不知道，我没有进屋，里面是些女人。"阿拉伯老人说。"很有原则，"医生说，"尤其当女人们喊叫的时候。"但是屋里却没有再响起叫声。医生打开门走了进去，科尔梅里紧随其后。

首先映入眼帘的是一座壁炉，里面的葡萄枝蔓熊熊燃烧着，照亮了整间屋子，比悬挂在天花板中央、周围由铜质花边和珍珠装饰的煤油灯更亮。右边是厨房的洗碗槽，里面装满了金属水罐和毛巾。在左边，房间中央的桌子被推到一个摇摇晃晃的白色小木碗橱前。桌子上面堆放着一个旧旅行袋、一个帽子盒和几个小包。

房间的所有角落都被旧行李箱占据，其中包括一个大柳条箱。只有壁炉不远处的房间中央还留有空地。

在这块空地上，一个女人直直地躺在与壁炉垂直摆放着的床垫上。她的头枕在没有套子的枕头上，向后仰着，披头散发。被子只盖住了床垫的一半。餐厅老板娘跪在床垫左边，遮住了一部分床垫。她在脸盆上拧着毛巾，红水滴落下来。床垫右边，一个撩开面纱的阿拉伯女人盘腿而坐，她以供奉祭品的姿势端着搪瓷脸盆。脸盆表面斑斑驳驳，里面的热水正冒着热气。

一条折叠的床单铺在产妇身下，两个女人分别拉住床单两端。影子和壁炉的火光投射在石灰墙和堆满房间的行李上，一上一下地跃动。淡红色的火光映照在两个看护者的脸上，也映照在被子下产妇扭动的身体上。

两个男人进来的时候，阿拉伯女人微笑着瞥了他们一眼，随即又转向火光，两条瘦弱黝黑的手臂一直端着脸盆。餐厅老板娘看着他们，高兴地喊道："不需要您了，医生。她自己已经把孩子生出来了。"

她站起身，两个男人看到产妇旁边有一个血淋淋的、看不出形状的东西，虽静止不动，却充满活力。从它身上传来一种持续的响声，像一种从地下传来的嘎吱声，不易听清[a]。医生说："这么说吧，我希望你们没有碰脐带。""当然没有，"另一个女人笑着说，"当然得给您留一些事做。"她站起身把位置让给医生，科尔梅里的视线便被医生挡住，看不到新生儿了。他待在门边，已经脱掉了上衣。

医生蹲了下来，打开药箱，然后从阿拉伯女人手上接过脸盆。阿拉伯女人立即离开光亮的地方，躲进壁炉的阴暗角落里。医生一直背对着门，他洗了手，在手上倒了点酒，闻起来有点像葡萄渣酿造的烧酒味，这味道立即弥漫了整个房间。

此时，产妇抬起头，看到她的丈夫。美丽而疲惫的脸庞上浮现出灿烂的笑容。

a. 正如显微镜下，某些细胞发出的声响。

科尔梅里走到床垫旁。"我们的孩子出生了。"妻子喘着气对他说，并把手伸向孩子。"是的，"医生说道，"不过您要静养。"女人用疑惑的眼神看着他。科尔梅里站在床垫边，对妻子做了一个安慰的手势。"睡吧。"

她重新躺好。

此时，雨愈发猛烈地敲打着屋顶破旧的瓦片。

医生在被子下面忙碌着。接着他又站起身，似乎在摇晃面前的什么东西，一声轻轻的啼哭随即传了出来。

"是个男孩,"医生说道,"一个漂亮的小东西。"

"这是一个良好的开端,从迁居开始。"餐厅老板娘说道。站在角落里的阿拉伯女人笑着拍了两下手。科尔梅里望向她,她有些羞愧,便转过身去。"好了,"医生说道,"现在给我们留点空儿吧。"科尔梅里注视着他的妻子。女人的头一直向后仰着。只有放松地放在粗糙被子上的那双手,仍然能让人想起刚刚照亮这间陋室的灿烂笑容。科尔梅里戴上鸭舌帽,朝房门走去。

餐厅老板娘喊道:"您要给他取什么名字呢?""我不知道,我们还没考虑这个。"他望着孩子。"既然他出生时您不在,我们就叫他雅克吧。"餐厅女主人开怀大笑,科尔梅里走了出去。

葡萄藤下,仍裹着袋子的阿拉伯人正等着他。他看着一言不发的科尔梅里。"给。"阿拉伯人说着把袋子的一角递给他。科尔梅里也用袋子裹住了自己。他感觉碰到了阿拉伯老人的肩膀,闻到了他衣服上散发出的烟味,而雨水正落在他们头顶上方的袋子上。

"是个男孩。"科尔梅里说,但并没有看他的同伴。"谢天谢地,"阿拉伯人回答道,"您是一家之主了。"

乌云从数千公里以外的地方飘来,雨水不断地落在他们面前的煤渣上,形成无数个水洼,也落在远处的葡萄地里,铁丝藤架一直在雨中闪闪发光。雨水到不了东边的大海,它将淹没整个地区,淹没河边的沼泽地和周围的峰峦,淹没几近荒芜的、广阔无垠的土地。两个男人在包袋下紧靠在一起,闻着土地浓烈的气味,身后不时传来微弱的哭声。

深夜,科尔梅里穿着长内裤和贴身针织衫,躺在妻子旁边的另一张床垫上,望着天花板上舞动的火光。此时,房间差不多都整理好了。妻子的另一边,婴儿安静地躺在衣篮里,只是偶尔发出轻微的咕噜声。他的妻子也熟睡了,脸朝向他,嘴巴微张。雨已经停了。

明天就得开始干活了。在他身旁,妻子那只粗糙得宛如枯木的手也在提醒着他这一点。他伸出手,轻轻地放在产妇的手上,仰着身子,闭上了眼睛。

圣 布 里 厄

a. 从一开始，就该表明雅克的怪异。

^a 四十年后，在开往圣布里厄的火车过道里，一个男人不以为然地望着车窗外飞驰而过的景色。春日下午，阳光暗淡，这片狭窄的平原上布满了村落和丑陋的房屋，从巴黎一直延伸到芒什海峡。几个世纪来一直耕作不息的田地和牧场相继映入眼帘。男人没戴帽子，剪着平头，一张长脸上的五官精致。他个头儿很高，一双蓝色的眼睛流露出浩然正气。尽管他已经四十多岁了，穿着风衣的身子仍然显得修长。他的手稳稳地抓着窗台的扶手，靠一侧的胯骨支撑着身体；他的胸腔袒露着，给人悠闲自在、充满活力的印象。此时火车逐渐减速，停在了一个极其普通的小车站。过了一会儿，一个相当优雅的年轻女人从男人所站的车门经过。

她停下来将行李箱从一只手换到另一只手，正好发现了这名旅客。男人微笑地看着她，她也情不自禁地微微一笑。男人降下车窗玻璃，然而火车此时已经再次开动。"真遗憾。"男人说。年轻女人一直对他微笑着。

男旅客走到三等车厢，坐在一个靠窗的位子上。对面坐着一个男人，头发稀少且紧贴头皮，脸庞浮肿，长着一只酒糟鼻子，看起来比实际年龄要老些。他身体蜷缩，眼睛紧闭，喘着粗气，明显是因为消化不良而难受。他会不时地朝对面快速瞥上几眼[*]。

* 眼神黯淡。

同一张座椅上靠过道的位置，坐着一个盛装打扮的农妇。她戴着一顶奇怪的帽子，上面镶着一串蜡制葡萄，正给一个脸上黯淡无光的红发小孩擤着鼻涕。那名旅客脸上的微笑消失了。他从口袋里掏出一本杂志，漫不经心地翻看起来，读着读着，便打起了哈欠。

过了一会儿，火车慢慢地停下，一个写有"圣布里厄"的小站牌出现在车门上。那名旅客立刻站起来，毫不费力地从他头顶上的行李架上拿下一个折叠行李箱，同车厢其他旅客道了别，他们则一脸吃惊地回了礼。随后，他快步走出，一跃跳下车厢的三级台阶。在站台上，他望着自己的左手，这手刚刚放在铜制扶手上，还沾着上面的黑灰，于是他掏出一块手帕仔细擦拭。接着，他往出口方向走去，一群穿着深色衣服、面孔模糊的旅客逐渐跟了上来。

他在由小圆柱支撑的遮雨棚檐下耐心地等待检票，等车站沉默寡言的职员把车票还给他，随后穿过了候车室。候车室的墙壁光秃秃的，而且脏乱不堪，墙上只用一些旧广告装饰。广告上的蓝色海岸也染上了黑灰的色调。在午后倾泻而下的阳光中，他迈着轻快的步子跑出车站，快步走向城里。

在旅馆，他要了早已经预订好的房间。一个长着一张土豆脸的女服务员想给他提行李，他拒绝了。然而在被女服务员带到房间后，他却给了她一笔惊人的小费，女服务员的脸上随即露出友善的神情。随后，男人又洗了洗手，以同样轻快的步伐下了楼，门也没锁。在大堂，他遇到了先前那名女服务员，问她墓地在哪儿。服务员给他详细解释了一番，他客客气气地听完，然后朝着指定的方向走去。

他走过狭窄而凄凉的街道，街道两侧都是一些普通的房屋，屋顶铺着难看的红瓦片。有时可以看见一些露出大梁的房屋，屋顶上歪歪斜斜地铺着石板瓦。

偶尔路过的行人没有在商店橱窗前驻足，那里陈列着玻璃器皿、塑料和尼龙的精美制品，还有在现代西方城市随处可见的陶瓷珍品。只有食品店生意兴隆。

让人厌恶的高墙围着墓地。在大门附近，有几家摆着一些可怜花儿的花店，还有几家大理石墓碑作坊。在其中一家商店门前，旅客停下脚步，看着一个样子很机灵的小孩，他正在角落里的一块还没有刻上碑文的墓碑上写作业。随即男人走进墓园，朝守墓人的房子走去。

守墓人不在。

旅客在守墓人简朴得几乎没有什么家具的小办公室等待着，接着他发现了一张图。当他试图弄明白这张图的时候，守墓人进来了。

进来的是一个有着粗大骨节和肥大鼻子的男人，他厚厚的高领上衣飘出一股汗味。旅客询问了1914年战争罹难者的墓地方位。

"是的，"守墓人说，"那叫法兰西纪念墓地。您想找哪个名字？"
"亨利·科尔梅里。"旅客答道。

守墓人打开一大本用包装纸包着的名册,他沾满泥土的手指在名单中一行一行地搜寻着。他的手指停住了。"亨利·科尔梅里,"他念道,"在马恩河战役中受了致命伤,1914 年 10 月 11 日死于圣布里厄。""是的。"旅客说道。守墓人合上册子。"跟我来吧。"他说。守墓人走在男人前面,领着他走向前几排坟墓,其中一些坟墓比较简朴,另一些则浮夸丑陋,上面铺着乱七八糟的大理石饰物和珠子,这些东西无论放在何处都不堪入目。"是亲属吗?"守墓人漫不经心地问道。

"是我父亲。"

"真是痛苦啊。"守墓人说。

"不,他死的时候我还不到一岁,您能明白。"

"是啊,"守墓人说,"不过这不是理由。当时死的人太多了。"

雅克·科尔梅里一言不发。

当然,有太多人死去,但是提及他的父亲,他无法臆想出一种自己并不具有的恻隐之心。

1. 原文如此。 在法国生活了多年以后，他决心要完成他那待在阿尔及利亚的母亲[1]一直以来要求他做的事：去看一看父亲的坟墓，而她自己却从未做过。不过，他觉得这趟看望没有任何意义。首先，对他来说，他不了解自己的父亲，对父亲的生前几乎一无所知，一些人情世故也让他颇为反感；其次，对他母亲而言，她从未谈及他死去的父亲，对他将要看到的景象也无从想象。但是，既然他父亲是在圣布里厄过世的，既然他认为这是见面的机会，于是他决定去拜访一下这位默默无闻的死者，甚至必须在他和老朋友重逢前完成这件事，之后他就能彻底地轻松自在了。

"就是这儿了。"守墓人说道。

他们到达一片墓区，周围由漆成黑色的锁链连接起来的灰石界碑围着。这些墓碑数量很多，但千篇一律，都是刻了字的长方形石碑，间隔一定距离，有规律地排列着，所有的墓碑前都有一小束鲜花点缀。"法国纪念协会，四十年来一直负责维护这块墓地。瞧，就在那儿。"守墓人指着第一排的一块石碑说。雅克·科尔梅里停在了距石碑几步远的地方。

"我先走了。"守墓人说道。

科尔梅里走近石碑，心不在焉地望着它。是的，上面就是父亲的名字。他抬眼看去。苍茫的天空下，灰白相间的小云朵缓缓飘过，从天空中投下忽明忽暗的光影。一片沉寂笼罩在他周围这块广阔的墓地上，从高墙之上传来城市低沉的喧闹声。远处的墓地里偶尔闪过一个黑影。

雅克·科尔梅里抬头望着天空中缓缓飘荡的云朵，试图从此刻潮湿的花香味背后抓住那一股从远方平静的大海上飘来的咸腥味。突然，水桶撞到了墓地的大理石碑，将他从遐想中拉回了现实。就在此时，他在墓碑上看到了他父亲的出生年份，这才知晓了他以前所不知的信息。随后，他读了读这两个年份："1885—1914"，并且不由自主地计算了一下：二十九岁。突然一个念头击中了他，他整个身体随之颤抖。他四十岁了。

a. 过渡。   被埋在这块石板之下的男人，那个曾经是他父亲的男人，比他还要年轻[a]。

温情和怜悯如浪潮般席卷了他的内心，这并不是儿子怀念去世父亲的那种颤动，而是一个男人在孩子被冤杀后所迸发出的震惊与同情——这里面有着某种违背自然规律的事情。说实话，这其中并没有什么逻辑可言，只有疯狂和混乱，在这种疯狂中，儿子比父亲更年长。剩下的时间在他的周围静止不动，在这些他视而不见的墓碑中破碎，岁月也不再秩序井然，不再跟随这条长河流向终点。它们只是爆裂声、激浪和漩涡，雅克·科尔梅里此刻深陷其中，和焦虑与同情斗争着[b]。

b. 1914年战争内容的拓展。

他望着墓园里的其他墓碑，这些年份让他意识到这片土地下布满孩子的躯体，他们曾经是那些头发已经花白、此刻一定还健在的人的父亲。而他活在人世，独自成才。他了解自己的力量和能力，他直面人生，并将命运掌握在自己手中。

然而，在此刻某种奇怪的眩晕中，这座任何人最终都要塑造起来的雕塑，本该由年轮之火煅烧，等待最终的风化，现在却快速裂开，已然倒塌。他只剩下一颗焦虑的心，充满了对生存的渴望，在世间对抗着陪伴他四十年的死亡宿命。这颗心始终坚定有力地跳动着，撞击着将他与生命的秘密隔开的那堵墙，想要走得更远，走到墙的另一边，想要知晓生命的秘密，在死亡之前知晓，为了成全自己而知晓，哪怕只有一次，只有一秒钟，都要彻彻底底弄明白。

他回望自己的生活，疯狂、勇敢、懦弱、固执，始终朝这个他一无所知的目标努力。事实上，这种生活已经完全消失，他甚至都没去想象这个刚刚给了他生命就很快死在大海彼岸那块陌生土地上的男人可能会是什么模样。在二十九岁时，他是否也脆弱、痛苦、紧张、坚决、好色、爱幻想，厚颜无耻而又勇敢无畏呢？是的，他就是如此，还有很多其他的特点，他曾生活过，最终成长为一个男人。然而他从未把沉睡在那里的男人想成一个活生生的人，而是把他当成一个陌生人，很久以前在他出生的大地上生活过的陌生人。他母亲跟他说，他很像他父亲，像那个死在战场上的人。然而，如今他却觉得自己渴望通过书籍和从其他人那里了解的秘密，与这个死去的人，这个年轻的父亲有着部分关联，与他从前和后来的样子有着部分关联，而且他很久以前便探究过他们俩在时间与血缘上的相近之处。

平心而论，他从未获得过帮助。家里人几乎都不怎么说话，既不读书也不写字。母亲不幸而又漫不经心，谁会把这个年轻又可怜的父亲的情况告诉他呢？除了母亲没有人了解他，而母亲也已将他遗忘。他对此很确信。他如陌生人般匆匆而过，悄无声息地死在这片土地上。也许得由他来了解情况，一探究竟。但是像他一样一无所有，又想拥有整个世界的人，没有足够的力量建立自我，也没有足够的力量征服或了解这个世界。

毕竟，还不算太晚，他仍可以去探求，去了解这个男人是什么样的。此刻，这个男人对他来说比世界上任何人都要亲近。

他可以……

已至傍晚。他身旁传来裙子的沙沙声，一个黑影又把他拉回周围墓地和天空的景象。他该走了，这里已经无事可做。但对这个名字和这些年份，他依然念念不忘。

石碑下除了骨灰和尘土再无其他。但是，对他来说，他的父亲复活了，过着一种沉默寡言的奇怪生活。他觉得他又要将父亲抛下，让他继续忍受夜晚无尽的孤独。在漫漫长夜，他被人带到这里，又被人遗忘。

荒凉的天空突然响起巨大的轰鸣声。一架隐形飞机刚刚穿过声障。

从墓碑前转过身，雅克·科尔梅里抛下了他的父亲。

3　圣布里厄和马朗 [a]

a. 要写和要删除的章节。

晚上用餐时,雅克·科尔梅里望着他的老朋友,以一种令人不安的贪婪之势吃着第二片羊腿肉。起风了,靠近海滨大道的这栋郊区小屋周围呼呼作响。过来的时候,雅克·科尔梅里发现在人行道边上一条干涸的小溪里,有一小片发干的海带,散发着咸腥的气味,唯有这个让人想到大海其实就在不远的地方。

维克多·马朗,在海关行政部门干了一辈子,退休后来到这座小城。这座城市并不是他自己选择的,不过,事后证明这里也不赖。他说在这里可以心无旁骛地独自沉思,太美也好,太丑也罢,甚至连孤独也无法妨碍到他。管理事务、指挥别人,这一切都让他学到了许多。从表面看,他知之甚少,然而他学识渊博,雅克·科尔梅里对他佩服得五体投地,因为在一个连上层人士都如此碌碌无为的时代里,马朗是唯一一个有个人见解的人,而且他的见解随时都有可能形成。不管怎样,在通融随和的假象下,他有着自由的评判,这样的自由与他顽强的个性非常吻合。

"是的,儿子,"马朗说,"既然你要去看你母亲,那就试着了解一下你的父亲。然后尽快回来给我讲讲。让人开心的机会真是不多。"
"是的,这很可笑。但是现在我有了好奇心,至少可以再去打听些消息。我以前还从来没有想过此事,这有些不太正常。"
"不是的,这是明智之举。我和玛尔特结婚三十年了,你认识她的。她是一个完美的女人,我到今天仍然想念她。我始终认为她爱着自己的家。"[1]
"也许你说的有道理。"马朗一边说着,一边把目光移向别处。科尔梅里等着他提出异议,他知道赞同之后便是不同的意见。

1. 划掉了这三段。

"但是,"马朗又说道,"我啊,我肯定错了,除了生活教给我的道理,我就不想去了解其他东西了。在这方面,我不是个好榜样,对吗?总之,正是由于我的缺点,我缺乏主动性。而你呢(他的眼睛发出一种狡黠的光芒),你却能够说到做到。"

马朗长得很像中国人,圆圆的脑袋,鼻子有点塌,几乎没有眉毛,头戴贝雷帽,一大撮胡子不足以遮住他那性感的厚嘴唇。他的身体很柔软,圆滚滚的,肥胖的双手,手指又短又粗,让人联想到对走路深恶痛绝的中国古代官员。当他半闭着眼睛大吃大喝时,人们不免想到他穿着真丝长袍、手持筷子的模样。但是他的目光却改变了这一切。深栗色的眼睛焦躁不安,一会儿愁眉不展,一会儿凝神专注,仿佛正在快速地决断某个要点的智者。这是一双西方人的眼睛,极度敏感且具有高度的修养。

年迈的女仆端上奶酪,马朗用眼角的余光瞟了一眼。"我认识一个人,"他说,"在和他的妻子生活了三十年后……"

科尔梅里显得愈发专心。

每次马朗以"我认识一个人……"或"一个朋友"或"一个曾经和我一起旅行的英国人……"开始时,大家都确信他其实在说他自己……

"他不喜欢甜点,他的妻子也从来不吃甜点。在共同生活了二十年后,他无意中在糕点店看到他的妻子。通过观察,他发现她每个星期去好几次糕点店,猛吃咖啡味的长条泡芙。是的,他一直以为她不喜欢甜食,实际上她喜爱咖啡味的长条泡芙。""因此,"科尔梅里说,"我们对谁也不了解。""你这么说也可以。但是在我看来可能这样说更确切些。不管怎样,我觉得我更愿意说出来,但你会怪我无能,说我什么都证实不了。是的,这足以说明如果二十年的共同生活都不足以了解一个人,那么,对已经去世四十年的人进行肤浅的调查,可能也只会带给你一些意义有限的信息。是的,可以说了解这个人意义有限。尽管如此,在另一种意义上……"

他拿着餐刀的手不由自主地落到山羊奶酪上。"对不起。你不想来点奶酪吗?不?你总是这么节制!这哪里是喜欢,简直是在受苦!"他半闭的眼睛再次露出一抹狡黠的目光。

科尔梅里认识他的老朋友已经有二十年了(此处添加为什么认识,以及如何认识),他愉快地接受了朋友的讽刺。"这不是喜不喜欢的问题。吃太多我会觉得难受,我身体越来越差了。""是的,你没有比别人更超脱。"科尔梅里望着这些乡村风格的漂亮家具,它们把这间拥有雪白房梁的低矮餐厅塞得满满的。

"亲爱的朋友,"他说,"您总是认为我傲慢自大。我的确是这样,但不总是这样,也不是对所有人都会这样。比如跟您在一起,我傲慢不起来。"马朗移开目光,这是他激动的标志。
"我知道,"他说,"但这是为什么呢?"
"因为我爱您。"科尔梅里冷静地说。

马朗将冰镇什锦水果沙拉盘拉向自己,什么也没有回答。

"因为,"科尔梅里继续说,"当时我还很年轻,很傻,也很孤单(您记得吗,在阿尔及尔?),您来到我身边,悄然为我打开了大门,让我接触这个世界上我所钟爱的事物。"

"哦,您是很有天分。"

"当然。但是最有天分的人也需要启蒙者。有一天,生活在您的人生道路上安排了这样一个人,他应该永远受到爱戴和尊敬,即使他不用承担责任。这就是我的人生信条!"

"是的,是的。"马朗迎合着说道。

"您有疑心,我知道。您瞧,不要认为我对您的感情是盲目的。您有很大的、非常大的缺点。至少在我眼里是这样。"

马朗舔了舔他的厚嘴唇,突然表现得兴致勃勃。

"有哪些缺点?"

"比如您很节省。不过不是吝啬,而是出于恐慌,害怕缺少什么。无论如何,这是个大缺点,一般来说我并不喜欢。尤其您会情不自禁地怀疑别人有私心。出于本能,您不相信完全没有私心的情感。"

"您要承认,"马朗喝完杯中的葡萄酒,说道,"我可能不应该喝咖啡。然而……"

a. 我经常借钱给一些对我无足轻重的人,我知道这些钱有去无回。这是因为我不会拒绝。同时,我又感到恼火。

但科尔梅里并没有失去冷静[a]。

"比如,我很确定,如果我告诉您,只要您要求,我会立即把我所有的财产托付给您,您可能不会相信我。"

马朗犹豫了一下,这次他注视起自己的这位朋友。

"哦,这我知道。您为人很慷慨。"

"不,我并不慷慨。我对自己的时间、精力和辛劳都很吝啬,这让我很反感。但我所说的是千真万确的。您呢,您不相信我,这就是您的缺点,是您真正无能的地方,尽管您很优秀。因为您错了。只要您一句话,我所有的财产马上就是您的。不过您不需要它,这只是举个例子。但是这个例子不是随便举的。我的财产确实都是您的。"

"谢谢,真的谢谢您,"马朗眯着眼睛说,"我很感动。"

"好,我让您为难了。您也不喜欢别人讲得太明了。我只想对您说,我爱您,包括爱您的缺点。我爱戴或者尊敬的人屈指可数。对于其他人,我对我的漠不关心感到惭愧。但是对于我爱的人,无论是我自己,还是他们自身,抑或是世间万物,都无法迫使我不爱他们。这些是我花了很久才学会的事。现在,我知道了。好吧,言归正传:您不同意我去打听我父亲的消息。"

"我是同意您去做的,我只是担心您会失望。我有一位朋友,他十分爱慕一位年轻的姑娘,想和她结婚,但他错就错在去打听了这姑娘的情况。"
"一位布尔乔亚。"科尔梅里说。
"是的,"马朗说,"这位朋友就是我。"

两人放声大笑。

"那时我还年轻。我收集到的意见如此矛盾,以至于我自己都没了主张。我怀疑自己究竟是爱她还是不爱她。总之,我后来娶了另一个女孩。"

"我是找不到第二个父亲的。"
"找不到的。也是万幸。照我的经验来看,一个就够了。"
"好吧,"科尔梅里说,"此外,我几个星期后要去看看我的母亲。这是一个机会。我之所以对您说这些,是因为我刚刚被这个对我有利的年龄差距搞得心烦意乱。是的,对我有利的年龄差距。"
"是啊,我理解。"

他看了看马朗。

"您看,他没有变老。他摆脱了这种痛苦,这痛苦是漫长的。"
"也有相当多的欢乐。"
"是的,您热爱生活。也应该这样,您只相信生活。"

马朗在一张罩着印花装饰布的软座圈椅上重重地坐下。突然,他的脸上显露出一种难以名状的伤感。

"您说的有道理。以前,我热爱生活。现在,我对生活的热爱更加强烈。"

"同时，我又觉得生活很可怕，难以接近。这就是为什么我总是抱着怀疑的态度去相信它的原因。是的，我愿意相信，我愿意活着，永远活着。"

科尔梅里陷入了沉默。

"到了六十五岁这个年纪，每过一年都像是被判缓刑。我想平静地离去。死亡是可怕的。我还什么都没做。"
"有些人的工作就是证实世界存在的意义，他们的存在也有助于帮助别人生存下去。"
"是的，不过他们也要死去。"

他们沉默下来。这时，室外的狂风刮得愈发猛烈。

"您说的对，雅克。"马朗说。

"去寻找吧。您不再需要一个父亲。您是独自一人长大的。现在，您可以爱他，因为您懂得爱。但是……"他说着，面露迟疑之色……"回来看看我。我所剩的时间不多了。原谅我……"
"原谅您？"科尔梅里说，"我的一切都是您给的。"
"不，您没亏欠我什么。只是您要原谅我有时候不知道如何回应您的感情……"

马朗望着悬挂在桌子上方的老式大吊灯，说话的声音变得更加低沉。过了一会儿，科尔梅里顶着大风独自走在荒凉的郊区，心中不断回响着他的这番话："我心里有一种可怕的空虚，一种让我感到疼痛的冷漠[a]……"

[a]. 雅克/我从孩提时代起，就试着去独自辨别什么是善，什么是恶——既然周围没有任何人告诉我。现在，我认识到，一切都抛弃了我，我需要有个人给我指路，责罚我，赞扬我，不是凭借权力，而是凭借权威，我需要我的父亲。

我以为我知道了，我掌握了，但我还是不［知道？］。

4　孩子的游戏

酷热的 7 月,船只在碧波荡漾的大海上航行。雅克·科尔梅里半裸着身子躺在船舱里,看着海面闪烁的粼粼波光在舷窗的铜框上跳跃舞动。

他一跃而起,关掉风扇。汗水从毛孔里冒出,在流到胸膛上之前就已经被风扇吹干,还是出一出汗好。随后他又躺到又硬又窄的床铺上,这正是他所喜爱的那种床。这时,从船舱底部传来机器低沉的轰隆声,好像一支庞大的军队在不断前进。

他也喜欢大型客轮昼夜不停的噪声,这种感觉宛若在火山上行走,而四周是辽阔无垠的大海,可以极目远眺,视野广阔。但是,甲板上很热。午饭后,一些乘客吃饱了便昏昏欲睡,他们或躺在甲板遮篷下的折叠帆布椅上休息,或躲到船舱的过道里。这时正是午睡时间,但雅克不喜欢午睡。一想到"去睡午觉"这句话,他心里就愤愤不平。他童年时住在阿尔及尔,外婆每每强迫他一起午睡时,便总说这句奇怪的话。

a. 大约十岁。

阿尔及尔郊区的一个三居室小公寓里,百叶窗紧紧关着。阳光透过窗户,在昏暗的房间里洒下斑驳的光影[a]。

室外,太阳炙烤着落满灰尘的干燥马路。在半明半暗的房间里,一两只大苍蝇精力充沛,像飞机一样发出嗡嗡声,不知疲倦地寻找着出路。天太热,他们无法跑到大街上找伙伴,只好闷在屋里。天太热,也让人无法静心阅读《帕尔达扬一家》或《无畏者》[b]。

b. 这些新闻纸装订的大厚书,封皮染色粗糙,标价印刷得比书名和作者的署名还要大。

当外婆难得不在,或者和邻居闲聊的时候,孩子便在朝向街道的餐厅里,把脸贴在百叶窗上,鼻子都压扁了。马路上空旷无人。对面的鞋店和服饰用品店垂挂着红黄色的布帘,烟草店的门口用五颜六色的珍珠帘遮着,咖啡馆老板让的店里也空无一人。只有一只猫,在布满锯屑的地面和满是灰尘的人行道之间睡着了,像死了一样。

c. 极为干净。一个衣柜、一个大理石台面的木制梳妆台,一块编结的床前脚垫又旧又脏,边缘已经破损。一个角落里有一个大箱子,上面盖着一块饰有流苏的阿拉伯旧地毯。

孩子转过身,他面前的这个房间几乎没有什么家具,墙上用白石灰粉刷过,房间中央摆着一张方桌,沿墙立着一个碗橱,一张布满撞痕、墨迹斑斑的小书桌,地上还有一张小床,铺着被子。晚上,半哑的舅舅便睡在这里。房间里还有五张椅子。[c] 房间的角落里放着壁炉,只有最上层是大理石台面。壁炉上面放着一个长颈小花瓶,插了一些集市上常见的鲜花。身处光与影的双重荒漠里,孩子迈着均匀、急速的步伐,绕着桌子不停打转,嘴里还絮絮叨叨:"好无聊!好无聊!"

他感到无聊,但在这无聊中,又存在游戏、快乐和享受。外婆终于回来了,可一听到她说"去睡午觉",他就变得怒不可遏。然而他的抗议毫无用处。

外婆在这偏僻的村子里养育了九个孩子,她对教育自有想法。孩子一下子被推到卧室里。

有两间卧室朝向庭院。其中一间有两张床，一张是母亲的，另一张是他和哥哥的。

外婆有她自己单独的房间。然而，她经常带着孩子睡在她又高又大的木床上，无论是晚上还是日常的午睡。孩子脱掉凉鞋爬到床上。

有一天，他趁着外婆熟睡溜下床，嘴里念念叨叨的，绕着桌子转圈玩。被发现后，他就只得靠着墙睡了。一躺到最里面，他便看着外婆褪下长裙，解开系带，脱下粗布衬衫。然后她爬上了床，身旁的孩子闻到了老人的体味，看到她变形的脚上青筋暴露，上面满是老年斑。

"快点，"她又说了一遍，"去睡午觉"。她很快就睡着了，然而孩子的眼睛依然睁着，目光追随着这些来回飞动、不知疲倦的苍蝇。

是的，在那几年时间，甚至在后来成年之后，他一直都讨厌午睡。除非他得了重病，否则下不了决心，在午饭后顶着酷暑躺下休息。虽然他有时候会睡着，但醒来后便感到不适，恶心想吐。近来他饱受失眠的困扰，白天才可以睡上半个小时，醒来后精力充沛，敏捷灵活。

　　去睡午觉……

在炽热阳光的逼迫下，风平静了下来。船只不再轻轻摇晃，似乎正沿着直线航行。机器开足了马力，螺旋桨拨开厚重的海水，活塞的声音有了节奏感，最终和海上沉闷持续的嘈杂声融为一体。

雅克半梦半醒，一想到要再见到阿尔及尔和郊区那栋破旧的小房子，便心头发紧，既感欣喜，又感焦虑。

每次离开巴黎去非洲便是这样，他的内心涌起一种不可名状的狂喜，心情豁然开朗，那种满足感就像刚刚成功越狱的犯人，一想到狱卒的表情就乐不可支。他每次坐汽车和火车回到巴黎时也是如此，郊区的房子一映入眼帘，他就感到揪心，感到难过。房子周围既没有树木也没有河流，不知不觉地，他就靠近了它，如同不幸的癌瘤暴露出它不幸而丑陋的淋巴结，逐渐吞噬了外部的躯体，一直把他引向城市的心脏。那里光彩夺目的景观，有时竟让他忘记了钢筋水泥的森林，这片森林日夜囚禁着他，面积不断扩大，令他无法入眠。然而他逃走了，躺在宽阔的海面上呼吸着。在摇曳的阳光下，他终于可以安然入睡，回到他依恋着的童年，重拾那段阳光、贫穷与温暖交织在一起的隐秘岁月，这份隐秘帮助他生存，帮助他战胜一切。

> 舷窗铜框上细碎的光影现在几乎变得静止不动了，这和当年外婆卧室里光影的太阳并无二致。太阳把自己的全部重量沉沉地压在百叶窗的表面。突起的木结在百叶窗的缝隙里留下唯一的缺口，阳光从中透射进来，宛若一把极细的长剑，刺入了幽暗的房间。

没有苍蝇，并不是他们发出的嗡嗡声让他昏昏欲睡。海上没有苍蝇，先前的苍蝇早就死了，这让孩子们很高兴，因为它们很吵。它们是这个暑气蒸腾的世界上唯一存活的生物。人和动物都筋疲力尽，一动不动，只有他除外。是的，他睡在墙壁与外婆之间，他在这片狭小的空间里辗转反侧。他也想要活着，似乎对他来说，睡觉剥夺了他生活和游戏的时间。

伙伴们肯定在普雷沃·帕拉多尔大街上等着他。街道两边都是些小花园，一到夜晚便能够闻到浇水后的湿润气息和忍冬花的芳香。忍冬花不管浇不浇水，都能到处生长。

外婆一醒来，他就溜走了，溜到里昂大街。榕树成荫的大街上依旧空无一人。他从里昂大街一直跑到普雷沃·帕拉多尔大街角落里的喷泉处，飞快地转动喷泉顶部粗大的铁铸手柄。他歪着脖子把头伸到喷泉口下，强大的水柱喷得他的鼻子和耳朵上全是水，从解开的衬衣领口流到他的肚子上，再从短裤下面沿着小腿一直流到凉鞋上。脚掌和皮鞋垫之间泛起了泡沫，多么舒服的感觉啊！然后他跑去和皮埃尔[a]以及其他人会合，跑得上气不接下气。他们正坐在街上唯一一栋三层楼房的楼道口处，磨着状似雪茄的木棍，一会儿玩万嘎棒击游戏[1]时要用上它。

a. 皮埃尔是他的朋友，母亲也在战争中成了寡妇，在邮局工作。

1. 参见作者下面的解释。

人一到齐，他们就出发了。沿着房前花园锈迹斑斑的栅栏，他们一边走，一边挥舞着球拍，发出很大的响声，吵醒了整个街区。正在满是灰尘的藤萝下酣睡的几只猫，也被吵得惊跳起来。他们一行人穿过街道，你追我赶，跑得满身大汗。但他们始终朝着"绿色田园"奔去。"绿色田园"离学校不远，就隔了四五条街。但一定要经过一个被称为"喷泉"的地方。它坐落在一个大广场上，是一座三层的圆形大喷泉。喷泉已经不喷水了，水池也已堵塞很久。由于当地每隔一段时间就要下一场暴雨，雨水在长期淤积的水池里很快就漫了上来，一直漫到池子边缘。

由于没有流动，池水变得腐臭不堪，漂满了陈渣泡沫、瓜皮、橘子皮以及各种垃圾。等到阳光把水分蒸发，或者如梦初醒的市政府决定用水泵把水抽干，池底便会露出一个龟裂肮脏的花瓶。这花瓶还要久久地躺在那里，等着阳光的力量将它化为尘土，等着大风或是清洁工的扫帚把它扫进广场周围油光发亮的榕树叶里。

夏天，水池总是干涸见底，露出它由深色石头砌成的宽宽的池边，被成千上万的手和臀部蹭得光亮如釉。雅克、皮埃尔和其他人常常把池边当鞍马玩，以屁股为支点转个不停，直到失控摔进散发着尿骚味和阳光气息的浅水池。

随后，尽管热浪和尘土裹住了他们的双脚和凉鞋，但他们一直跑着，奔向绿野。

这是制桶工场后面的一块空地，几丛小草无力地生长在生了锈的铁箍和破烂的桶底中间，生长在凝灰岩石板之间。在那里，他们大声喊叫着，在凝灰岩上画了个圈，其中一个人手里拿着球拍站在圆圈内，其余人依次朝圆圈内投掷木雪茄棒。如果小棒落在了圈内，投掷者便接过球拍，由他来保护这个圆圈。身手最敏捷的人 [a]，可以逮住飞来的木雪茄棒并把它扔到很远的地方。在这种情况下，他们可以去小棒落下的地方，用拍子的一边击打木雪茄棒端，让其飞向空中，再猛打一板，把木棒打得更远。依此类推，如果他们没打中或者其他人逮住了飞在空中的木棒，他们便快速后退，重新回到圈中守卫，防止对手快速灵敏地把小棒投掷进来。

a. 最佳守卫者用单数。

这种穷人玩的网球运动，规则比较复杂，一玩起来就要占用一下午的时间。

皮埃尔是最灵活的，他比雅克瘦小，几乎是羸弱不堪。与雅克的满头棕发不同，他的头发和睫毛都是金黄色的，率真的蓝色眼眸毫无防备感，流露出略微受伤的惊讶之情。虽然他表面上看来举止笨拙，但行动起来却敏捷灵活。

雅克擅长用一些不可思议的招式来挽救险球，但是他却并不擅长反手球。由于成功对付了险球，雅克赢得过小伙伴们的敬佩，他便认为自己是最棒的，经常自吹自擂。实际上，皮埃尔经常击败他，但从不炫耀。不过在游戏结束后，他会挺直身子——免得自己变矮了——面带微笑，静静地听别人说话 [b]。

b. "决斗"正是发生在绿色田园。

如果天气不好或兴致不高，他们就不去街上和空地上乱跑，而是先在雅克家的楼梯过道里集合，再从走廊尽头的一扇门出去，走到一个地势低矮的庭院。这庭院三面围墙，第四面围墙外面是一座花园，里面长着一棵巨大的橘子树，几根树枝翻墙而过。橘子树开花时，香味便飘浮在这些简陋房子的上方，从过道或者台阶飘进庭院。院中一栋垂直成直角形的建筑物占据着其中一面墙和另一面墙的一半。墙里面住着一位西班牙理发师，他在街上开了一家店。还有一户阿拉伯人家 [c]。晚上，这家的妻子时常在庭院里炒咖啡豆。挨着第三面墙的住户养着几只母鸡，关在用破旧铁丝网和木板围起来的高笼中。

c. 奥马尔就是这家人的孩子——父亲是市里的街道清扫工。

49

第四面墙边有一道台阶，通向建筑物的地窖，台阶两侧在黑夜中就像张开的大嘴：这些直接在地面上掘出来的洞穴，既没有出口也没有光线，潮湿渗水。沿着覆盖着青苔的四级台阶，便可走入地窖。租户们在地窖里杂乱地堆放了多余的东西，其实它们几乎一文不值：发霉的旧包、破碎的箱子、生锈的破盆，这些东西最后都被丢弃在空地上，连最穷的人都不想捡来使用。孩子们聚焦的地方，就是这样的一个地窖。

西班牙理发师有两个儿子，分别叫让和约瑟夫，他们习惯在那里玩。他们的私家花园便是破房子的门口。约瑟夫长得胖嘟嘟的，很淘气，很喜欢笑，很愿意把自己的东西拿出来分享。而让则长得瘦瘦小小的，一看到小螺丝、小钉子就会捡起来，非常珍惜自己的弹子和杏核，舍不得拿出来。他们很喜爱玩一种游戏[a]，而这些小东西是玩这种游戏所必不可少的。这对兄弟形影不离，但其差距之大，让人无法想象。

a. 将一颗杏核放在摆成三角形的另三颗杏核上。在一定的距离之外，扔出一颗杏核去破坏这种结构。攻击成功，便赢得全部四颗，失败了，他的杏核便归杏核堆的主人。

他们俩和皮埃尔、雅克、马克斯一起涌向又臭又湿的地窖。他们捡起地上已经腐烂的破袋子，抖掉了里面他们称之为"印度猪"、外壳结实的灰色小蟑螂，把破袋子套在生锈的铁柱上。在这肮脏丑陋的帐篷下，他们终于有了自己的家（他们从没有属于自己的房间和床）。他们点燃了一小堆火，在这潮湿、密闭的空气中，火苗奄奄一息地冒着烟，将他们熏得逃出了巢穴。他们跑到院子里取了些潮湿的泥土，再回来把火堆盖住。阿拉伯人常在附近电影院门口摆摊，出售的食物就摆在带有滚轮的货物木箱上，上面爬满了苍蝇。在和小让商量之后，他们就开始分享从货摊买来的薄荷大方糖、咸味干果花生、鹰嘴豆、被称作"塔木丝"的羽扇豆，以及色泽鲜艳的麦芽糖。每逢暴风骤雨，院子里泥土中的水分很快就达到饱和，多余的雨水便会流入地窖，因此地窖常被水淹没。他们站到旧箱子上，在远离蓝天和海风的地方，扮演鲁滨逊。在悲惨王国里，他们全然一副胜利者的模样[b]。

b. 加卢法。

然而，最美好*的日子，是在最美丽的季节里，他们在这样或那样的借口下，靠着美丽的谎言躲过午睡。他们没有坐电车的钱，要步行很长时间才能到达实验园。他们穿过郊区一条条黄灰相间的街道，走过马厩区，路过企业和私人的大仓库。这一区域内部道路纵横交错，好几辆马车往来其间。沿着一些大型的滑门前进，在滑门后可以听到马儿的踏步声、它们的喘息使嘴唇咂动所发出的喀喀声，还能听到笼头的铁链碰到木食槽上的响声。马儿愉快地呼吸着马粪、稻草以及汗水混杂的气味，这些味道都来自这些禁止外人入内的区域。每天睡觉前，雅克总会想念这些地方。他们在一间露天的马厩前，有人在那里洗刷马匹。这是些来自法国的马匹，它们又高又壮、马蹄粗大，睁着双眼望着他们，流露出流亡者的神色。热浪和苍蝇让它们变得颇为迟钝。

随后，在赶车人的催促下，他们跑向了大花园。花园里种着一些珍稀树种。

* 重大的。

在通往大海的一条大道上，沿路可以看到池塘和鲜花的美丽景象。他们若无其事地在守卫怀疑的目光下走过，好像很有教养的散步者。

不过，一走到第一条横向的小道上，他们便跑向花园东部，穿过一排排巨大的红树。它们靠得如此紧密，树荫下几乎没有光线，仿佛黑夜一般。他们继续跑，碰到了高大的橡胶树林[a]，这些树盘根错节，让人无法区分哪些是下垂的树枝，哪些是树根，下面的树枝甚至垂到地面。再跑远些，就是他们此行真正的目的地。高大的椰树枝头挂满了橘红色小圆果，彼此紧靠在一起，他们称之为"椰果"。

到了那里，他们首先得四处侦察一番，确保附近没有守园人。

a. 说出树名。

接着，他们便分头寻找弹药，也就是石子。当大家都在口袋里装满石子回来后，便轮流朝树顶掷石子。椰树比其他树木高，在空中微微摇晃。每投一块石子，便会掉落几个果实，它们只属于幸运的投掷手。等到他把战利品收集好，才能轮到其他人。在这场游戏中，雅克和皮埃尔不分上下，都善于投掷。但他们两个会和其他运气不佳的人分享战利品。

马克斯的身手最为笨拙。他视力很差，戴着眼镜，身材矮胖结实，但自从大家看到马克斯打架的样子后，就对他十分钦佩。

他们经常去大街上打架，尤其是雅克，他总是无法控制怒气和暴躁，经常一下子向对手扑去，哪怕遭到顽强抵抗，也要以最快的速度给对手沉重一击。马克斯听起来是个德国名字，有一天，绰号叫"火腿"的肉店老板的胖儿子骂他是"无耻的德国佬"。他平静地摘下眼镜，交给约瑟夫，像他们在报纸上看到的拳击手那样，做好防御姿势，挑衅对方把骂人的脏话再说一遍。接着，马克斯躲过了"火腿"的每一次攻击，脸上毫无发怒的神情。他多次痛击"火腿"，自己却毫发无伤。最终，他幸运地把"火腿"的一只眼睛打得又青又肿，感到极为荣耀。

从那天起，马克斯便在这个小团体里树立了声望。他们的口袋和双手都被浆果搞得黏糊糊的，他们跑出了花园，跑向大海。一从围墙中跑出，他们就把椰果堆放在他们的脏手帕上，心满意足地嚼了起来。虽然椰果甜腻得让人有些恶心，但他们嚼起来却感觉清甜美味，因为这是胜利的果实。

接着，他们奔向海滩。

要到达海滩，必须得穿越一条所谓的"绵羊路"，因为经常有羊群经过这条路，往来于阿尔及尔东部的方屋市场。这实际上是一条环形公路，将大海和呈梯形分布在丘陵上的弧形城区隔开。

在马路和海滨之间，坐落着几家作坊、砖厂和煤气厂。厂区之间是大片的沙地，上面布满了黏土块和石灰末，还有发白的碎木片和废铁片。穿过这片寸草不生的荒地，便到了细沙海滩。海滩上的沙子有点黑，初潮的海浪也并不总是清澈透明。右边是一个海滨浴场，有几间更衣室，还有浴场大厅。这间大厅是一座吊脚大木屋，每逢节庆，这座大木屋便被用作舞厅。

在海滨浴场营业的季节里，一个卖炸薯条的商贩每天都要给炉子生火。通常，这一帮小孩子连买一小袋薯条的钱也没有。如果其中一位偶然有了足够的零钱 [a]，就去买上一袋，然后庄严地走向海滩，身后跟着一队对他充满敬意的小伙伴。海边有一条被拆毁的旧船，他在旧船的影子里站稳，然后坐下，一只手笔直地托着纸袋，另一只手盖住袋口，生怕漏掉一根松脆的薯条。按照惯例，他要给每位小伙伴发炸薯条。而小伙伴们则像进行某种宗教仪式一般，虔诚地品尝着这唯一的热气腾腾、飘着浓烈油香的美食。随后，他们注视着幸运者，看着他一根接一根，津津有味地吃完剩下的薯条。

在袋子底部总是留下一些薯条屑。他们便央求这个吃得心满意足的人能分享这些碎屑。大多数情况下，除了让以外，买薯条的人都会把油纸展开，露出这些碎屑，允许大家轮流拿着吃，但对让则不是这样。谁第一个动手拿，谁就会吃到最大的薯条屑，所以要有个"家伙"来做这个决定。

盛宴一结束，享受和争执也立刻被遗忘。他们在烈日下朝着沙滩的最西端跑，一直跑到一座拆了一半的建筑物前。这个建筑原来是一栋海边小屋的地基，躲在后面可以脱衣服。

短短几秒钟，他们就脱光了衣服，扎进了水里，奋力地游着，动作有些笨拙。他们欢呼着 [b]，流着口水，吐着痰，比赛跳水，或是比谁在水下憋气时间最久。

a. 两个苏。

b. 如果你下水，你母亲会杀了你。——你把一切都表露在脸上，也不知羞耻。不管怎样，她是你母亲。

大海温润轻柔，淡淡的阳光洒在这些湿漉漉的头颅上，阳光让这些年轻的躯体充满喜悦，他们不停地叫喊着。他们统治着生活，主宰着大海，收下世界给予人类最奢侈的东西并无度地挥霍，就像大款们相信自己的财富永远用之不竭。

他们甚至忘记了时间，时而从沙滩跑向大海，时而躺在沙滩上把身上黏糊糊的海水晒干，然后再跑到海里洗净灰色的沙粒。他们奔跑着，叫声急促的雨燕开始在工场和沙滩上方低空盘旋。

白天的热浪散去，天空变得纯净，染上了蓝色的光泽，阳光也变得柔和起来。在海湾的另一侧，房屋和城市的轮廓之前还隐没在一片雾气之中，此时也变得更加清晰可辨。天还亮着，但是一些灯已经被点亮，因为非洲的黄昏很快就要袭来。通常总是皮埃尔最先提醒大家："天色已晚。"大家马上相互道别，四散而去。雅克、约瑟夫和让撇下其他人，朝他们的房子一齐跑去，跑得气喘吁吁。约瑟夫的母亲会动手打人，而雅克的外婆……

天很快就黑了下来，他们也一直在奔跑。看到煤油灯亮起，看到亮着灯的有轨电车在面前快速驶过，他们不禁慌张起来，不由得加快了步伐。看到夜幕已经降临，他们心里十分惊慌，在门口都没来得及道别就分开了。

那几天晚上，雅克便停在一团漆黑、恶臭扑鼻的楼梯上，在黑暗里靠在墙上，等着他跳动的心平静下来。然而他等不了，因为他知道越等，他喘得就越厉害。他三大步便跨上了楼梯平台，走过走廊里的厕所，打开了家里的门。过道尽头的餐厅还亮着灯，他听到了勺子触碰餐盘的声音，身体不禁一阵发凉。

他走了进去。

a. 兄弟。 在煤油灯圆圆的光晕下,坐在桌子旁边的哑巴舅舅 ª 继续大声喝着汤,嘴里还发出吧唧吧唧的响声。他的母亲还很年轻,有着一头浓密的棕色头发。她正用美丽而温柔的目光注视着他。

"你明明知道……"她正要开始说话,但外婆打断了她女儿。外婆穿着黑色裙子,正襟危坐,嘴唇紧闭,眼神明亮而又严厉。他只看得到外婆的背。她问:"你是从哪儿回来的?""皮埃尔让我看他的算术作业。"

外婆站起身来,向他走去。她嗅了嗅他的头发,随后把手放到他沾满沙子的脚踝骨处。
"你是从沙滩上回来的。"
"那你在说谎。"舅舅一字一顿地说道。
外婆走到雅克身后,从餐厅门后取下一条粗大的、被称为"牛筋"的鞭子。她用鞭子抽了雅克的小腿和屁股三四下,一股火辣辣的感觉立刻袭遍雅克的全身,痛得他直叫唤。

过了一会儿,他的嘴巴和喉咙里全是泪水。舅舅同情他,给他盛了一盘汤。看着这盘汤,他绷紧身子,努力不让泪水涌出。他的母亲快速瞥了一眼外婆,便将他如此深爱着的那张脸朝他转去:"喝汤吧。没事了。没事了。"

这时,他忍不住哭了出来。

雅克·科尔梅里醒了。

阳光不再映照在舷窗的铜框上,而已经退到地平线处,正落在对面的隔墙上。他穿上衣服走上甲板。

长夜一过,他便又能见到阿尔及尔了。

5 父亲·死亡·战争·谋杀

a. 星期日。

1. 以后变成埃尔斯特。

b. 过渡。

他还没进门,就把她紧紧搂在怀里,刚刚四级一跨地跑上楼梯,现在还气喘吁吁。他一口气跑上来,没有踏空一级,就好像他的身体对每一级台阶的高度一直保持着精确的记忆。此时的街上已经热闹非凡,早晨ª刚洒过水,有些地方还闪闪发亮,天开始热起来,洒的水便化为水蒸气消散了。从出租车上一下来,他就瞧见她了,她还站在从前那个地方,在小套房的两间房之间唯一一处狭窄的阳台上,下方是理发店的雨篷——但理发师不再是让和约瑟夫的父亲了,他死于肺结核,他妻子说这是一种职业病,他一直呼吸着头发味儿——雨篷的瓦楞铁皮上还留着榕树的浆果、皱巴巴的废纸以及一些旧烟头。她站在那里,头发依然浓密,但是早已变得花白。尽管已经七十二岁了,她的身板依然硬朗、身材瘦削、精力充沛,人们都认为她比实际年龄要年轻十岁。全家人都很瘦,虽然看起来懒散,却充满活力、不知疲倦,岁月在他们身上没有留下任何痕迹。半哑的埃米尔舅舅[1],五十岁了还像年轻的小伙子。外婆直到死时都没有驼背。至于他的母亲,他现在正向她跑去,她刚柔并济的性格似乎一点都没有改变,几十年疲乏不堪的工作并没有损坏她少妇般的容颜,科尔梅里从童年时就一直对她欣赏不已。

当他到达门口时,母亲开了门,投入他的怀抱。就像每次他们重逢时那样,她吻了他两到三次,用她所有的力气搂着他,他感觉到母亲的肋骨,还有她又硬又凸、颤抖不已的肩胛骨,同时他嗅到母亲淡淡的体味,让他想起喉头下两条颈筋之间的地方,他不敢再吻那儿。然而他孩童时喜欢闻,喜欢抚摸,偶尔有几次,她把他放到膝盖上,他假装睡着,把鼻子伸到这小窝里。对他而言,这小窝里的味道是童年生活中难能可贵的柔情。母亲拥抱着他,又放开了他,注视着他,再将他揽到怀里,就好像她在衡量可以带给他或者向他表达的所有的爱,然后断定还缺点什么。"我的儿子,"她说,"你离我太远了ᵇ。"随后,她转过身,回到屋子里,坐在朝向街道的餐厅里。她似乎不再想他,什么也不想,甚至有时用一种奇怪的表情望着他。譬如现在,至少他有这样的感觉,他是多余的,扰乱了她独自活动的那个狭窄、空旷和密闭的世界。

而且那一天更加如此。当他在她边上坐定后,她似乎心神不宁,美丽的眼睛不时地暗暗望向街道,目光又阴郁又热切,随即又平复下来,回到雅克的身上。

街道变得更加喧闹,行人来来往往得也更加频繁。笨重的红色电车驶过,发出巨大的声响。科尔梅里望着他的母亲,她穿着一件白领的灰色小罩衫,领口很高,侧身坐在窗前一把不太舒适的椅子上〔 〕[1]。她一直坐在那里,由于年纪大了,她的背有些驼,不过并不靠着椅背。她双手摆弄着一块手帕,不时用麻木的手指将它团成球,随后把它丢在裙子的凹陷处,两只手一动不动地搁在两边,头微微转向街道。

1. 两个看不清的词。

她的模样跟三十年前别无二致,透过皱纹,他发现这张脸依然年轻,堪称奇迹。她的眉毛弯弯的,很平滑,仿佛与额头融为一体,鼻子小巧挺直,唇形依旧保持得很好,尽管假牙周围的嘴角会不时抽搐。

她的脖子衰老得很快,但其轮廓依然未变,尽管青筋突暴,下巴也有点松弛。

"你去理过发了。"雅克说。

她微笑着,脸上的神情就像犯了错的小女孩。"是的,你知道,你回来了。"

她总是以她的方式打扮自己,别人很难察觉。但是,她的穿着十分朴素。在雅克的记忆里,不曾看到过她穿难看的衣服。

她身上穿的灰色和黑色的衣服,都是经过精挑细选的,现在依然如此。这体现了整个家族的品位。虽然这个家族处境悲惨、生活困苦,只是偶尔有些表兄弟稍微富裕一些,但是家族里的所有人,尤其是男人,像所有生活在地中海沿岸的男人一样,都得穿着白色衬衫以及裤线笔直的裤子。由于衣橱里并没有什么衣服,男人们就很自然地认为,这种洗衣熨烫的工作是属于女人的,是母亲或妻子的日常家务活。至于他的母亲[a],她总是认为洗衣服和给别人做家务是不够的。在雅克的记忆中,他最早的记忆是看到母亲熨烫他哥哥和他唯一的一条长裤,直到他离开家,远渡重洋去了那个女性既不洗衣服也不烫衣服的世界。

a. 眉弓突出而光滑,黑色热切的眼睛闪着光芒。

"理发师是意大利人,"母亲说,"他的手艺很好。"

"是的。"雅克说。

他想说:"你很漂亮。"不过他没说出口。

他一直觉得母亲很漂亮，但他从来不敢告诉她，并不是他害怕扫兴或怀疑这样的赞美能否取悦于她，而是如果对她说了，便是跨越了一道隐形的屏障，他看到母亲的一生都隐藏在这道屏障后——温柔、礼貌、随和，甚至消极，然而从未被任何东西或任何人征服，孤立在她半聋的世界中。她的语言存在障碍，虽美丽却让人几乎无法接近，而且她越是微笑，他的心就越向她奔去——是的，她整个一生中都持有同样一副神情，胆怯、顺从而又与人保持距离。三十年前，她就是用这种目光看着她母亲用牛筋鞭子抽打雅克，而她自己从没有碰过，甚至真正责骂过她的孩子。毫无疑问，这些鞭子虽然抽在孩子身上，却痛在她的心里。一整天工作的辛劳，语言沟通的障碍以及出于对母亲的尊重，她没有出来指手画脚，只是默默地看着。于是他就这样在漫长的岁月里忍受着，忍受着抽在孩子身上的鞭子，就好像她忍受着为其他人干活的艰难日子。跪着擦地板，没有男人、缺乏慰藉的生活，整天和满是油污的残羹冷炙以及其他人的脏衣物打交道，她过着这样漫长而艰辛的日子。由于没有希望，生活也变得没有任何怨恨、愚昧、无知而又固执，最终屈服于所有的痛苦，那些让她与别人感同身受的痛苦。

他从来没有听过母亲抱怨，顶多说句累了，或者在洗了很多衣服后说自己腰疼。

他也从没有听过母亲说别人的坏话，顶多说某个姐妹或者姨妈对她不太友好，或是态度"傲慢"。不过，他也很少听到母亲发自内心的欢笑。自从她的孩子给予她所有的生活需要后，她就不再工作，笑得也比以前多了。

雅克环顾四周，房间没有任何变化。母亲不想离开这套她已经十分熟悉的房子，也不想离开这个一切都很便利的社区。在另一个社区，也许会很舒适，但一切也可能变得很麻烦。

是的，还是一模一样的房间。家具被换过了，现在显得很体面，不再那么寒酸。但它们始终光秃秃的，紧贴墙壁。

"你总是喜欢到处乱翻。"他母亲说道。

是的，尽管受到她的斥责，他还是情不自禁地打开碗橱，里面的东西少得可怜，空空荡荡的感觉让他颇为迷惑。他也打开了餐具桌的抽屉，里面放着两三种药品，家里有这些就够了。抽屉里还有两三张旧报纸，一些线头，一个装满零散纽扣的小纸盒，一张旧证件照片。在这个家里，连多余的东西都很可怜，因为没人用过它们。雅克知道，即使住在他家这样物品充裕的普通人家里，母亲也只会使用那些少得可怜的必需品。

他知道隔壁母亲的房间里有一个小衣橱，一张窄床，一个木制梳妆台和一把草编椅，房间里唯一的一扇窗户上挂着窗帘。在这间房里，他找不到任何其他物件，顶多有时候在梳妆台的台面上会有母亲丢在那里、卷成一团的手帕。

当他到了别人家里，无论是中学同学家还是以后遇到的更富裕的人家，摆满房间的花瓶、高脚杯、小雕像、绘画等总会让他震惊不已。而在他家里，却只有"壁炉上的花瓶"、罐子、汤盘，以及几个不知名的物件。舅舅家则相反，可以欣赏到孚日的陶器，可以用坎佩尔的餐具吃饭。他一直在一贫如洗的环境中长大，周围物品的名称都很普通；而在他舅舅家，他知道了新名词。

现在，在刚刚清洗过的铺着方砖的房间里，在简朴锃亮的家具上，依旧没有任何摆设，除了餐桌上一个阿拉伯式的铜烟灰缸，这还是为他回来而准备的。墙上挂的是邮局日历。这里没什么可看的，也几乎没什么可说的，这就是为什么除了他自己了解的以外，他对母亲一无所知的原因。对父亲也一样。

a. 父亲——询问—— "爸爸？"母亲注视着他，神情变得专注起来 ª。
1914 年战争——谋杀。   "是的。"

"他叫亨利，还有什么名字？"
"我不知道。"
"他没有其他名字了吗？"
"我想是有的，但是我不记得了。"

突然，她变得心不在焉，望着街道，此刻太阳正用尽全力炙烤着路面。

雅克走进房间，打开衣橱。在搁物架上层的几条毛巾中间，放着户口簿、抚恤金证和几张写着西班牙文的旧文件。

"他长得像我吗？"
"是的，就是你的模样，完全一样。他的眼睛很明亮，额头也和你的一样。"
"他是哪一年出生的？"
"我不知道。我呢，我比他大四岁。"
"那你呢，你是哪一年出生的？"
"我不知道。去看看户口簿吧。"

他带着这些资料回来了。

"他出生在 1885 年，而你出生在 1882 年。你比他大三岁。"

"啊！我一直以为是四岁。过去太久了。"
"你跟我说他很早就失去了父母，他的兄弟们把他丢在了孤儿院。"
"是的。还有他姐姐。"
"他父母有一个农场？"
"是的，他们是阿尔萨斯人。"
"在乌莱德-法耶特。"
"是的。我们在歇拉迦。离得很近。"
"父母去世时他多大？"
"我不知道。哦！他那时还小。他姐姐丢下了他。这不太好。他再也不想见到他们了。"
"他姐姐多大？"
"我不知道。"
"那他的兄弟们呢？他是最小的吗？"
"不，他是老二。"
"那么，他的兄弟们都太小，无法照顾他。"
"是的，是这样。"
"既然这样，那这不是他们的错。"
"不，你父亲认为这是他们的错，他恨他们。在十六岁离开孤儿院之后，他回到了姐姐的农场。人们让他干的活太多。太过分了。"
"所以他来到了歇拉迦。"
"是的，到我们家。"
"你是在那儿认识他的？"
"是的。"

她又一次把头转向街道，他感到无力再继续这个话题了。但是她自己却主动提起了另一个话题。"你知道的，他不识字。孤儿院里什么也学不到。"

"但是你给我看了他在战场上寄给你的一些明信片。"
"是的，他和克拉西欧先生学习的。"
"在里科姆家。"
"是的。克拉西欧先生是头头，他教你父亲读书写字。"
"几岁的时候？"
"我想是在二十岁的时候。我不知道。这一切都太久远了。但是当我们结婚的时候，他学会做葡萄酒了，而且他可以去各地工作。他很有头脑。"

她望着他。
"像你一样。"
"然后呢？"
"然后？你的哥哥出生了。你父亲为里科姆工作，里科姆派他去了圣阿波特尔农场。"
"圣阿波特尔？"
"是的。随后那里爆发了战争。"

"他死了。有人给我寄来了一块弹片。"

炸开他父亲脑袋的弹片就放在一个小饼干盒里，在衣柜里的那些毛巾后面。盒子里还有在前线写的明信片，上面生硬简短的话他都能背下来。

"亲爱的露西，我一切安好。明天我们将换营地。照顾好孩子们。吻你。你的丈夫。"

是的，就在那次搬迁的深夜，他这个移民的孩子出生了。当时欧洲已经调准大炮，准备几个月后一起发射，将科尔梅里一家从圣阿波特尔赶走。他奔赴阿尔及尔的兵团，她则跑到母亲位于贫民区的小屋里，怀里抱着被塞浦兹的蚊虫咬得浑身发肿的孩子。"妈妈，你忙你的吧。等亨利一回来，我们就走。"外婆身板挺直，一头白发朝后梳着，双眼明亮，目光严峻。"我的女儿，你又得干活了。"

"他在佐阿夫团。"
"是的，他在摩洛哥打仗。"

这是真的。他忘记了。
1905年，他的父亲二十岁。
正如人们所说，他曾是现役军人，和摩洛哥人打过仗[a]。　a.14。

雅克还记得几年前在阿尔及尔的街道上遇到学校的校长，记得校长对他说的话。勒维斯克先生和他父亲是同时被征召入伍的。但他们只在同一支队伍里待了一个月。据他说，他对科尔梅里不太了解，因为科尔梅里很少说话，他吃苦耐劳，沉默寡言，但容易相处，待人公平。

仅有一次,科尔梅里表现得异乎寻常。那是一天夜里,炎热的白天过后,分遣队驻扎在阿特拉斯山脉一角的一座小山丘上,这座山丘掩映在一条陡峭的狭道里。科尔梅里和勒维斯克应该和狭道下方的哨兵换岗,但却没有人回应他们的呼喊。在一排仙人掌脚下,他们找到了自己的战友,他的头向后仰着,表情古怪地望着月亮。起初他们并没有认出他形状奇怪的脑袋。其实原因很简单:他是被割喉而死的。他嘴里那个苍白肿胀的东西,正是他的生殖器。

a. 中士说过,不管有还是没有(生殖器),反正你死了。

直到这时,他们才看到了双腿分开的尸体,佐阿夫团士兵军裤被撕裂,在裂缝中间,透过反射的月光可以看到一摊血肉模糊的东西[a]。一百米外,在一大块岩石后面,第二个遇害的哨兵也以同样的方式横在那里。于是分遣队发出警报,增派岗哨。

黎明时分,他们回到营地,科尔梅里说这些人简直不是男人。勒维斯克思索了一番回答道,对他们来说,男人就该这么做,别人在他们的地盘,他们就会不择手段。

科尔梅里的神情很固执。
"也许吧。但他们是错的。男人是不会这样做的。"

勒维斯克说，对他们而言，一个男人在某些情境下应当敢作敢为，并且敢［摧毁一切］。但是科尔梅里却像疯了一样大声吼道："不，是个男人就不能这样做。这才是男人，否则……"随后，他冷静了下来。

     他用低沉的声音说道："我呢，我又穷又苦，从孤儿院出来，别人给了我这身行头，拉我去打仗，但是我不会做这种事。"

勒维斯克［说］："有一些法国人什么都敢做。"
"那他们也都不是人。"

突然间，他喊道："杂种！狗娘养的！全是，全是……"
     随后，他钻进了自己的帐篷，脸色苍白，毫无血色。

雅克细细思索，意识到正是从这位已经久未联系的小学教师身上，他才了解到有关父亲最详细的情况。但是除了细节，他还是从母亲的沉默中揣测到了更多东西。

一个艰辛、苦涩的男人，终其一生都在工作，服从命令杀人，接受了所有无法回避的事情，但是他内心深处拒绝受辱。

     他终究还是一个贫苦的人。
     因为贫穷虽然不能选择，却可以避免。

他通过从母亲那里知道的一点点情况，试图去想象就是这个男人在九年后结了婚，成了两个孩子的父亲，家庭境遇随之改善，但因为战争总动员，又被召回了阿尔及尔入伍[a]，带着耐心的妻子和烦人的孩子们开始了漫漫长夜之旅。他们在火车站告别。三天后，他突然出现在贝尔库的小套房里，穿着佐阿夫团漂亮的红蓝条军服和灯笼裤。顶着7月[*]的酷热，他身着羊毛衣服，汗水直流，手里还拿着一个扁平的狭边草帽，因为他既没有伊斯兰小圆帽也没有头盔。他是偷偷离开车站站台拱顶下的兵站的，一路跑来拥抱他的妻子和孩子。晚上他就要登船，在一片他从未到过的大海上航行，去往他未曾见过的法国[b]。他紧紧地抱着他们，但只抱了一会儿，便又迈着同样的步伐出发了。妻子站在小阳台上向他挥手示意，他一边跑一边回应妻子，转身向她挥动着手里的草帽，随后便跑上了街道。路面因为灰尘和热气而变得灰暗，他消失在更远处的电影院后，消失在清晨明媚的阳光中，再也没有回来。

a. 参看1814年阿尔及尔的报刊。［原文如此］

*8月。

b. 他从未见过法国。他见到了，就被杀死了。

剩下的就得靠想象了。雅克无法通过母亲告诉他的事去想象，她甚至都没有历史或者地理概念，她只知道她住在海边的一处地方。法国在海的另一边，她从来都没有去过。此外，法国是朦胧夜色中一块模糊的地方，人们可以通过一个叫马赛的港口到达那里，她把马赛港想象成阿尔及尔港口。法国有一个叫作巴黎的城市，它闪耀的光芒独具一格，人们都说那里特别美。最后，那里还有一个地区叫作阿尔萨斯，她丈夫的父母便来自那个地区。很久之前，他们就在那些"德国佬"的眼皮底下从那里逃了出来，逃到阿尔及利亚定居。而在这里，他们又要面对同样的敌人，这些人一直都很凶残，尤其是对一些法国人，而且毫不讲理。

法国人总是被迫抵抗这些生性好战而又残酷无情的人。她也不清楚西班牙在哪里，但无论如何，它并不太远，她的父母是马翁人，和她丈夫的父母一样，很早就离开法国来到了阿尔及利亚，因为他们在马翁饿得要命，她甚至不知道马翁是一个岛，而且她也不知道什么是岛，因为她从来都没有见过。

其他国家的名字有时让她颇为激动，但她总是读不对。况且她从未听说过奥匈帝国和塞尔维亚、俄罗斯和英国一样，是个难读的名字，她不知道"奥地利大公"是什么，她也从未念出过萨拉热窝这四个字。

战争就在那里，如同一团丑恶的云，充满黑暗的威胁，然而人们无法阻止它布满天空，无法阻止蚱蜢到来，也无法阻止毁灭性的暴风雨席卷阿尔及利亚高原。德国人再次把法兰西卷入战争，人们又将受苦受难——没有什么缘由，她并不了解法国的历史，也不知道历史是什么。

她只了解一点自己的故事，勉强知道一些她爱慕着的人的故事，知道这些人也要像她一样遭受苦难。在她难以想象的世界之夜，在她一无所知的历史长夜里，一个更加黑暗的夜晚刚刚到来，一些神秘的命令已经下达，是由一个汗流浃背、疲惫不堪的宪兵带到这穷乡僻壤来的。于是她和家人要离开已经准备好收获葡萄的农场——神甫在博恩火车站欢送这些被应征入伍的人，他说："要做祷告。"她回答道："是的，神甫先生。"但实际上她并没有听到他说的，因为神甫说得并不大声，此外，她没有想要去祷告，她不想打扰任何人——现在她的丈夫穿着漂亮的军装出发了，他很快会回来，大家都这么说，德国人将会受到惩罚。但是在此期间，她得找份工作。

幸运的是，一个邻居对外婆说，军火库要招女工，并且会优先考虑应征入伍者的妻子，尤其是拖家带口的女人。于是，她很幸运，每天工作十小时，根据粗细和颜色来排列小纸筒。她可以把挣到的钱给外婆，孩子们也有吃的了，直到德军受到惩罚、亨利回来为止。

当然，她不知道有俄国前线，不知道前线是什么，不知道战争可以延伸到巴尔干地区和中东地区，直至整个世界，也不知道发生在法国的一切，德国人不告而入，朝孩子们开枪。

确实，一切都在那里发生，亨利·科尔梅里所在的非洲军队很快被召集起来，被带到据说是很神秘的一个地区——马恩河。人们甚至没有时间给他们找头盔，太阳也不像阿尔及利亚那样强烈，可以达到改变肤色的程度。于是，阿拉伯人和法国人组成了阿尔及利亚军团，他们穿着鲜艳醒目的衣服，头上戴着草帽，这些宛如红蓝相间的靶子从几百米开外便能一眼瞧见。他们手持一束束火把向上攀登，又一批批地被歼灭，肥沃了那片狭窄的土地。四年间，来自全世界的男人们蜷缩在烂泥掩体里，寸土必争般地相互厮杀，天空中满是照明弹，一发发炮弹呼啸而过，此起彼伏。大战壕里喊杀声冲天，这也预示着攻击徒劳无果[a]。

a. 发挥。

但此时此刻，没有掩体的地方就只有非洲军队。他们在火光下就像多彩的蜡娃娃一样融化。每天数百名孤儿出生在阿尔及利亚各地，有阿拉伯人，也有法国人，有儿子，也有女儿，这些没有父亲的孩子得学会生存，既没有人教育他们，也没有遗产可继承。

几个星期后，一个星期天的早上，在二层楼的小平台上，位于楼梯和两个没有光线的厕所之间，砖砌蹲式厕所里的几个黑洞虽用药水清洗过，但仍不断散发着恶臭。露西·科尔梅里和她母亲坐在两把低矮的椅子上，借助楼梯上气窗的光线挑着小扁豆，衣篮里的婴儿吮吸着一根满是口水的胡萝卜。这时候，一位神情凝重、穿着整齐的先生突然出现在楼梯上，手里拿着一封信。

两个女人一脸惊讶地放下她们装小扁豆的盘子，擦了擦手，她们正从放在她们中间的一个锅里筛选豆子。这位先生在最后一级台阶上停了下来，恳求她们不要起身，并问谁是科尔梅里太太。"她就是，"外婆回答道，"我是她的母亲。"这位先生说自己是市长，他带来了一个不幸的消息，科尔梅里太太的丈夫在战场上牺牲了，法兰西为他悲痛的同时，也为他骄傲。露西·科尔梅里没有听到他的话，但她依旧站起来，充满敬意地朝他伸出了手。外婆直起身子，手捂着嘴，用西班牙语不停说着"天哪"。

市长先生将露西的手放在他的手中，随后用两只手紧紧握住她的手，低声说了些安慰的话，随后把信件交给了露西，转过身，步履沉重地走下楼梯。"他说了什么？"露西问道。"亨利死了。他被杀死了。"

露西凝视着这信封，没有打开，她和她的母亲都不识字，她把信封翻过来，沉默不语，也没有流出一滴泪。在这无名的深夜里，她无法想象远方的死亡。随后，她把信封放在围裙的口袋里，目不斜视地从孩子身边走过，走进了她和两个孩子共住的房间，关上门，拉下朝向庭院的百叶窗，躺倒在床上。就在这好几个小时里，她一直沉默不语，也没有流泪，只是抓住口袋里她看不懂的信，在黑暗中凝视着她所无法理解的不幸[a]。

a. 她以为弹片是自动爆炸的。

"妈妈。"雅克喊道。
她一直用同样的神情望着街道，并没有听到雅克的话。雅克碰了碰她瘦弱起皱的手臂，她这才朝他转过身去，面露微笑。
"爸爸的明信片，你知道的，是从医院寄来的。"
"是的。"
"你是在市长走后收到它们的？"
"是的。"

一块弹片炸开了他的脑袋，他被抬到其中一辆救护火车上。车上遍布血渍，铺着稻草，随处可见绷带，火车在战争屠宰场和圣布里厄疏散医院之间穿梭。在那里，他潦草地写了两张明信片，因为他什么也看不见了。"我受伤了。不过没事。你的丈夫。"几天后他便死了。

护士写道："这样最好。否则他不是变成瞎子就是变成疯子。他很有勇气。"
随后便寄来了弹片。

三个持枪伞兵组成的巡逻队从窗下的街道上经过，排成纵队朝四面张望。其中有个黑人，长得高高的，身体灵活，就像皮毛上有很多斑点的漂亮野兽。
"这是为了防止强盗作乱，"她说，"我很高兴你去了趟他的墓地。我啊，现在年纪大了，而且路途遥远。那里美吗？"
"什么？墓地？"
"是的。"
"很美。有花儿。"
"是的，法国人很勇敢。"
她相信自己所说的，却没有再想到她的丈夫，她现在已经将他遗忘，而且连同过去的不幸一起遗忘。无论是在她心中，还是在这间屋子里，这个被一场世界战火吞噬的男人没有留下任何痕迹，只剩下一段不可触及的回忆，如同蝴蝶的一只翅膀，在森林大火中被烧焦化成灰烬。

"炖菜要烧焦了，等一等。"

a. 小套房里场景变换。	[a] 母亲起身去厨房，他便坐在她的位置上，望着这条多年来一成不变的街道。街上的商店依然如故，在阳光下颜色黯淡，油漆有些剥落了。只有对面的烟草店用长长的彩色塑料条代替了空心芦苇做的门帘，雅克还依旧记得自己穿过门帘时听到的独特声响，他掀开门帘，走入散发着精致的油墨味和烟草气味的店里，买了本《无畏者》杂志，因为里面讲述荣誉和勇气的故事让他备感兴奋。这时，街道开始热闹起来，如同星期天上午一般。工人们穿着刚刚洗过并烫好的白衬衫，一边聊着，一边向三四家咖啡馆走去。咖啡馆里透着一股混杂了茴香味的清凉味道。几个阿拉伯人经过，他们虽然很穷，身上的衣服却很干净，他们的妻子总是戴着面纱，脚下却穿着路易十五款式的皮鞋。

有时，几家阿拉伯人一起经过，身穿节日盛装。其中一家带着三个孩子，一个孩子穿着伞兵制服。就在那时，伞兵巡逻队又从街上路过，神情悠闲，他们显然对此无动于衷。就在露西·科尔梅里走进房间的那一刻，爆炸声响起。

爆炸声好像很近，声响巨大，震颤声持续不停，似乎很久都没有过这样的爆炸声了。餐厅里，玻璃吊灯的灯泡仍在震动着。

他母亲退到房间尽头，脸色苍白，黑色的眼睛里充斥着抑制不住的惊恐，身体有点摇晃。"就是这儿，就是这儿。"她说。"不。"雅克说着，然后跑向窗边。人们奔跑着，他不知道他们要去哪儿。一家阿拉伯人跑进了对面的服饰用品商店，催促着孩子们进去，老板收留了他们，将门关上，上了锁，一动不动地站在窗玻璃后监视着街道。这时，伞兵巡逻队回来了，上气不接下气地朝另一个方向跑去。几辆汽车匆匆沿着人行道停靠。不消几秒钟，街道就空无一人。然而，雅克伸出头看到稍远处缪塞电影院和电车停靠站之间有一大群人在移动。"我要去看一看。"他说。

a. ——他在见到母亲之前已经看到这里了？ ——到第三部再讲凯苏的暗杀事件，因此这里只是简单地指出有暗杀。 ——下文。 1. 直到"痛苦"一词为止的整个一段都被圈了起来，并打了一个问号。	在普雷沃·帕拉多尔大街拐角处 [a1]，一群男人正在大声叫骂。"杂种。"一个身穿针织衫的小个子工人一边朝靠在咖啡馆旁大门上的一个阿拉伯人走去，一边骂骂咧咧。阿拉伯人说："我什么也没有做。""你们都是同谋，狗娘养的。"他朝阿拉伯人扑过去，其他人拦住了他。雅克对阿拉伯人说："跟我来。"他和阿拉伯人一起走进了咖啡馆，这家咖啡馆现在由雅克童年的伙伴、理发师的儿子让经营。让就在那里，还是和以前一模一样，但是添了些皱纹，变得又矮又瘦，神态狡黠而又专注。"他什么也没做，"雅克说，"让他进屋吧。"让一边擦拭咖啡馆柜台，一边望了眼阿拉伯人。"来吧。"他说道，然后他们消失在咖啡馆里面。

84

从里面走出来时,这个工人斜视着雅克。
雅克说:"他什么也没做。"
"应该把他们全杀了。"
"这都是气话。想一想吧。"
小个子工人耸了耸肩说:"你去那儿,当你看到那一摊稀巴烂的东西时你再说。"
救护车的鸣笛声响起,快速而急迫。雅克一直跑到电车站台。

炸弹在站台旁边的电线杆处发生爆炸。当时有很多人正在等电车,都穿着节日盛装。

1. 原文如此。从一家小咖啡馆里传出此起彼伏的呼号声,不知道是出于愤怒和[1]痛苦。

他回到母亲身边。她现在直挺挺地站着,脸色苍白。"坐下吧。"他让母亲坐在桌子旁边的椅子上。他坐在她的旁边,握着她的手。
"这个星期已经发生了两次,"母亲说,"我很害怕出门。"
"没什么大不了的,"雅克说,"这一切都会平息的。"
"是的。"母亲说道。

母亲用一种难以琢磨的、奇怪的神情望着他,就好像她身处矛盾之中,既相信儿子的智慧,又确信"全部生活"是由不幸造成的,人们对此无能为力,只能默默忍受。"你要知道,"她说,"我老了。我再也跑不动了。"

她的脸上又重新泛出血色。可以听到远处救护车的鸣笛声,这声音又急又快。但她却听不见了。她深吸一口气,又平静了一些,对着儿子露出了美丽而勇敢的微笑。

和她的族人一样,她在危险中长大,这危险让她揪心,但和其他危险一样,她对此也只能默默忍受。他无法忍受母亲脸上突然出现的一副垂死之人才有的冰冷面孔。"跟我去法国吧。"他说。但她摇了摇头,悲伤而又坚定地说:"哦!不,那儿很冷。现在我年纪太大了。我想要待在我们这个地方。"

6　　家　庭

a. 她从来不使用虚拟式。

"啊！"母亲对他说，"我真高兴你在这儿[a]。晚上来吧，我就不会这么无聊了。尤其是晚上，冬天天黑得很早。要是我识字就好了。我的眼睛不好，我再也不能在灯下做针线活儿了。艾蒂安不在的时候，我就睡觉，等着吃饭。挺长的，差不多要两个小时。如果我身边有小家伙们，我就能和她们说说话。但是她们来了又走了。我太老了。也许我现在身上有股老人味儿了。那么，就这样吧，一个人……"

她一口气说着这些，短句迭出，就好像她想把心里沉默已久的想法倾诉出来。然后，在倾吐出了所有的想法后，她又再次陷入沉默，嘴巴紧闭，眼神温柔而忧郁。透过餐厅合上的百叶窗，她望着街上折射进来的令人窒息的光线。她总是坐在老地方，坐在那把不舒服的椅子上。她儿子和从前一样，绕着中间的桌子打转[b]。

b. 与哥哥亨利的关系：打架。

c. 吃的菜有：炖内脏——炖鳕鱼、鹰嘴豆。

她又一次望着儿子绕着桌子打转[c]。

"索尔费里诺很美。"
"是的，很干净。但是自从你离开那里，那儿应该都变了。"
"是的，变了。"
"医生向你问好。你还记得他吗？"
"不记得，过去太久了。"
"没有人记得爸爸。"
"我们没有在那里待太久。还有，他讲话也不多。"
"妈妈？"
她温柔而漫不经心地望着儿子，脸上没有一丝微笑。

"我本以为你和爸爸从来没有一起在阿尔及尔住过。"
"没有，没有。"
"你明白我说的了吗？"

她没有理解,他从她有些惊恐的神情上揣测出来。这神情如同她在请求原谅一般,于是他一字一顿地把问题又重复了一遍:

"你们从来没有在阿尔及尔一起住过?"
"没有。"她说。
"那爸爸去看皮雷特被砍头的时候呢?"

他用手在脖子上比画着,好让母亲明白。

但母亲立即回答道:
"是的,他三点钟起床去巴波鲁斯。"
"那么,你们在阿尔及尔?"
"是的。"
"那是什么时候呢?"
"我不知道。他那时在里科姆家干活。"
"在你去索尔费里诺之前?"
"是的。"

她说是的,也许不是。必须通过一段阴郁的记忆追溯当年,没有什么是确定的。

穷人的记忆没有富人的记忆那么丰富,空间标记也更少,因为他们很少离开自己生活的地方;时间标志也更少,因为他们的生活一成不变、单调乏味。当然,还有据说是最可靠的情感回忆,但是情感在痛苦和劳作中已经消耗殆尽,在劳累的重压下,它很快就被遗忘。失去的时光只有富人们才能找寻回来。

对于穷人，逝去的时光只是死亡之路上的模糊踪迹。那么，为了能够承受这一切，就不应当过多回忆往事，应当把握住每一天，一小时一小时地过，正如母亲那样，或许有些迫不得已，因为这种年轻时得的病（实际上，外婆说这是一种伤寒。但伤寒不会留下这样的后遗症。

也许是斑疹伤寒。或者其他什么？这又是个谜团）。年轻时得的病让她失聪，并伴有语言障碍，甚至连教给最贫困的人的内容她都无法学会。因此，她不得不默默屈服，这也是她找到的唯一一种直面生活的方式，她还能找到别的方式吗？站在她的角度，谁又能找到别的办法？他原本希望她能充满激情地向他描述一个四十年前去世、和她共度过五年光阴（真的共度光阴了吗？）的男人。

<blockquote>
她做不到，他甚至不确定母亲是否热烈地爱过这个男人。无论如何，他无法问她，他在她面前以自己的方式装聋作哑，他甚至不想知道他们之间究竟发生过什么，觉得应该放弃了解关于她的某些事情。
</blockquote>

甚至这个细节，在他孩提时代就让他如此印象深刻，纠缠了他的一生，直到他的梦里：他从外婆那里得知，他的父亲3点钟起床去看一个臭名昭著的罪犯的死刑。

皮雷特是阿尔及尔附近萨赫勒农场的一名农场工人。他用锤子锤死了他的老板夫妇和三个孩子。"就为了偷东西？"年幼的雅克问道。"是的。"艾蒂安舅舅说。外婆回答说："不是。"但她并没有给出其他解释。

人们找到了几具变了形的尸体，房子里血迹斑斑，血渍一直蔓延到天花板。在其中一张床下，最小的孩子还有呼吸，尽管已经奄奄一息，却用尽力气在白石灰墙上用沾了血的手指写下："是皮雷特。"人们追捕凶手，在乡下找到了呆呆的皮雷特。舆论一片震惊，要求判处他死刑，毫无商量的余地。处决便在阿尔及尔巴波鲁斯监狱前执行，大量的群众到场观看。根据外婆所述，雅克的父亲夜里就起来了，出发去观看对一个罪犯的惩戒性处罚，他对这个罪犯的罪行愤慨不已。但是没有人知道到底发生了什么。

  处决看起来执行得很顺利。

  然而，雅克的父亲回来时面色苍白。他躺下睡觉，随后起来吐了好几次，然后又躺下。他绝口不提看到的景象。

听到这个故事的那天晚上，雅克睡在床边，避免碰到和他睡在一起的哥哥。他蜷缩成一团，忍住了因害怕而泛起的恶心，反复思索着别人跟他讲述的细节和他自己想象的内容。在他整个人生中，这些画面与他如影随形，一直伴他步入夜晚。在那些夜晚，一个噩梦常常来到他的梦里，很有规律。梦的形式千变万化，但主题却一成不变：有人来找雅克，要处决他。

每次醒来后，要过许久他才摆脱害怕和焦虑，回到美好的现实后，方才松一口气，在现实中他是不可能被处死的。直至成年，这个萦绕着他的故事才发生了变化，被处以死刑已经变成可以直面的事之一，不再虚幻，也无须靠现实缓解噩梦。相反，那曾经对他父亲造成冲击的焦虑和不安，这些年却不断滋生，这是父亲遗留下的唯一确凿无疑而又显而易见的遗产。这是一条神秘的纽带，将他和圣布里厄陌生的亡灵（他自己无论如何也没有想过他可能会死于暴力）连接在一起。虽然他母亲对此置身事外，但她知道这件事，看过他呕吐，不过那天早上她就忘记了，好像她不知道时代已经变了。

  对她来说，时光依旧，但不幸可以随时降临，毫无征兆。

a. 过渡。　　相反，外婆 a 对事物有着更准确的评判。"你最终会上断头台的。"她经常对雅克这样重复。为什么不？这没有什么特别的。她并不知道，但是她就是这样，对一切都能从容不迫。

她身板挺直，穿着她那件先知般的黑色长裙，愚昧而执着，至少她从来没有屈服过。更甚的是，她控制着雅克的童年。外婆的父母是马翁人，她在萨赫勒的一个小农场里长大，并且很早就嫁给了另一个马翁人，这个人很瘦弱，他的兄弟从1848年他们的祖父惨死后就搬到了阿尔及利亚。他们的祖父在那个时代是个诗人，他骑着一头母驴，在岛上围着菜园低矮的石围墙转悠做诗。

正是在一次骑驴漫步中，一个受人嘲弄的丈夫看到了祖父的侧影和宽边黑帽，误以为他是情夫，为了对他加以惩罚，便朝他背部开枪，这位诗歌和家庭道德的典范遭到枪杀，然而他什么也没给孩子留下。这出误杀悲剧带来的长远后果便是目不识丁的一大家子只能在阿尔及利亚沿海地区定居，他们远离学校，只知道在炎炎烈日下辛苦劳作。

从照片上判断，外婆的丈夫保留着他祖父的一丝灵气，他的脸庞瘦削，清秀端正，眼睛里透出遐思的目光，额头宽大。显然，他会很顺从他那年轻漂亮、精力充沛的妻子。她给丈夫生了九个孩子，其中两个很小就夭折了。另有一个女孩，虽被救活却落下了残疾。最小的一个生下来就是聋子，几乎不会说话。

在这又小又暗的农场里，她不断地做着自己那部分繁重的工作，抚养一群儿女长大。当她坐在桌边，旁边会有一根长棍，无论哪个孩子，一旦犯错就立刻会在头上挨一棒，这让她省得开口说些无谓的指责。她是当家人，要求孩子们尊重她和她丈夫，根据西班牙习惯用语，要以"您"相称。然而这样的尊重，她丈夫并没有享受很久：他早早地离开了人世，也许因为阳光和劳作而精力衰竭，也许是由于婚姻，雅克无法得知他究竟死于何种疾病。外婆独自一人清理了小农场，之后便和年幼的孩子们定居到阿尔及尔，其他孩子到了学徒年龄便开始工作。

当雅克长大些,可以用心观察时,他发现贫穷或者逆境都不会击垮外婆。

1. 在上文中,雅克·科尔梅里的母亲名叫"露西",此后改为"卡特琳娜"。

现在只有三个孩子在她身边。卡特琳娜·科尔梅里[1]在外面给人做女佣。最小的一个孩子,天生残疾的小儿子成了一个身强力壮的箍桶匠。最年长的约瑟夫还没有结婚,在铁路上工作。这三个人都领着一份微薄的薪水,聚在一起足以养活五口之家。外婆掌管家里的开销,因而第一件让雅克震惊的事便是外婆的贪婪,并不是说她很吝啬,或者至少说她的吝啬就像人们吝惜呼吸的、赖以生存的空气一般。

孩子们的衣服由外婆购买。雅克的母亲晚上回家晚，只能看看或听听而已，拗不过精力充沛的外婆，便什么都交由她管。

就是因为这样，雅克在整个童年时期都得穿着长长的外套，因为外婆在买这些衣服时总希望孩子能穿得久一些，衣服的质量能可靠些，让孩子的身高追赶上衣服的尺寸。然而雅克长得很慢，十五岁时才真正开始长个儿，但衣服还没穿得合身便已磨损。本着同样节约的原则，外婆又买了另一件，同学们都嘲笑雅克的穿着怪异，他没有办法，只能把外套腰部的地方弄得鼓起来，让衣服可笑的地方显得风格独特。

这些使雅克感到羞愧的事情很快就被班级同学遗忘，雅克又重新在班里占据优势，因为可以踢足球的操场就是他的王国。但这王国是块禁地。因为操场上浇注了水泥，鞋底在水泥上磨损得很快，外婆便禁止雅克在下课休息时间踢足球。

> 她亲自给孙子们买了又厚又结实的高帮皮鞋，希望这些鞋子永远穿不坏。

无论如何，为了延长鞋子的寿命，她让人用大的圆锥形钉子把他们的皮鞋钉了起来。这有两个好处：在磨损鞋子前得先磨损鞋钉，同时这些钉子让她可以检查孩子们是否违反了不许踢足球的禁令。在水泥地面上跑会快速磨损钉子，使它们表面变得光滑，光滑的钉子能暴露谁违反了命令。

每天晚上一回到家，雅克就得去厨房，卡桑德尔在厨房的黑锅上烧饭，雅克弯曲膝盖，鞋底朝天，像被钉铁蹄的马一样，把他的鞋底给外婆看。

当然，他无法抗拒同伴们的呼唤，也抵制不住他最喜欢的游戏的诱惑，他在努力掩饰过错，而不是在培养美德，虽然这美德对他而言是不可能达到的。

> 于是放学后，包括后来上中学时，他会花很多时间在潮湿的土地上摩擦自己的皮鞋。

这种计谋有时候能成功。但总有那么一天,鞋钉磨损得太厉害,鞋底也磨坏了,就会酿成大祸。由于动作不灵活而一脚踢在地上或者保护树木的栅栏上,导致鞋底和鞋面分离,雅克回到家时,皮鞋上便会缠绕着一段绳子,让鞋子的开裂处合上。那些晚上,雅克就得挨鞭子了。雅克哭的时候,母亲只是安慰他:"鞋子真的很贵,你为什么不注意些呢?"但是她自己从来不打孩子。

第二天,雅克穿了一双绳底帆布鞋,皮鞋被送到了修鞋匠那里。两三天后,雅克拿回钉上新钉子的皮鞋,他又得适应穿着这双鞋底既滑溜又不稳固的皮鞋保持平衡了。

外婆还能做出更加过分的事。多年以后,雅克想起这段往事,仍觉得羞愧和厌恶*。他和他哥哥从来没有得到过任何零花钱,除了有时候他们同意去拜访一个经商的舅舅和一个嫁得好的姨妈。去舅舅家很容易,因为他们也很喜欢他。但是姨妈会装模作样大肆吹嘘她有限的财富,这两个孩子宁愿没钱,宁愿没有钱带来的欢乐,也不愿感觉被侮辱。无论如何,尽管大海、阳光、街区游戏都是免费的欢乐,但炸薯片、水果糖、阿拉伯甜点,尤其是对雅克来说,看几场足球比赛还是要花一点钱的,至少要几个苏。

* 羞愧和厌恶交加。

一天晚上,雅克买了东西回来,手臂上托着从街区面包店拿回的烤好的苹果甜点(家里既没有煤气也没有炉子,饭是在一个酒精炉上做的。若有需要烘烤的菜,他便会把准备好的材料带到街区的面包店,花上几个苏,自己放进烤炉内盯着),甜点在他面前冒着热气,上面的蒙布挡住了街上的灰尘,同时也可以隔热,让人能抓住盘子两边。他右臂肘弯上挂着一只网兜,里面放着买来的各种食材(半斤糖、八分之一块黄油、五苏奶酪丝等等),分量很小,重量很轻。雅克嗅着甜点的美妙香味,警觉地走着,避开这个时候人行道上来来往往的人群。就在这时,一枚两法郎的硬币从他破了洞的口袋里掉落,在人行道上发出叮当声。雅克把它捡起来,检查了一下,仍然是完整的,于是把它装进另一个口袋。"我差点就把它弄丢了。"他突然想到。此前他不愿多想明天的比赛,但此刻比赛又回到了他的脑海中。

事实上,从未有人教过孩子什么是善或者什么是恶。有些是明令禁止的行为,违反命令便要受到严厉惩罚。其他却并非如此。

只有小学老师们，如果课堂上还剩一些时间，有时会对他们讲一讲道德，但是谈论禁令比解释道德更明确。雅克能看到和体会到的关于道德的唯一一件事，便是一个工人家庭的日常生活。显然，除了辛苦劳作，人们想不到别的可以赚钱维持生计的方式。但那是勇气教育，不是道德说教。然而，雅克知道把两法郎藏起来是不道德的。他不想这样做，他也不会去做。也许可以像之前一样，他从两块板子之间溜进练兵场，观看免费的比赛。可是他自己也不明白，为何他没有立即把钱交出去，为何他从厕所回来后，声称提裤子时有一枚两法郎的硬币掉进坑里了。

对这个砌在唯一楼层里的狭小空间来说，厕所这个词还是太高尚了。那里面空气不流通，也没有电灯和水龙头，门和里墙之间砌有一个半高台蹲坑，每次上完厕所就得浇几桶水。然而，依然无法阻止臭味飘到楼上。

a. 不是。因为他已经说过在街上丢失了硬币，他不得不另找理由。

雅克的解释听起来说得过去 ª。这使他没被派到街上去寻找丢失的硬币，同时后面的事也就戛然而止。只是在宣布这个坏消息时，雅克心里感觉很难受。外婆在厨房里，她正在一块旧木板上切大蒜和香芹，经过长时间的使用，木板表面已经发绿，中间也有些凹陷。她停了下来，望着雅克，雅克正等着她爆发。然而她什么也没说，只是用她明亮冰冷的眼睛审视着雅克。"你确定吗？"外婆终于说话了。

"是的，我感觉到它掉下去了。"

她又看了看雅克，说："很好，我们来看看。"
雅克惊恐地看着外婆卷起右臂的袖子，露出她白皙干瘪的手臂，走到楼梯平台。他跑到餐厅里，几乎感到恶心。当外婆叫他的时候，他发现她在洗涤槽前，手臂上涂满了灰色的肥皂，正在放水冲洗。"里面什么也没有，"她说，"你说谎。"
雅克结结巴巴地说："硬币可能被水冲走了。"
外婆犹豫了下说："也许吧。但是如果你说谎了，可没有好果子吃。"

的确，这不是什么好果子，因为他此时明白，驱使外婆在粪便里搜寻的并不是吝啬，而是生活的贫困。两法郎在这个家里不是个小数目。他理解了这一切，也最终清楚地意识到他偷走了家人辛勤工作赚来的这两法郎，心中感到羞愧和不安。直到今天，看着窗前的母亲，雅克还是无法解释他是如何没有交出两法郎，第二天竟然还兴高采烈地去看了球赛。

雅克对外婆的回忆也和一些不合情理的羞愧感联系在一起。

外婆坚持请人给雅克的哥哥亨利上小提琴课。雅克则声称这项额外的活动会让他无法维持优异的学习成绩，从而得以中止。于是，他哥哥学会了在冰冷的小提琴上拉几个难听的音。无论如何，他能拉一些流行歌曲，不过有些走调。雅克的音准不错，为了娱乐，他也学了同样的歌曲，却没有想过这种单纯的娱乐带来的灾难性后果。星期天，外婆招待她已经嫁人的几个女儿[b]，其中两个在战争中失去了丈夫。还有一个是外婆的妹妹，一直住在萨赫勒的农场里，宁愿说马翁方言也不说西班牙语。外婆在铺着油布的桌子上摆了大碗的黑咖啡，招待她们享用，并召集外孙们，让他们举办一场即兴音乐会。

b. 她的侄女们。

他们沮丧地拿来金属乐谱架，将乐谱翻到著名曲调的那两页。演奏是必须进行的。雅克勉勉强强跟着亨利颤颤巍巍的小提琴声，唱着《拉莫娜》："我做了一个美梦，拉莫娜，我们俩一起去旅行"，或是"跳舞吧，哦，我的吉尔美，今天晚上我要爱上你"，抑或是极富东方情调的"中国之夜，温柔之夜，爱情之夜，陶醉之夜，温存之夜……"。有几次，外婆特别要求他唱现实主义歌曲。于是雅克唱道："是你吗，我的男人，我曾如此爱着你，你则向我信誓旦旦，天知道，你如何永远不让我流泪。"

此外，这是雅克能带真情实感唱的唯一一首歌，因为歌中的女主人公最后看到她处境艰难的爱人被处决时，在围观的人群里又再次唱起了这首哀婉动人的歌曲。但是外婆更喜欢另一首歌，可能歌中伤感而温柔的曲调，是她的天性中未曾拥有的东西。这首曲子就是托赛利的《小夜曲》，亨利和雅克将其演绎得淋漓尽致，尽管他们的阿尔及利亚口音并不适合表现这首歌的迷人之处。

在一个阳光明媚的下午，四五个身穿黑衣服的女人，除了姨婆以外，都解下了她们的西班牙黑头巾，围坐在家具简陋、墙上刷着白石灰的房间里，轻轻点着头，称赞音乐和歌词的情感表达。外婆突然打断了念咒般的歌唱："你唱错了。"两位音乐家停了下来。她从来都分不清"哆"和"西"的差别，甚至连乐谱都不认识。

当他们按照外婆的要求圆满完成这段棘手的选段时，外婆却来了句："从'那儿'接着唱。"大家摇头晃脑，正准备最后为这两位演奏能手鼓掌，两个演奏能手却急急忙忙撤了乐谱架，去和街上的小伙伴们会合了。只有卡特琳娜·科尔梅里待在角落里一言不发。雅克还记得那个星期天的下午，他正要带着乐谱出来时，听到其中一个姨妈在母亲面前称赞他。母亲说："是的，这一点很好。他很聪明。"就好像这两句评论之间有关系。但当他转过身时，他明白了这层关系。

母亲战抖、温柔而热烈的目光投射在他身上，充满深情，孩子不禁后退了几步，犹豫了一下便逃走了。"她是爱我的，所以她是爱我的。"他在楼梯上暗自思量着，同时他也知道自己热烈地爱着母亲，也全心全意地希望得到母亲的爱，但在这之前，他一直对此心存疑惑。

> 看电影对孩子们而言，别有一番乐趣……这种
> 典礼在星期天下午进行，有时候是星期四。

社区电影院离他们家只有几步之遥。和所在街道一样，电影院用的是一位浪漫派诗人的名字。在进去之前要经过一些阿拉伯商贩摆摊的曲折通道，上面乱七八糟地摆了一些花生、咸味鹰嘴豆、羽扇豆、颜色鲜艳的麦芽糖，还有一些黏黏的"酸味糖"。另一些商贩卖的是外表华丽的糕点，其中包括金字塔状的奶油糕点，上面覆盖一层粉色的糖，他们还贩卖滴着油和蜂蜜的阿拉伯炸糕。在货摊周围，一大群苍蝇和孩子被相同的糖果吸引住了，苍蝇嗡嗡叫着，孩子们则大喊大叫，在商贩的咒骂声中互相追赶。商贩担心货摊被弄倒，不停地用相同的手势驱赶着苍蝇和孩子们。其中几个商贩把货摊摆在电影院一侧突出的玻璃棚下，其他人则把他们黏糊糊的食品放在灼热的阳光下及孩子们玩游戏扬起的尘土中。雅克跟在外婆身边，外婆捋顺了她的一头白发，在她那条从不离身的黑裙子上别上了银色胸针。

她严肃地拨开挡住入口大声喧哗的人群，这些人挤在唯一一个窗口前想要买"定座"票。说真的，人们也只能在"定座"和长凳之间进行选择。"定座"是些损坏的木质扶手椅，椅子一动便吱嘎作响。长凳在最后一刻才从侧门放入，是孩子们必争的座位。在长凳的每一侧都有一个拿着鞭子的管理人员，负责维持秩序。经常可以看到他驱赶某个调皮捣蛋的孩子或是成人。那时，电影院放映的还是默片。首先是新闻，随后是一部喜剧短片，然后放一部正片，最后是一部短片电影集，每星期都放短短一集。

外婆尤其喜欢这些短片电影集，每一集结束都会留下悬念。比如身强力壮的男主人公怀里抱着一个受伤的金发女孩，走在峡谷间的藤桥上，脚下是湍急的水流。本星期这一集的最后一个画面便是一只大花臂拿着一把原始砍刀，正在砍浮桥上的藤条。主人公十分自信，继续缓步向前，不顾"长凳"[a] 上观众发出的大声警告。问题并不在于这对夫妻能否脱险，这一点毋庸置疑，而是在于他们是如何脱险的，这就是为何阿拉伯人、法国人等众多观众下星期又来电影院的原因，他们将看到这对恋人在必死无疑的坠落过程中幸运地挂在了一棵大树上。整场放映都有钢琴伴奏，弹琴的是一位老姑娘，她那瘦弱的脊背如同矿泉水瓶，上面盖着一个花边领口的瓶盖。她自始至终安详从容的表情和长凳上人们的喜笑颜开形成了鲜明的对比。

a. Riveccio.

这位给人留下深刻印象的老姑娘在酷热中还总是戴着露指手套，雅克把这视作优雅的象征。

然而，她的角色并不像人们认为的那样简单。尤其是新闻的配乐使她得根据所放映事件的特点而改变旋律。在介绍春季时装表演时，她弹着欢快的四组舞曲，又用肖邦的《葬礼进行曲》为中国的某次水灾或者某位国内外重要人物的葬礼伴奏。无论是什么乐曲，她都会沉着冷静地演奏，就好像十个生硬的机械零件被精确的机关控制着，在老旧发黄的琴键上完成一次又一次的操作。在这间墙壁光秃秃的放映厅里，地板上堆满了花生壳，空气里混杂着消毒液的味道和观众浓烈的体味。无论如何，当她脚踩踏板开始弹前奏时，震耳欲聋的吵闹声便会一下子停下来，这前奏是为了营造日场电影的氛围。巨大的嗡嗡声预示着放映机开始工作，雅克的苦难也随之开始。

无声电影实际上要配上大量的字幕，旨在说明情节。因为外婆不识字，雅克的任务便是帮她念。

外婆虽然上了年纪，但耳朵却一点也不聋。不过，首先要盖过钢琴声和放映厅的噪音。此外，尽管这些字幕很简单，但是里面的很多词外婆并不熟悉，有些词连雅克也很陌生。

雅克不希望影响邻座的人，尤其担忧让整个放映厅的人知道外婆不识字（外婆自己有时候也感到羞耻，在电影开始前大声对他说："你帮我读，我忘记带眼镜了。"），因此雅克尽可能小声地为外婆朗读字幕。

结果，外婆只听懂了一半，于是要求雅克大声重念。雅克想要大声念时，又有人朝他们发出"嘘"声，这让他极其羞愧，念得结结巴巴，外婆便埋怨他。很快，接下来的字幕又出现了，对于还没理解上一句的可怜老人来说，这就更加晦涩难懂了。困惑越来越多，直到雅克灵机一动，用两句话就概括了《佐罗的标志》中的一个重要时刻，比如道格拉斯·费尔班克斯老爹出现的那段。雅克利用钢琴停顿或者放映厅安静的片刻清楚而坚定地说："坏人想绑架他女儿。"一切都明白了，电影继续播放，雅克也松了口气。

一般来说，烦恼到那里就停止了。然而，一些像《两个孤女》之类的电影真的很复杂，夹在外婆的要求和邻座愈发恼怒的警告声之间，雅克只得保持沉默。

a. 补充贫穷的迹象——失业——在米利亚纳的夏令营——军号声——被赶出门——不敢对她说。说：那好，今晚就喝咖啡。不时地变一变。他注视着她。他经常读一些穷人的故事，里面的女人都很勇敢。她没有露出微笑。她去了厨房，很勇敢——不屈服。

他还记得有一次看电影，外婆怒火中烧，愤然离场。他哭着跟在外婆后面，想到破坏了不幸的外婆那少有的乐趣之一，还花了冤枉钱，他就心烦意乱[a]。

他的母亲从未去看过这些电影。她也不识字，此外，还有点耳聋。所以她懂的词跟她母亲懂的相比，更加有限。

到今天还是这样，她的生活里没有休闲一说。

到四十岁时，她才去过两三次电影院，什么也听不懂。为了不让邀请她看电影的人感到不愉快，她会说裙子很好看，或是长着胡子的那个人看起来很凶。

b. 在此之前引入年迈的埃尔斯特舅舅——他的照片放在雅克和他母亲的房间里。或者之后写他。

她也没法听广播。至于报纸，她有时候翻阅那些有插图的报纸，让儿子们或者孙女们给她解释插图的含义，判定英国女王很忧伤，便合上杂志，又透过同一扇窗注视同一条街道上人来人往的场景，这场景她已经凝视大半辈子了[b]。

艾 蒂 安

1.时而叫作埃尔斯特，时而叫作艾蒂安。这两个名字都是同一个人：雅克的舅舅。

某种意义上，她对生活的投入不如她的弟弟埃尔斯特[1]。埃尔斯特和他们住在一起，他完全听不见，仅能通过拟声词、手势和掌握的百来个单词来表达自己。他年纪小，无法工作，于是就糊里糊涂地上过一阵子学，学会了识字。他有时候也去电影院，对于那些看过电影的人来说，埃尔斯特经常在回来之后发表一些让人目瞪口呆的评论，因为他丰富的想象力弥补了他的无知。此外，他很聪敏狡猾，一种本能的智慧让他得以在无声的世界和沉默的人群中穿梭自如。靠着同样的智慧，他每天能看报纸，可以辨读报纸上的一些大标题，这至少让他了解到一些世界新闻。

比如雅克成年后，他对雅克说："希特勒不是个好人，对吧？"

是的，他不是好人。

"德国鬼子，总是一样的。"舅舅又补充道。

不，不是这样的。

"是的，有一些好的。"舅舅承认道，"但是希特勒不是好人。"随即，他来了说笑的兴趣：

"莱维（这是对面的服饰用品商），他很害怕。"然后他放声大笑。

雅克尽力解释。舅舅又变得严肃起来：

"是的。为什么他要迫害犹太人？这些犹太人和别人一样。"

他一直以他的方式爱着雅克。他赞赏雅克在功课上的成功。他会用手揉搓着孩子的头，他的手因为使用工具和干力气活儿而长满硬硬的老茧。"好脑袋瓜。固执（他用粗壮的拳头敲敲自己的头），但很聪明。"他有时候加上一句："像他父亲。"

有一天，雅克趁机问他父亲是否聪明。"你的父亲很犟。他总是做他自己想做的事。而你的母亲总是说：是，是。"

雅克无法问出更多的信息。无论如何，埃尔斯特经常把孩子带在身边。他身强力壮，精力充沛，虽然既无法用言语表达，也不能在社会生活的复杂关系中有所发挥，但他可以通过运动和感觉来表现。

当有人把他从聋子的睡梦中摇醒，他会浑浑噩噩地站起来，吼道："哼，哼。"就好像史前时代的野兽，每天一醒来就处在一个未知而充满敌意的世界。而一旦醒来，他的躯体和行动便能让他安静下来。

a. 九岁。 尽管箍桶匠的工作很辛苦，但他依旧喜欢游泳和打猎。他带着年幼的雅克ᵃ去细沙海滩，让雅克爬上他的背，然后游向大海。他只会简单的蛙泳，但是很有力量，嘴里还发出一些含糊不清的叫声，首先表露出对水很凉的惊讶，其次是身处大海的快乐或者突然遭受恶浪袭击的愤怒。

他不时对雅克说："你别怕。"

不，雅克确实很害怕，但他没有说出来，而是沉迷于他所处的这片孤独之中。他们身处同样广阔的天空和大海之间，当他转过身时，海滩已经如同一条若隐若现的细线，一种恐惧搅动着他的肚子，他开始惊慌地想象他身下广阔黑暗的海洋深处，要是他的舅舅把他丢下，他会像石头一样沉下去。于是，孩子把舅舅粗壮有力的脖子搂得更紧了。

"你害怕了。"舅舅立刻说。
"没有，不过还是游回去吧。"

舅舅便顺从地掉转方向，喘了口气往回游，信心十足，如履平地。

到达沙滩时，他有些气喘，他用力地揉搓雅克的身子，发出阵阵大笑。随后他转过身撒尿，声音很响，并且一直在笑，对自己功能良好的膀胱感到高兴，还一边拍着肚子连连说好，每次他心情愉悦时便会这样说，语气并无差异。无论是排泄还是吃饭，他都带着同样的天真，执意从中获取乐趣，还总是兴高采烈地和身边人分享这种乐趣。然而在饭桌上，这引起了外婆的不满。外婆当然允许别人谈论这些，她自己也谈论过，但正如她所说："不要在饭桌上。"她能容忍大家谈论西瓜，这种水果以利尿著称。此外，埃尔斯特很喜欢这种水果，他吃的时候首先笑笑，朝外婆狡黠地眨眨眼，随即发出吮吸、反胃、咀嚼等各种声响，然后才拿起一片西瓜，咬了几口后又开始模仿。他用手来回比画这红白相间的美丽水果从入口到小便的大致线路，开心地做着鬼脸，眼睛瞪得圆圆的，嘴里抑制不住地发出"好，好。洗一洗。好，好"的声音，逗得所有人哈哈大笑。

他像亚当一样单纯，这让他过分重视转瞬即逝的病痛。他嘴里抱怨着，眉头紧皱，看着自己的躯体，仿佛在身体器官内部探寻神秘的黑夜。

他声称身体的某个"点"疼，但是具体的位置却变幻不定，似乎有个"球"在到处滚动。后来，当雅克上了高中，确信科学具有唯一性，对每个人来说都是一样的，于是他指着腰窝问雅克："那儿绷得很紧。是不是不好？"不，没有问题。

于是他放心地出门了，匆匆下了楼，去和街上咖啡厅里的小伙伴们会合。咖啡厅里摆着木制家具和一个吧台，在里面能闻到茴香酒和锯末的味道，有时候雅克会在晚饭时间来这里找他。

这个聋哑人被朋友们围着坐在柜台边，正在侃侃而谈，人们迸发出笑声，不过并不是嘲笑。雅克见到此情此景，并不感到吃惊，因为埃尔斯特的脾气很好，为人慷慨，深受朋友们的喜爱[a][b][c][d]。

雅克对这种喜爱感触颇深，因为他舅舅带他和他的朋友们一起去打猎。这些朋友是箍桶匠、港口工人和铁路工人。黎明时分就得起床。

雅克负责叫醒睡在餐厅的舅舅，因为任何一只闹钟都叫不醒他。

1. 删去一个字。

闹钟铃声一响，雅克就爬了起来，他哥哥则转身在床上低声抱怨，睡在另一张床上的母亲轻轻地动了动，但没有醒来。他摸索着起身，擦着一根火柴，点亮了两张床共有的床头柜上的一盏小煤油灯。

a. 他存了钱，给了雅克。

b. 中等身材，有点罗圈儿腿，背部肌肉厚实，微微有点驼背，尽管有些瘦，却显出超乎寻常的阳刚之气。然而，他的脸一直是，也应该一直保持青春的面容，清秀、端正、有点 [ ]¹，同他姐姐一样，有一双漂亮的栗色眼睛，鼻子挺直，眉弓光秃秃的，下巴匀称，头发漂亮而浓密，不，还有点微卷。只从他俊秀的外貌就足以解释，尽管身体残疾，他还是有过几次极为短暂的艳遇，但有时也有他通常所说的爱情色彩，比如他跟本街区一个已婚女商人的交往。有时，他星期六晚上带雅克去临海的布雷松广场听音乐会，军乐队在音乐亭里演奏《科尔讷维尔城的钟声》或者《拉克梅》中的曲子。人群在夜色中围绕着[ ]走动，盛装打扮的埃尔斯特设法同穿着柞蚕丝绸衣的咖啡馆老板娘相遇，他们彼此友好地笑笑，有时那位丈夫也会和埃尔斯特简单地寒暄几句。显然，他从未把埃尔斯特看作潜在的对手。

c. 拉姆娜洗衣间［作者圈起来的词，n.d.e］。

d. 海滩、白木板块、瓶塞、被腐蚀的碎片……芦苇。

（啊！这个房间的陈设：两张铁床、一张单人床，母亲睡在上面，孩子们在另一张双人床上睡，两张床之间放着一个床头柜，床头柜对面是一个带镜子的衣柜。房间有一扇朝向庭院的窗户，就在母亲的床脚下。在窗户下面，有一个盖着网罩的藤条大箱子。雅克个子还不高的时候，每次不得不跪在箱子上去关百叶窗。房间里没有椅子。）

接着他跑到餐厅里，摇醒舅舅。舅舅恐惧地看着眼睛上方的灯，吼叫着，最终回过神来。他们穿好衣服。雅克在厨房的小酒精炉上热了点剩余的咖啡，同时舅舅准备放进背包里的食物：一块奶酪、西班牙红肠、椒盐番茄以及切成两半的半块面包，里面塞进了一大块外婆做的煎鸡蛋。随后，舅舅最后一次检查了双响猎枪和子弹。前天晚上准备这些东西的时候，宛若一场盛大的仪式。

晚饭过后，收拾好餐桌，仔细把漆布擦干净。

舅舅坐在餐桌的一边，借着一盏煤油大吊灯投射的光线，认真地给从猎枪拆卸下的部件上油。雅克坐在桌子的另一边，等着轮到他。

这只叫布里昂的狗也是。

他有一只杂种长鬈毛猎犬，这只狗很善良，连一只苍蝇都不会去伤害。证据便是，当它抓住一只飞行的苍蝇时，会赶紧把苍蝇吐出来，脸上露出恶心的神情，舌头不停地伸出来，并发出咂嘴声。

埃尔斯特和他的狗形影不离，他们相处得非常融洽，让人不禁联想到他们是一对儿（只有不懂狗、不爱狗的人才觉得可笑）。这条狗对人又顺从又温柔，而人的心里也应该只装着它。他们一起生活，从不分离；他们一起睡觉（人睡在餐厅的长沙发上，狗睡在一条磨损得露了线的床前小地毯上），一起去工作（狗躺在车间工作台下特别为它准备的刨花床上），一起去咖啡馆，狗在主人两腿之间耐心等待着他完成演说。他们用拟声词交谈，喜欢彼此的气味。

不要对埃尔斯特说他的狗很少洗澡、身上气味很大之类的话，特别不要说在下雨以后它身上的气味更大。他会说："它呀，没什么气味。"他含情脉脉地闻着狗颤抖的长耳朵。打猎是他们俩的节日。只要埃尔斯特拿出背包，狗就会绕着小餐厅狂奔，屁股撞到椅子，把椅子撞得直转圈，尾巴打在碗柜边上发出啪啪的响声。埃尔斯特笑了，说："它明白，它明白。"随后，埃尔斯特便让它冷静下来，狗把嘴伸到桌子上，凝视着这些细致的准备，不时地偷偷打哈欠，但是在这美妙的演出结束之前绝不离开 [a][b]。

a. 打猎？可以取消。
b. 书也应该着重描写物品和肉体。

把枪重新装好后，舅舅便把它递给雅克。雅克充满敬意地接过枪，用一块旧羊毛布把枪管擦得锃亮。与此同时，舅舅在准备子弹。

他从背包里取出颜色鲜艳的铜底硬纸管，在面前摆好，然后又拿出一些葫芦状的金属瓶，里面装有火药、铅弹和棕色毛毡丝。他细心地把火药塞进硬纸管，用毛毡丝塞住，然后又拿出一个小机器，把这些纸管嵌进去，机器有一个小手柄，摇动手柄把雷管顶到硬纸管顶上，直至与管口齐平。埃尔斯特把做好的子弹一个接一个地递给雅克，雅克虔诚地把子弹放到他面前的子弹夹里。早上，埃尔斯特把沉重的子弹夹围在套了两件厚毛衣的腰间，这便是出发的信号。雅克在他身后将子弹夹扣好。而布里昂醒来之后便一直安静地来回走动，它训练有素地控制着内心的喜悦，以免吵醒其他人，它只将自己躁动不安的情绪发泄在身边的事物上。它靠着主人站起来，爪子搭在主人的胸上，背部挺直，脖子伸长，想要好好舔一舔这张它深爱的面孔。

夜色渐消，空气中弥漫着榕树清新的味道。他们匆忙赶往拉卡火车站。狗飞快地跑在他们前面，跑成大大的之字形，它有时候滑倒在被夜晚潮气浸湿的人行道上，然后面带惊恐地快速跑回，生怕见不到主人。艾蒂安扛着装进粗布套里的猎枪，背着背包和小猎袋，雅克斜挎着一个大布包，双手插在裤兜里。

朋友们都已经带着他们的狗在火车站等着了。这些狗寸步不离主人身边，只有看到同类，才会跑去快速地打探一番。其中，达尼埃尔和皮埃尔 [a] 这两个兄弟是埃尔斯特车间里的同事。达尼埃尔很爱笑，非常乐观，皮埃尔则更加谨慎，行事有条不紊，为人处世能够明察秋毫，见解独到。另一位朋友乔治在煤气厂工作，但他经常参加拳击格斗，挣点额外收入。通常还会有其他两三个人，都是不错的小伙子，至少在这个时候是。当他们为这一短暂而激烈的娱乐会面时，大家都很快活，因为可以逃离工场车间一整天，逃离窄小拥挤的房子，有时还能远离女人。他们非常轻松，充分表现了男人特有的纵情与宽容。

他们欢快地爬上其中一节车厢，每一节车厢门都朝脚踏板方向开着。大家递上背包，让狗爬上来，然后高兴地并排坐下，分享着同样的热气。在这样的星期天，雅克懂得了男人一起结伴出行的好处，这可以增进感情。火车开始发动，在急促的喘息声中逐渐加速，不时可以听到一声短促而无精打采的汽笛声。火车穿过了萨赫勒，从最初经过的田地开始，这些身形健壮、吵吵闹闹的男人便奇怪地沉默下来，望着曙光逐渐照亮这些被精心耕作过的田垄，它们被干芦苇篱笆隔开。清晨的雾气笼罩在篱笆上，如同斜挂的薄纱。车窗外不时闪过一片片树林，林内是一座用石灰刷白的农场，一切都静谧得如在睡梦中。一只鸟儿从堤边的壕沟里一飞冲天，飞到和火车一样高，随后同火车相向而行，似乎要和火车赛跑。突然，它垂直下坠，像是从车窗上被甩开，被疾风抛到车后。

绿色的地平线逐渐变成玫瑰色，之后瞬间变得通红，太阳出来了，在天空中冉冉升起，使弥漫在田垄间的所有雾气都蒸发掉了。太阳继续升高，车厢里一下子变得很热，大家脱掉羊毛套衫，让躁动不安的狗躺好，互相说着笑话，埃尔斯特用他自己的方式讲述有关吃饭、生病以及他总是占据上风的斗殴故事。

不时会有一位朋友问问雅克的学习情况，随后讲些其他的事，或是让他解释一下埃尔斯特的手语。"你舅舅很能干！"

a. 注意，改名字。

窗外的风景不断变幻,路上的石子变多了,橘子树渐渐换成了橡树,小火车的喘息越来越短促,喷出大股蒸汽。因为一座山挡住了太阳,天一下子变得凉快了,这时还不到7点。

终于,火车最后一次鸣笛,速度减慢,缓缓驶过一个弯道,到达了峡谷中一座孤零零的小车站。这座车站只通到远处的矿区,车站周围荒凉寂静,种满高大的桉树,桉树上镰刀状的叶子在清晨的微风中簌簌作响。

下车时,大家又发出一片嘈杂声,狗从车厢中跑下,跳下车厢两个陡峭的台阶,男人们又依次传递背包和枪。出了火车站,迎面而来的是层层山坡,荒山野岭的沉寂逐渐淹没了大家的惊叹和叫喊,这一小群人最终默默地爬上山坡,狗不知疲倦地在他们周围绕圈子。雅克努力不让自己被这些身强力壮的朋友甩在后面。他最喜欢的朋友达尼埃尔,不顾他的反对把他的斜挎包拿过去,但他还是要加紧脚步才能跟上队伍里的其他人。清晨凛冽的空气刺激着他的肺部。

一个小时后,他们到达了广阔的高原,上面遍布矮橡树和刺柏,冈峦起伏,影影绰绰,高原上方辽阔无垠的天空很清爽,淡淡的阳光普照着大地。这就是猎场。

狗像得到了通知一样,都跑回去聚集在主人身边。他们约定下午两点在一片松林旁集合吃午饭,那里有一汪泉水,恰巧在高原边上,从那里可以眺望峡谷和远方的平原。

大家调好手表。

打猎以两人为一组,吹哨唤狗,从不同的方向出发。

埃尔斯特和达尼埃尔组成一队。

雅克接过小猎袋,小心谨慎地斜挎在身上。

已经走远的埃尔斯特宣布,他要比其他所有人打到更多的野兔和山鹑。

他们笑着,挥手告别,然后就消失不见了。

让人陶醉的时刻已经到来,雅克至今还留恋那令人惊叹的景象。

117

两个男人相隔两米,并排走着,狗走在前面,雅克一直在后面跟着。舅舅的眼睛突然变得狂野和狡猾,不断地看他是否保持着距离。他们就这样无休止地静静向前走,穿越灌木丛,偶尔飞出的一只鸟儿发出尖锐的叫声,俩人却视而未见。他们走下香味弥漫的小沟壑,沿着沟底走了一段,随后又再次走向高处。阳光很耀眼,天越来越热。温度上升,出发时还潮湿的土地立刻变得干燥起来。

从沟壑的另一边传来枪声,一群灰色山鹑被狗赶出,扑棱棱地飞着。接着两声枪声接连响起,跑在前面的狗双眼发狂似的跑了回来,满嘴鲜血,叼着一只毛茸茸的山鹑。埃尔斯特和达尼埃尔把山鹑从狗嘴里拿下来,雅克既兴奋又害怕地接过猎物,然后他们继续寻找其他猎物。有猎物掉下来时,埃尔斯特的尖叫声有时和布里昂的犬吠声混在一起,让人分不清楚。他们继续前行。

尽管戴着小草帽，雅克这次在太阳下却被晒得有些受不了。周围的高原开始沉闷地颤动，仿佛是受到太阳之锤锤击的铁砧。他们有时又会听到一两声枪响，但仅此而已。只有其中一位猎人能看到逃走的兔子。如果野兔在埃尔斯特的射程之内，那么它就必死无疑。埃尔斯特总是像猴子一样身手敏捷，跑得几乎和他的狗一样快，狗也像他一样欢叫。他把打死的野兔倒提起来，远远地展示给达尼埃尔和雅克看。他们俩则欣喜若狂地跑来，跑得上气不接下气。

雅克敞开猎物袋，把这新获得的战利品装进去，然后继续前行。他的身体在烈日下摇摇晃晃，一连几个小时一直在漫无边际的土地上奔波。绵延不尽的阳光、一望无垠的天空，让他晕头转向。不过，雅克感觉他现在是最富有的孩子。

临近约定的午饭时间，猎人们便启程返回。在回去的路上，他们依然伺机抓捕猎物，不过已经有些心不在焉了。他们步履艰难地走着，擦着额头上的汗，感觉饥肠辘辘。

朋友们相继到达，远远地展示着战利品，嘲笑一无所获的人，说他们每次都是如此。大家还会讲述捕猎的经过，每个人都会添油加醋地描述一番。

但最优秀的讲述者还是埃尔斯特，他最终掌握了发言权，并准确地模仿各种动作，雅克和达尼埃尔是最好的见证。山鹑扑棱，逃脱的野兔两爪蜷曲，缩着身子在地上打滚，就像橄榄球球员进入对方球门线、带球触地的动作。在此期间，做事有条不紊的皮埃尔给每个人的金属杯里倒上茴香酒，再拿到松树脚下，用缓缓流淌的清泉水把杯子灌满。大家摊开餐巾，拼成了一块宽大的桌布，然后各自拿出自备的食物。埃尔斯特有厨艺（夏天去钓鱼，他总是就地先做一锅马赛鱼汤，毫不吝惜地放入香料，能够把人辣得说不出话来），他准备好削尖的木棒，把它们插在他带来的西班牙红肠上，然后放在小火上烘烤，直至香肠开裂。红油滴到木炭上，噼啪作响，火苗蹿起。

他在两块面包间夹上又烫又香的西班牙烤红肠，然后分给大家。每个人都啧啧称赞。他们接过腊肠，在上面浇了些用泉水冰镇过的玫瑰红葡萄酒，然后便狼吞虎咽地吃了起来。

随后他们又迸发出一阵笑声,讲起了工作上的事,还有笑话。此时,雅克的手和嘴巴都又黏又脏,他筋疲力尽,几乎不知道他们在讲些什么,因为他很困。事实上,所有人都感到困了。过了一会儿,模模糊糊地望着远处被热气笼罩的平原,他们打起了盹儿,或者像埃尔斯特一样,在脸上盖一块手帕,真的进入了梦乡。

不过四点钟他们要下山乘坐五点半出发的火车。他们坐在火车车厢里,十分疲倦,几条狗也疲惫地睡在火车座椅上,或主人的两腿之间。它们陷入了沉睡,梦境里闪过一些血腥的画面。

平原尽头,夕阳西下,非洲的黄昏很快就要降临,夜幕一下子笼罩在美丽的景色上,让人心生焦虑。

没过多久,大家在火车站匆匆道别,几乎一言不发,只是亲热地互相拍拍对方。由于第二天还有工作,每个人都着急回家吃饭,好早点睡觉。

雅克听着他们走远的脚步声,听着粗鲁又热烈的声音,他很喜欢他们。随后他跟上埃尔斯特的步伐,舅舅的精力总是很充沛,而雅克则是在拖着腿走。在家附近漆黑的街道上,舅舅转身对他说:"你开心吗?"

雅克没有回答。

埃尔斯特笑了，吹哨叫唤他的狗。然而，走了几步后，孩子把他的小手伸进舅舅那长满硬茧的手里，舅舅紧紧地握住那只小手。他们就这样一言不发地回家去了。

a. 托尔斯泰或高尔基。（Ⅰ）"父亲"出自陀思妥耶夫斯基的作品。（Ⅱ）"儿子"寻根，产生当时的作家。（Ⅲ）母亲。

^{a b} 然而，埃尔斯特会突然愤怒和快乐，表现得十分彻底。人们是不可能跟他讲道理或者简单地讨论，他的愤怒完全像一种自然现象，一场暴风雨，人们看着它形成，等待它暴发，仅此而已。

和许多聋子一样，埃尔斯特拥有发达的嗅觉（仅逊于他的狗）。

b. 热尔曼先生——中学——宗教——外婆的去世——以埃尔斯特的手结束？

这种天赋让他拥有很多乐趣。当他闻到豌豆泥汤味或者他喜欢的菜，墨鱼、香肠炒鸡蛋或者用牛心和牛肺做的炖菜（这是穷人家的红酒洋葱烧牛肉，是外婆的拿手好菜，由于价格低廉，经常出现在餐桌上），当他星期天喷了廉价的古龙水或者叫作［蓬佩洛］的花露水（雅克的母亲也用）时，这温和而持久的香味、这股佛手柑的后调会一直萦绕在餐厅里，萦绕在埃尔斯特的头发里。他对着瓶子深吸一下，神情陶醉……但是敏锐的嗅觉也给他带来一些烦恼。

他难以忍受寻常鼻子感觉不到的一些气味。比如，他习惯在开始吃饭前闻一闻他的盘子，当他觉察盘子上有他认为的鸡蛋味，他便会气得满脸通红。外婆拿起可疑的餐盘闻了闻，声称什么也没闻到，随后把盘子递给女儿让她作证。卡特琳娜·科尔梅里把她敏感的鼻子凑到盘子上，闻都没闻就用温柔的声音说盘子没有味道。她们又闻了其他盘子，以便证明她们的判断。她们没有闻正在用铁饭盒吃饭的孩子们的盘子。（搞不清楚是何原因，或许是餐具不够，或者像外婆有一天声称的那样，避免摔坏盘子。虽然他和哥哥手脚都不笨拙，然而家族的传统常常缺乏坚实的依据。人类学家寻找众多神秘习俗的缘由，让我感到好笑。很多情况下，真正的神秘是毫无道理可言的。）

随后，外婆做出判决：它没有味道。实际上，她从不做出不同的判断，尤其前一天晚上洗碗的正是她。在涉及家庭主妇荣誉的问题上，她从不让步。

c. 小型悲剧。

于是埃尔斯特的怒气真正爆发了，他无法用语言来表达他的坚信^c。应当让暴风雨暴发，要么他赌气不吃晚饭，或者用恶心的神情在外婆给他换过的盘子中吃，要么他离开餐桌冲到外面，宣称他要去餐馆吃饭。而餐馆是他从未去过的地方，家里的其他人也一样没去过。尽管饭桌上每次都有人不满，但外婆肯定会说："你去餐馆吧。"从那时起，餐馆在所有人眼中就是充满虚假和诱惑的罪恶场所。只要付钱，一切都唾手可得。但这是充满罪恶感的享受，总有一天，胃要为此付出高昂的代价。

无论在什么情况下，外婆从不理睬她小儿子的怒气。一方面，她知道这是无用的；另一方面，她对儿子总有一种特别的偏爱。雅克从他能识字以来，便把这份偏爱归结于埃尔斯特的残疾（尽管有很多和偏爱相反的例子，比如父母抛弃身残体弱的孩子），后来，他对此有了更深的理解。有一天，外婆明亮的眼神突然变得温柔，他之前从未见过，因此很是吃惊。他转过身去，看到舅舅穿上了节日套装。

深色的衣料显得他身材瘦了些，脸庞清秀而年轻，胡子刚刚刮过，头发也精心梳过，还特别穿上了有衣领的衣服，打起了领带，颇有一些盛装打扮的希腊牧人的姿态。埃尔斯特在他眼里就该这样，也就是说，英俊帅气。

他知道外婆像所有人一样，爱着她儿子的体貌，爱着埃尔斯特的优雅和力量。她对他表现出来的偏爱是很常见的，这种爱或多或少让人心生愉悦，变得温柔，世界也因此变得可以承受，这便是对美的偏爱。

雅克还记得舅舅埃尔斯特另一次生气的时候，比这次更严重，因为他差点和在铁路工作的约瑟芬舅舅打起来。约瑟芬不睡在他母亲家里（那他到底睡在哪里呢？）。他在社区里有一间小屋（此外，他没邀请任何家人来过这间小屋，比如雅克就从未见过他的屋子），但他在母亲家里吃饭，给母亲交一小笔伙食费。

约瑟芬和他弟弟完全不同。

他比弟弟年长十几岁，蓄着短短的胡子，留着平头，人也更粗壮、更内向，尤其更会算计。埃尔斯特平常总谴责他贪财。他表达得简单干脆："他是姆扎博人。"

在埃尔斯特眼里，所谓"姆扎博人"就是这一地区的食品杂货商。他们的确来自姆扎博，多年来一直住在商店后间，生活艰辛。他们身边没有女人帮忙照料，整日闻着油和桂皮的味道，就靠着这些店铺养活他们住在姆扎博五个城市的家人。这五个城市在沙漠中。几个世纪前，一个被东正教迫害、被视为异端的伊斯兰清教部落来到那里，他们选择了沙漠中的一处地方，因为他们相信没有人会跟他们争那块地方。那里只有一些石头，又远离海滨的半文明世界，就像一个表面坚硬、没有生命、远离地球的星球一样。他们在这块土地上定居，围绕着有限的水源创建了五个城市，并且想出了这种奇怪的苦行，把身强力壮的男人送到海滨城市做生意，以维持这种精神的创业，这也仅仅是精神创业，直到有其他人能代替他们，他们才回到他们用泥土加固的城市享受生活，回到那个他们用信念征服的王国。

因此，人们只能根据他们的远大目标来解释这些姆扎博人艰苦酸涩的生活。但是，社区工人们不了解伊斯兰和它的宗教异端，只会看到表面现象。埃尔斯特和所有人一样，把他的哥哥比作姆扎博人，等于把他比作吝啬鬼阿巴贡。

约瑟芬的确很吝啬，而埃尔斯特则完全相反。用外婆的话来说，埃尔斯特"愿意掏心掏肺"（不过，当她对埃尔斯特感到生气时，她会指责他那双手"漏钱"）。但是，除了性格上的差异，约瑟芬赚的钱比艾蒂安要多一些，但人在贫困时，更容易挥霍。

在赚到钱以后还会继续挥霍的人则很少。那些人是生活的国王，他应当向他们俯首致敬。当然，约瑟芬并不富有，除了有条不紊地管理工资（他使用一种叫作"信封"的方法，然而他太节省，从不买真的信封，而是用报纸或者食品杂货店的纸制作成的信封），他还靠一些小诡计赚取外快。

约瑟芬在铁路工作，他可以每半个月享受一次免票乘车。因此每两个星期，他便乘火车去人们称为"内陆"的地方，也就是偏僻乡村。他走遍阿拉伯人的农庄，低价买入鸡蛋、骨瘦如柴的鸡或是兔子。他把这些货物带回来，然后卖给他的邻居，赚取适当的利润。他的生活按部就班地进行着，一切都组织得井井有条。没有人见过他有女人。工作日要工作，星期天要做点生意，他当然没有什么闲暇寻欢作乐，但是他总宣称自己四十岁时将和一个有地位的女人结婚。在那之前，他将一直住在他的房间里，积聚钱财，并且时不时地去他母亲家里住几天。大家都认为他缺乏魅力，说来也奇怪，他竟然实现了他的计划，娶了一个相貌绝对不丑的钢琴老师。这个女人还带来了家具，至少她和她的那些家具让约瑟芬享受了几年资产阶级的幸福生活。

的确，约瑟芬最终守住了家具而不是妻子。不过这是另一个故事了。约瑟芬唯一没料到的事便是在和艾蒂安吵架后，他不能继续在母亲家里吃饭，而只得去餐馆里花大价钱享受美食了。雅克不记得这出惨剧的原因。有时候莫名其妙的争吵会分裂他的家庭，事实上没有人能够厘清其中的缘由，甚至所有人都忘记了这件事，他们不再记得原因，仅仅机械而永久地维持着经过反复思考、已然被人接受的后果。

对于那天，雅克只记得埃尔斯特吃饭时站在餐桌前，对着哥哥吼着骂人的话，除了姆扎博人那句，不知他在骂些什么。而他的哥哥，则仍然坐在餐桌前继续吃饭。随后埃尔斯特给了他哥哥一记耳光，他哥哥于是站起来，身子往后一退，随即扑向了他。这时，外婆已经紧紧抱住埃尔斯特，雅克的母亲面色苍白地把约瑟芬朝后拉。"别理他，别理他。"她说。此时两个孩子面色苍白，张开嘴巴，一动不动地望着这一切。埃尔斯特愤怒的咒骂声如潮水般向约瑟夫涌去。最后约瑟夫神情愠怒地说："他就是头粗鲁的野兽。不讲理。"然后离桌而去。外婆拦住要去追他哥哥的埃尔斯特。门砰的一声被关上，埃尔斯特还在原地激动不已。"放开我，放开我。"他对母亲说："我会弄疼你的。"然而外婆抓着他的头发摇着他："你，你，你要打你的母亲？"埃尔斯特倒在椅子上哭着说："不，不，不打你。你对我来说就像是上帝啊！"

雅克的母亲没吃完饭就去睡觉了。第二天她感到头疼。从这天起，约瑟芬就没再回来，只有在他确信埃尔斯特不在时，才去拜访他母亲。

[a] 还有另一桩让人生气的事情，雅克不想回忆，因为他不想知道其中的原因。有一段时间，一位叫安东尼的先生经常在晚饭前来家里。埃尔斯特对他不太熟悉。他是市场上卖鱼的商贩，马耳他人，相貌堂堂，又瘦又高，总是戴着一顶奇怪的深色圆顶礼帽，脖子上还系着一条方格围巾，塞在衬衫里面。

后来回想，雅克留意到一些当初没有注意到的事。他母亲穿得比之前稍微艳丽了些。她穿了浅色罩衫，甚至可以看到她脸上微微泛起的红晕。

a. 外婆去世后，埃尔斯特、卡特琳娜的家庭。

那是一个女人们开始剪掉长发的时代。雅克喜欢看他母亲或者外婆的梳头"仪式"。肩膀上搭着一条毛巾，嘴里叼满发夹。她们要梳很久头上或白色或棕色的长发，然后把头发卷起，将两鬓的长发拉紧，直到在颈上盘成发髻，然后张开嘴巴，从咬紧的牙齿缝隙取出一个个发夹，插在浓密的发髻上。

对外婆来说，新时尚既荒谬又有罪，她低估了时尚的真实力量。她不管是不是符合逻辑，便断言只有那些放荡的女人才愿意把自己变得这般可笑。雅克的母亲听了并没有往心里去。然而一年后，差不多在安东尼来访的那个时候，一天晚上，她回来时剪了头发，变得活力四射，容光焕发，心里有些惴惴不安，却假装欢喜，说这样做是想给他们一个惊喜。

她母亲确实感到十分诧异，打量着女儿，凝视着这已无法挽回的灾难，她当着儿子的面说女儿看上去像个妓女，随后便转身回到厨房。

卡特琳娜·科尔梅里的笑容瞬间凝固，脸上露出了极度痛苦和气馁的神情。

接着，她和儿子面面相觑，想挤出一丝微笑，但是嘴唇不停地颤抖，她立刻哭着冲进她的房间，倒在床上。床是她唯一的庇护所，可以逃避所有的孤独和悲伤。

雅克目瞪口呆，向她走去。她把脸埋进枕头，短短的头发之间，露出她因哭泣而颤抖的脖子和瘦削的脊背。"妈妈，妈妈。"雅克喊了喊她，又胆怯地用手碰了碰她，"你这样很漂亮。"

但是她没有听到，用手示意雅克离开，让她独自一人静静。雅克退到门口，靠着门框，心疼母亲却又无能为力，他不禁开始哭泣*。

* 无能为力的爱的泪水。

在后来的几天里，外婆都没有和她女儿讲话。

同时，安东尼来的时候，受到了更冷淡的接待。尤其是埃尔斯特，一直板着脸。安东尼尽管自命不凡，而且很健谈，却也感觉到了这一切。到底发生了什么？

雅克多次看到母亲美丽的双眼挂着泪痕。埃尔斯特大部分时间也都沉默不语，甚至推开了布里昂。夏天的一个晚上，雅克留意到埃尔斯特好像在阳台上等待着什么。"达尼埃尔要来吗？"孩子问道。埃尔斯特嘴里嘟哝着。突然，雅克看到安东尼来了，他已经好几天没来了。

埃尔斯特猛然冲出去，几秒钟后，从楼梯上传来低沉的声音。雅克赶紧跑出去，看到这两个男人在黑暗中一言不发地打了起来。

埃尔斯特无视安东尼的拳头，用他坚硬如铁的拳头不断地揍着安东尼。过了一会儿，安东尼滚到楼梯底部，嘴角流着血，他站起来掏出一块手帕擦了擦血，一直望着像疯子一样走开的埃尔斯特。雅克回来的时候，发现母亲一动不动地坐在客厅里，脸部僵硬。他也一声不吭地坐了下来ᵃ。随后埃尔斯特回来了，嘴里低声骂着，愤怒地瞪了他姐姐一眼。

a. 放到前面——没有吕西安的打斗。

晚饭还和平常一样，只有母亲没有吃。"我不饿。"她对坚持要求她吃饭的母亲简单说道。晚餐结束后，她回到了房间。

晚上，雅克没有睡着，听到母亲在床上翻来覆去。从第二天开始，她穿回了从前黑色和灰色的裙子，换回了穷人的穿着。雅克觉得她依然美丽，甚至由于魂不守舍和心不在焉而变得更加漂亮。她现在永远地陷入了贫穷、孤独和即将到来的衰老之中ᵇ。

b. 因为老年将至——那个时候，雅克觉得母亲已经老了，而她也不过刚到他自己现在的年龄。然而，青春首先是各种机会的汇聚，生活曾经对他非常慷慨……[划掉段落，*n.d.e.*]

雅克一直怨恨着他舅舅，怨恨了很长时间，却不知到底该指责他什么。同时，他也知道不能指责他，贫穷、残疾、全家的基本生活需要，即使他们无法宽恕这一切，也不能因为这些情况就对受害者横加谴责。

他们并不是故意伤害彼此，只是因为他们每个人都是另一个人艰苦劳作和残酷生活的需求者。无论如何，不该怀疑舅舅对外婆、对雅克母亲、对孩子们几近动物般的爱。雅克在制桶工场发生事故的那天感受到了这一点[a]。

> a. 将工场出事移到发怒之前，也许放在开始介绍埃尔斯特的部分。

雅克每周四都会去制桶工场。如果有作业要做，他便会草草完成，然后飞速跑向工场，跑得和以前跑去街道和伙伴们会合时一样兴高采烈。工场位于练兵场附近。

这是一个堆满碎片、旧铁箍、煤渣和灰烬的院子。院子的一边用砖瓦砌了一个棚顶，由一些间隔均匀的石柱支撑。五六个工人便在这个屋顶下工作。原则上每个人都有自己的位置，即一个靠墙的工作台，工作台前有一块空地可以组装木桶和酒桶，一个没有靠背的长凳将两个作业场地分隔开。长凳上面有一个相当大的裂缝，可以把桶底嵌入，通过一种类似绞肉机[b]的工具来将桶底削薄，工具的利刃朝向抓着两边把手的人。说真的，这种布局乍看之下不太明显。确实，工场起先是有布局的，但是这些长凳逐渐挪了地方，铁箍堆积在工作台间，铆钉箱子也被到处拖动。要了解每个工人在同一场区内的活动状况，需要长时间的观察，或是非常频繁的检查，这两者是一回事。

> b. 核对工具的名称。

雅克去工场给舅舅送饭之前，他就听出了锤子敲击凿子的声音，这是在箍桶，将铁箍套在刚刚被接在一起的酒桶上。工人们敲打着凿子的顶端，随后把另一端快速地绕着铁箍移动——有时雅克还能听到更加响亮、间隔更长的声音，那是工人们在工作台的虎钳上铆铁箍。当雅克到达工场，在锤子的喧闹声中，大家愉快地向他打招呼，然后继续挥舞锤子。

埃尔斯特穿着一件打着补丁的蓝色旧长裤，脚上的草底帆布鞋上满是锯屑，上身是一件无袖的灰色法兰绒衣服，头戴一顶褪色的伊斯兰旧圆帽，为他美丽的头发挡住锯屑和灰尘。他拥抱了雅克，提出让雅克帮忙。有时，雅克扶住固定在铁砧缝隙中立起的铁箍，舅舅便用锤子用力敲打，将铆钉锤扁。铁箍在雅克的手里颤抖着，每一次锤击都使他的手掌凹陷下去。有时，埃尔斯特跨坐在长凳一端，雅克跨坐在另一端，紧抓桶底，由埃尔斯特来磨削桶底。但是雅克更喜欢从院子中央取来木桶板，埃尔斯特用铁箍将它拦腰套住，把桶粗略地组装起来。埃尔斯特把一些刨花塞在两头开口的木桶中，雅克负责在上面生火。火的热度使铁膨胀得比木头更厉害，埃尔斯特便利用这一点，在把人熏得眼泪直流的烟雾中，用锤子和凿子大力击打使铁箍深深嵌入。

当铁箍被嵌入了木桶，雅克便提来一些大木水桶，他已经从院子尽头用水泵打满了水。人们散开后，埃尔斯特便朝着木桶猛地洒水，为铁箍淬火。铁箍冷却收缩，把遇水变软的木头箍得更紧，木桶周围会散发出大量的水蒸气[a]。

a. 做完酒桶。

工人们放下手中零碎的活儿吃点东西。他们聚到一起，冬天围聚在刨花和木头燃起的火堆边，夏天则待在屋顶的阴影处。其中有一个叫阿伯德尔的人，他是个阿拉伯小工，穿着阿拉伯长裤，裤脚带褶皱，裤腿一直卷到小腿肚。上身是一件破针织毛衣，外面还套着一件旧西服，头上戴顶阿拉伯小圆帽。他说话的口音很古怪，他叫雅克"我的同事"，因为他干的活儿和雅克帮埃尔斯特干的活儿是一样的。

老板［　］[1]先生也是一个老箍桶匠，他和手下的伙计们一起经营着一个更大的股份制制桶工场。一个意大利伙计总是神情忧郁，常年感冒。欢快活泼的达尼埃尔总是把雅克拉到他身边，跟雅克开开玩笑或者摸摸他。雅克跑开，在车间里随便走走，他的黑色工作罩衫上沾满锯屑。如果天热，他便光着脚穿一双劣质凉鞋，凉鞋上沾满了泥和锯屑。他呼吸着锯末的味道，这味道比刨花更清新，让他心旷神怡。雅克又回到火堆旁，闻着火堆上冒出的沁人心脾的烟味，或将一块木头卡在虎钳上，试着用工具小心翼翼地打磨桶底。他双手灵巧，所有的工人都对他交口称赞。

1. 看不清名字。

有一次休息时，雅克的鞋底还很湿，他便笨拙地坐上长凳。突然，他向前滑了一下，长凳向后翻倒，他整个人重重地摔在了长凳上，右手被夹在长凳下面。他立刻感觉自己的手隐隐作痛，但是他马上爬了起来，对着赶来的工人笑了笑。雅克还未收起笑容，埃尔斯特便冲了过去，把他抱在怀里，匆忙跑出工场，跑得上气不接下气，嘴里还结结巴巴地说着："去看医生，去看医生。"这时，雅克才看到他右手中指的指尖完全被压坏了，像一块又脏又丑的粗面团，血流不止。他吓得要死，晕倒过去。五分钟后，他们到了阿拉伯医生家，医生就住在他们家对面。"没事吧，医生？他没事，对吧？"埃尔斯特对医生说着，脸色煞白。"去旁边等我吧。"医生说，"他会很勇敢的。"雅克确实很勇敢，那根修补后至今还奇形怪状的中指证明了这一点。处理好伤口、包扎完毕后，医生给了雅克一副滋补药，以表彰他的勇气。尽管如此，埃尔斯特还是想抱着他过马路，在他们家的楼梯上，他呻吟着抱住孩子，抱得紧紧的，直到把孩子弄疼。

雅克说："妈妈，有人敲门。""是埃尔斯特。"母亲说，"去给他开门吧。我现在怕有匪徒，所以会锁门。"

在门口，埃尔斯特发现是雅克，惊喜地叫了出来，类似于英语中的"how"，他挺直身子抱了抱雅克。让人惊讶的是，尽管满头白发，埃尔斯特还是保持着一张年轻的面孔，五官端正和谐，但罗圈腿弯得更厉害了，背也完全驼了，走路时手脚撇得很开。"最近怎么样？"雅克对他说。不好，他身体痛，风湿病，很糟糕。雅克呢？是的，一切都好，也长壮了，母亲（他用手指着卡特琳娜）很高兴再见到他。

自从外婆去世，孩子们离开，这对姐弟便生活在一起，谁也离不开谁。埃尔斯特需要有人照顾他，从这点上看，雅克的母亲就像他的妻子，做饭、洗熨衣物以及在他生病的时候照顾他。母亲需要的不是钱，因为儿子们满足了她的生活所需，她需要男人的陪伴。在他们共同生活的这些年里，埃尔斯特用他自己的方式照看着她。是的，他们就像丈夫和妻子，不是肉体上，而是血缘上的关系，相互扶持，携手面对由于身体的残疾而更加艰难的生活。他们仍旧进行着无声的交流，不时通过只言片语表达想说的话，甚至比不少正常夫妻更加和睦，更加了解彼此。"是的，是的。"埃尔斯特说，"雅克，雅克，她一直在说。""现在我回来了。"雅克说。的确，雅克面对他们，就和以前一样。虽然无言以对，但他却一直珍爱他们，至少对他们竭尽所爱，而他与世间太多值得他爱的生灵都擦肩而过了。

"达尼埃尔呢？"
"他很好，他和我一样老了；他父亲皮埃尔进了监狱。"
"为什么？"
"说是工会。我觉得是因为他父亲和阿拉伯人在一起。"
突然，埃尔斯特有些忧虑：
"唉，那些强盗是好人吗？"
"不。"雅克说，"其他阿拉伯人是好的，强盗不好。"
"嗯，我跟你母亲说那些老板太苛刻了，他们是疯子，但说他们是强盗，那是不可能的。"
"是的。"雅克说，"我们应当为皮埃尔做点事。"
"好，我会跟达尼埃尔说的。"
"多纳呢？（他原来是煤气厂员工，一个拳击手。）"
"他死了。癌症。大家都老了。"

是的，多纳死了。玛格丽特姨妈，他母亲的姐妹，也死了。那时，外婆每周日下午都会拉着他去姨妈家，一群人围坐在桌子边，一边喝着放在漆布上的黑咖啡，一边聊天。他在姨妈家总是感到极其无聊，除非米歇尔姨父带他去旁边的马厩。米歇尔姨父是个赶车的车夫，他也厌倦在昏暗餐厅里进行的这种谈话。午后的阳光烤热了外头的路面。在半明半暗中，雅克闻到了马的毛发、稻草和粪便的气味，听到了马笼头的链子刮蹭木食槽的声音。马儿的眼睛看向他们，眼睫毛长长的。米歇尔姨父又高又瘦，蓄着长长的胡子，身上也散发着稻草味。他把雅克抱到其中一匹马上，马儿依旧低着头，把头伸进食槽嚼着燕麦。姨父带给孩子一些角豆树果，孩子欢快地咀嚼吮吸，

对姨父心生喜爱。雅克总是把姨夫和马联系在一起。每个复活节后的第一个星期一，雅克和米歇尔姨父以及全家人一起去西迪菲鲁克森林野炊。米歇尔租了一辆马车，载着他们往返于居住的社区和阿尔及尔市中心。这是个带栅栏的大棚，放着背靠背的长凳，人们套上马，其中一匹跑得飞快，那便是米歇尔在他的马厩中挑选的马。人们一大早就把几个大篮子运到马车里，篮子里面装满了名叫"苜纳"的圆形粗面包，还有一些叫"猫耳朵"的薄脆甜点。出门前，家里所有的女人都在玛格丽特姨妈家做了两天的糕点。桌子的漆布上撒满了面粉，在漆布上用擀面杖把面团摊开，直到面团几乎和整个桌布一样大，然后用黄杨轮把它切成片。孩子们把点心放在餐盘上，大人将它们扔到滚烫的大油锅里炸，随后小心翼翼地把它们装进大篮子里，码放整齐。篮子里飘出了诱人的香草味，这美味伴随着他们的整个旅途，直到西迪菲鲁克森林。糕点的味道混杂着飘至海滨大道上的浪花味，四匹马也用力地嗅着这味道。米歇尔[a]用鞭子抽打马屁股，时不时地把马鞭递给身边的雅克。雅克被他身下左右摇晃的四个巨大的马屁股给吸引住了，系在马身上的铃铛发出清脆的响声。有时，马屁股一撅，尾巴一翘，便看到诱人的马粪掉在地上。这时马儿频频仰头，脚下的铁蹄擦出火花，铃铛声也愈发急促。

a. 在奥尔良城地震时再提到米歇尔。

到了森林里，其他人把衣筐放在树木间，然后铺好餐布。雅克则帮着米歇尔用草把擦马，在马的颈部系上灰布食槽。马儿咀嚼着食物，友爱的大眼睛时闭时睁，有时用一只腿不耐烦地驱赶苍蝇。此刻，森林里人头攒动，人们从这里吃到那里，在手风琴声和吉他声的伴奏中从这里舞到那里。附近的大海发出低吼声，天还没有热到可以下去游泳的程度，不过可以光着脚走在海浪中。其他人正在午睡。阳光在不知不觉中变得柔和，天空看起来更加广阔，广阔得让孩子们感到眼里盈满泪水，快乐得大喊大叫一番，感恩如此美好的生活。

但玛格丽特姨妈死了，她原来很美，总是穿着礼服，很爱打扮。她没有犯什么错，因为得了糖尿病，她不得不一直坐在扶手椅上。在废弃的公寓里，她开始发胖，身形变得巨大而臃肿，有时还喘不过气来，丑得让人害怕。她身边有她的女儿们和当鞋匠的瘸腿儿子，他们提心吊胆地守候在姨妈身边，观察她有没有断气[a][b]。姨妈依旧在发胖，身体里注满了胰岛素，最终还是断了气[c]。

a. 第二部第六章。
b. 弗朗西斯也去世了（见最后的注释）。

c. 德尼兹十八岁就离开他们去闯荡生活——二十一岁衣锦还乡，卖了她的首饰，将她父亲——被流行病夺去了生命——留下的马厩翻整一新。

外婆的姐妹让娜姨婆也去世了，她常常去听星期天下午的音乐会。姨婆在用石灰刷白的农场里待了很长时间，和她那三个在战争中成为寡妇的女儿住在一起，总是谈论着她死去的丈夫[d]约瑟夫姨公。姨公只会说马翁话，雅克却很欣赏他，因为他长着一张英俊的脸庞，面色红润，满头银发，头戴一顶黑色阔边毡帽，甚至在吃饭时都戴着，神情里透着一股无法模仿的贵族气质，真正的乡村族长的气派。然而吃饭时，他有时会微微起身发出一种没礼貌的声音，在妻子克制的指责声中，他彬彬有礼地道歉。

d. 女儿们呢？

外婆的邻居马松一家也都去世了。首先是老太太，随后是大姐，高个子亚历山德拉和［　］[1]那个长着招风耳的兄弟，他是做柔体表演的杂技演员，也在阿尔卡扎尔电影院的日场唱歌。所有人都死了，是的，甚至最小的女儿玛尔特也死了。雅克的哥哥亨利还曾向玛尔特献过殷勤，甚至还不止献殷勤这么简单。没有人再说起他们。无论是雅克的母亲还是舅舅，都不再说起那些去世的亲戚。他们也不再说起雅克正追寻踪迹的父亲和其他人。

1. 名字看不清。

母亲和舅舅依然艰苦朴素地生活着，尽管他们已经不再缺钱，但是习惯已经养成，他们对生活也萌生了戒备。他们如动物般热爱着生活，然而他们也凭经验知道生活常常孕育着苦难，甚至没有任何迹象[e]。他们就这样围坐在他身旁，弯腰驼背，一言不发地坐着，回忆已清空，仅仅记得一些模糊的画面。如今他们生活在死亡边缘，也就是说，他们一直活在当下。

e. 然而，事实上这是些魔鬼？（不，他才是。）

雅克永远也不会从他们身上了解他的父亲，但母亲和舅舅的存在，在他心中开启了那段贫穷而快乐的童年回忆。雅克并不确定这些喷涌而出的丰富回忆和他的童年是否完全相符。相反，他更相信印在他脑海里的两三个特殊画面，这些画面将他和他们会聚在一起，融合在一起，将他多年来试图追求的形象抹得一干二净，让他最终沦为默默无闻、不明就里的人，这正是他的家庭多年来留存下来的东西，这也造就了他真正高贵的品质。

他记忆中有这么一幅画面：夏天炎热的夜晚，全家人在晚饭后把椅子搬到房子门前的人行道上，落满尘土的榕树散发出阵阵热气。他们看着眼前的街道上人来人往。雅克[a]把头靠在母亲瘦削的肩膀上，椅子略微后仰，他们一起透过树枝看着满天繁星。记忆中的另一幅画面是一个圣诞节的晚上，午夜过后，除了埃尔斯特，一家人从玛格丽特姨妈家回来。在离家不远的餐馆前，看到有一个男人躺在地上，另一个男人在他边上手舞足蹈。

a. 为夜色的美丽而自豪的谦卑的君主。

这两个男人喝多了，但还想继续喝，餐馆老板拒绝了他们。老板是一个头发金黄、身体羸弱的年轻男人。这两个人便用脚踢怀有身孕的老板娘。于是老板开了枪。

子弹打进了其中一个男人的右太阳穴。那人一头倒地，头枕在枪口上。

另一个醉汉吓傻了，便围着他手脚乱舞。此时餐厅关上了大门，所有人在警察到来之前逃之夭夭。

在街道的偏僻角落，他们紧靠彼此，两个女人紧紧搂住孩子。微弱的灯光照在刚刚下过雨的马路上，汽车在潮湿的路面上滑得很远。每隔一段时间便有一辆灯火通明的有轨电车在隆隆声中抵达站台，电车上坐满了兴高采烈的乘客，他们对这另一个世界的一幕冷眼旁观。雅克感到胆战心惊，在心里刻下了迄今为止留存得最为久远的一幅画面：他在这个街区，在一片纯真和欲望中度了一天又一天，但是到了傍晚，这里突然变得神秘莫测，让人忧虑不安。当道路开始布满阴影，尤其是一个莫名的黑影发出沉闷的踏步声和模糊的说话声突然出现在药店圆球灯的红光下，淹没在一片血色的耀眼光芒中，雅克的内心便恐慌不已，他跑向自己简陋的家，回到家人中间。

6 ［附］ 学 校 [1]

[1]. 见附录：单页 II，作者当时插在手稿的第 68—69 页之间。

a. 随第六节过渡？

[a] 贝尔纳先生并不了解雅克的父亲，但经常以近乎神话的形式向雅克提起他父亲。不管怎样，在一个特定的时刻，他知道如何替代父亲。这就是为什么雅克从未忘记过他，就好像他从来没有真正感到过这个陌生的父亲在他生命中缺席。然而，他已经在不自觉中，最初是在孩提时，随后在整个一生中，将那审慎坚决的行为当作父亲的举止，这样的举止曾经出现在他的童年生活中。

因为他小学毕业班的老师贝尔纳先生，在一个特定的时刻用尽全力想要改变自己班上这个孩子的命运。事实上，他已经改变了。

现在，贝尔纳先生就在雅克面前，在他的小套房里。这房子位于罗维戈大街的拐角处，差不多就在卡斯巴赫社区的下方。卡斯巴赫是一片可以俯视城市和大海的地区，居住着信仰不同宗教的多个种族的小商贩，房子很简陋，还能闻到香料味。贝尔纳先生就在那里，他变老了，头发稀少，脸颊和手上的皮肤下长了一些老年斑，行动也比以前迟缓。当又能够坐在窗边的藤椅上时，他便流露出一脸怡然自得的神情。窗户朝向一条商业街，在窗边，一只金丝雀正叽叽喳喳地叫着。年纪大了，心也变柔软了，内心的情感会写在脸上，这是他以前从未有过的。然而，他的身板依然挺直，声音仍旧洪亮坚定，就像以前他站在班级前面说："两人一排。两人！我没有说五人！"于是学生们不再推推搡搡，他们对贝尔纳先生又爱又怕。在二楼的走廊里，学生们沿着教室外面的墙排列着，直到队伍最终变得整整齐齐、一动不动、鸦雀无声时，他才会一声令下："进去吧，一帮调皮鬼。"这让他们得以解放，等于给了他们可以活动的信号，不过他们打闹的时候还是得小心谨慎。贝尔纳先生在一旁站定，他穿着优雅，五官端正，棱角分明，头发稀疏但梳得平滑，身上散发出古龙水的香味，愉悦而严肃地监督着这群学生。

学校位于这片老城区一块较新的地方，周围是几幢两三层的房子，建于战后不久的七十年代。旁边还有一些新建的仓库，与雅克家所在社区的主路和运煤码头所在的阿尔及尔的内港相连。

雅克每天两次步行至学校。他四岁时上幼儿园，那里没有给他留下任何回忆，他只记得学校带篷的操场尽头有一长条黑石盥洗池。有一天，他头朝下摔在上面，站起来的时候满头是血，眉弓开裂，周围的女老师一片惊恐。他就这样认识了创口夹子。然而，才刚刚取下，却又要给他放到另一侧眉弓上了。他哥哥在家里给他戴了一顶旧瓜皮帽，又给他穿了一件旧大衣。帽子遮住了他的视线，大衣又绊了他一下，让他迈不开步子，他又跌倒在石板路的碎石上，鲜血直流。

雅克那时已经和皮埃尔一起去幼儿园了。皮埃尔比雅克大一岁左右，住在附近的街道。他母亲也在战争中成了寡妇，现在是邮局雇员。皮埃尔的两个舅舅也和他们住在一起，都在铁路工作。

雅克和皮埃尔两家是普通朋友，也就是说正如街区上所有家庭的关系一样，彼此尊重却互不串门，他们真心诚意地想相互帮助，但却几乎从未有过这样的机会。只有孩子们成了真正的朋友。从那天起，当还穿着婴儿罩衫的雅克被委托给已经穿上短裤的皮埃尔时，皮埃尔开始意识到哥哥肩负的责任，这两个孩子便一起去上幼儿园。

之后的每一年级，他们都一起度过，直到最后的高小毕业班，那年雅克九岁。五年来，他们每天要走四趟同样的路线，一个是金发，另一个是棕发，一个沉着，另一个热情，但他们生为兄弟，命运相连，两个人都是好学生，同时，玩起来也不知疲倦。雅克在某些功课上更出色，但他行事莽撞，好出风头，因而干了很多蠢事，沉稳谨慎的皮埃尔反而显得更加突出。因此他们轮流占据着班上的第一名，却从未想过要夸耀自己来满足自己的虚荣心，这与他们家人的态度截然相反。他们的乐趣并不在此。

早上，雅克在皮埃尔家楼下等他。在街道清洁工到来前，更准确地说是在一个阿拉伯老人赶的由一匹腕关节受伤的马拉的大车经过之前，他们就已经出发了。

人行道被露水浸湿，海风送来的空气中弥漫着一股咸咸的味道。皮埃尔家所在的街道通往市场，街道两旁摆满垃圾桶。黎明时分，一些饿得皮包骨头的阿拉伯人或摩尔人，有时是一个西班牙老乞丐会用铁钩在垃圾桶里上下翻捡，在连穷苦节省的人家都看不上而扔掉的东西里竟还能翻到些吃的。垃圾桶的盖子一般都是合上的。到了早晨，这些衣衫褴褛的人不见了，出现了几只瘦弱却精力充沛的猫。两个孩子会悄悄跑到垃圾桶后面，突然合上垃圾桶的盖子，把猫关在里面。

这一举动并不简单，因为在贫困地区出生长大的猫具有兽类的警惕性和灵敏反应，它们习惯于捍卫自己的生存权。

> 但是猫有时会被一个诱人的新发现吸引，在垃圾堆里流连忘返，于是让人逮个正着。

垃圾桶的盖子合上时发出响声，猫发出一声惊恐的叫声，用背和爪子抽搐地顶起锌制的牢笼盖，逃了出来。它的汗毛因为恐惧而竖起，如同后面有狗群在追赶它一般，飞似的逃走了。两个刽子手则暴发出阵阵大笑，丝毫没有意识到他们的残忍行为[a]。

说实话，这些刽子手的行为也是自相矛盾的，因为他们十分痛恨被当地孩子们叫作"加卢法"[1]（这是西班牙语……）的套狗人。这位市政官员几乎在每天同一时间出门，但若有需要，他有时也会在下午出来巡逻。

> 这是一个穿着西装的阿拉伯人，通常站在一辆套着两匹马的奇怪车子后面，赶车的是位面无表情的阿拉伯老人。

马车的车身是木制立方体，根据其长度在两边都安装了带结实栅栏的双层笼子。

整辆车有十六个笼子，每一个都能装一只狗，狗就位于栏杆和笼底之间。套狗人站在车后部的一块小踏脚板上，鼻子和这些笼子的顶部平齐，因此能够监视他的狩猎范围。车缓缓行驶在潮湿的路面上，路上的行人渐渐增多，有去上学的孩子们，有身穿镶有五彩花朵的绒布睡袍、出来买面包和牛奶的家庭主妇，还有回到市场的阿拉伯商贩，他们把小售货架折叠起来挎在肩膀上，另一只手提着装货物的编织草筐。突然，套狗人一声令下，阿拉伯老人勒住缰绳，车停了下来。套狗人发现了一只不幸的猎物，这只狗正疯狂地翻着垃圾桶，还时而惊恐地朝后看看，时而沿着墙快速奔跑，一副没有吃饱、急迫忧虑的模样。

加卢法拿下车顶的一条牛筋鞭子，鞭子末端是一条铁链，通过链节沿着鞭柄滑动。他走向猎物，脚步如猎人般轻巧，迅速而又无声地靠近那条狗。如果它没有戴家庭豢养标志的项圈，他就以惊人的速度扑向狗[2]，给狗脖子套上他手中的铁链皮条套索。

狗一下子被勒住脖子，疯狂挣扎着，嘴里发出含糊不清的哀号声。然而男人快速地把它拉到马车边，打开其中一个笼子，拎起被紧紧勒住脖子的狗，扔到笼子里，小心地把鞭柄从笼子栅栏间取出。抓住狗后，他松开铁链，把它从狗脖子上解下来。若是狗没有得到街上孩子们的保护，事情便会这样发展。

---

[a]. 异国情调，豌豆汤。

[1]. 外号源自第一个做这份工作的人，他的名字确实叫加卢法。

[2]. 原文如此。

因此所有人都联合起来反对加卢法。他们知道这些狗被抓后，便会被带到市政待领处看管三天。如果超过三天还没有被人领走，这群牲畜便会被杀死。这辆意味着死亡的马车每次巡逻都会满载而归，装满毛色各异、大小不同的可怜的猎物。它们在笼子里惊恐万分，车子所过之处都留下了它们垂死的呻吟和哀号声。若没有目睹这番场景倒也罢了，一旦看见这一切，就足以激起人们的怒火。

因此，这辆蜂窝状的马车只要在街上出现，孩子们就会立刻警觉起来。他们分散在街区的每条街上，把狗驱赶到城市别的区域，让它们远离这可怕的套索。

然而，皮埃尔和雅克都遇到过多次，尽管他们采取了一些预防措施，套狗人还是在他们面前发现了一只狗，这时他们采取的策略是一样的。雅克和皮埃尔在套狗人靠近猎物之前便开始喊叫："加卢法，加卢法。"叫声尖锐可怕，狗听后便全力逃跑，不出几秒就跑出了抓捕范围。

此时，孩子们就得表现出奔跑的才能了。因为这个可怜的加卢法每抓住一只狗便能得到奖金，所以他气得发狂，挥着他的鞭子追赶这两个孩子。大人们通常帮着孩子们逃跑，要么挡住加卢法的去路，要么直接拦住他，请他善待这些狗。

社区的劳动者们都很喜欢打猎，平常都喜欢狗，他们对于这份奇怪的职业没有一点好感。

正如埃尔斯特舅舅所说："他很懒！"

赶马车的阿拉伯老人坐在车上看着这些骚乱，沉默无语，面无表情。如果争论持续很久，他便开始平静地卷起一根烟。抓住了猫或是放走了狗后，孩子们便赶紧冲向学校。冬天，身上的斗篷在风中鼓起；夏天，脚上的凉鞋蹬得咯咯作响。经过市场时，他们瞥了一眼水果摊，根据不同的季节，上面堆满了枇杷、橙子、橘子、杏子、桃子、橘子[1]、甜瓜和西瓜，让人目不暇接。不过，他们只买一点最便宜的水果尝尝。经过上了彩釉的大喷泉池，他们背着书包玩两三个鞍马，沿着蒂埃尔大街的仓库跑去。橙子的味道扑面而来，工厂里正在剥橙子皮，制作橙汁饮料，香气四溢。孩子们跑上了一条挨着花园和别墅的小路，最终到达人头攒动的奥梅拉街。街上聚集着一群孩子，三三两两地聊着天，等待学校开门。

1. 原文如此。

接着便开始上课了。贝尔纳先生的课一直都很有趣,原因很简单,贝尔纳先生热爱他的职业。

教室外,阳光肆无忌惮地照在浅黄褐色的墙上,热气如一颗炸弹,炸裂后四散在教室,然后沉入黄白相间的粗条纹窗帘制造的阴影下。这里的雨也像在阿尔及利亚一样,一下便没完没了,马路变成了一口幽暗潮湿的井,教室里几乎没人走神儿,只有暴风雨天的苍蝇有时会转移孩子们的注意力。

一旦被抓住,苍蝇就被扔进插在课桌洞里的墨水瓶中,淹死在紫色的墨水里,死相很是难看。然而,贝尔纳先生在对学生的管理问题上绝不让步,他的教学方法反而让他把教学变得生动有趣,甚至战胜了苍蝇。他总能在恰当的时刻从他的珍宝箱里拿出矿石收藏品、植物标本、蝴蝶等昆虫标本、卡片或者……拿出一切能唤起学生学习兴趣的东西。

他是学校里唯一一个拥有神奇幻灯机的人,每个月放映两次有关自然历史和地理内容的幻灯片。

在算术课上,他组织了一场心算比赛,训练学生快速思考的能力。学生们双臂交叉,做一些乘除法试题,有时也有复杂的加法试题。1267+691等于多少?第一个算出来的人将被记上一分,这一分会算进月度评比中。此外,他使用教材很是得心应手……

教材是城市里通用的。这些只知道西罗科风、灰尘、疾风暴雨、海滩沙子以及在太阳下灼烧的大海的孩子,认真朗读着对他们来说神秘的故事,清楚地读出每一个逗号和句号。故事里的孩子戴着无边软帽,围着羊毛长围巾,脚上穿着木鞋,在天寒地冻中拖着柴捆走在回家的路上。路面上满是积雪,他们到家后发现家中的屋顶也被白雪覆盖,而烟囱冒出的缕缕炊烟让他们知道炉灶上正煮着豌豆汤。

对雅克来说,这些故事充满了异国情调。他幻想在写作中尽情描绘一个从未见过的世界,便不断地问外婆二十年前在阿尔及尔地区整整下了一个小时雪时的情景。

对雅克来说，这些故事是学校生活中富有诗意的一部分，夹杂着文具盒和尺子的清漆味儿。他时常在学习时咬书包带子，品其美味，还有紫色墨水粗糙的苦涩味。尤其轮到他去灌满墨水瓶时，他就拿着一个插有一根弯曲玻璃管的深色大瓶子，幸福地嗅着管孔；在触摸书本平滑而冰凉的书页时，也能闻到一股墨香和胶水味。在下雨天，潮湿羊毛的味道从教室尽头的羊毛呢大衣上传来，仿佛预示着故事里伊甸园般的世界。在那里，孩子们脚穿木鞋，头戴羊毛帽，从雪地跑回温暖的家。

  只有学校能带给雅克和皮埃尔这些欢乐。毫无疑问，他们如此热爱学校，是因为他们能从学校获得家里没有的东西。在家里，贫穷和无知让生活更艰难、更沉闷、更乏味，就像把他们禁锢在原地；贫穷是一座没有吊桥的堡垒。

然而并不仅仅是这样，因为到了假期，雅克才会感觉自己是最悲惨的孩子。假期里，外婆为了摆脱这个不知疲倦的小顽童，会把他送进夏令营，和五十几个孩子一起，由几个辅导员带领前往米力亚纳的扎卡尔山区。孩子们和辅导员一起住在那儿的寄宿学校里，吃饭睡觉都很舒适。白天，孩子们玩耍、散步，由几个亲切的护士们看管他们。夜幕降临时，山坡和营地迅速被阴影笼罩，号角开始在邻近的兵营吹响，熄灯时间的伤感乐调回荡在这个离旅游地一百多公里的静谧山间小镇中。此刻，一股漫无止境的绝望感便涌上雅克的心头，他无声地呼唤着他童年那个贫困简陋的家 [a]。

a. 增加对非宗教学校的赞美。

  不，学校不仅仅是让他们从家庭生活中逃离出来。

至少在贝尔纳先生的课上，学校在他们的心里滋养着对发现的渴求，这种渴求对孩子来说要比对成人重要得多。其他课的老师也会教给他们很多东西，但有点类似于填鸭式的灌输法——提供给他们现成的食物，要求他们吞下去。在热耳曼先生[1]的课堂上，孩子们第一次感觉到自己的存在，感觉自己受到了极大的尊重：老师认为他们能够发现世界。而且，老师教他们知识，也不仅仅是为了领取薪酬。他在个人生活中不拘礼节地接纳了孩子们，和他们生活在一起，给他们讲述自己的童年以及他以前遇到的孩子们的故事，向他们阐述他的观点，而不是灌输他的思想。比如，他和许多同事一样反对教权，但在课堂上从未说过一句反对宗教的话，也没有反对过任何可以成为选择或者信念的观点。然而，他却大力谴责那些毋庸置疑的恶习：偷窃、告密、舞弊和下流。

1. 在这里，作者写出了小学教师的真实姓名。

值得一提的是，他和孩子们谈论了他参战的那场为期四年的战争，那场战争对他来说至今仍历历在目。他谈到了士兵们的痛苦、勇气、耐心和停战后的幸福。

每学期末，在学生们放假前，如果时间允许，他便会给学生读上一大段多热莱斯的《木十字架》[a]。

a. 参看该书。

对雅克来说，这些阅读为他打开了异国风情的大门，但这股异域风情中弥漫着恐惧和不幸，尽管除了理论上的假设，他从未靠近过他陌生的父亲。他只全神贯注地听着老师用心朗读的故事，这故事又讲起大雪和可爱的冬天，还讲起一群怪人，他们穿着沾满污泥的硬邦邦的厚布衣服，说着一种奇怪的语言，生活在洞穴里，洞穴上方落满了炮弹、火箭弹和子弹。

他和皮埃尔愈发迫不及待地期待下一次阅读。

大家还在讨论这场战争（雅克竖起耳朵，安静地听着达尼埃尔用自己的方式讲述他参加的马恩河战役，然而达尼埃尔并不知道当时自己是如何回来的。达尼埃尔说他们佐阿夫团奉命摆成散兵线，负重下到一条沟壑，他们的前方没有人。就在他们走到半山坡时，射手们突然一个接一个倒地，沟壑底部一片血海，人人哭爹喊娘，可怕至极），幸存者们无法将之忘却，它的阴影仍然笼罩在他们身上，影响着他们做出的决定和计划。对孩子们来说，这些故事充满了魅力，比在别的课堂上读的童话故事更新奇。如果贝尔纳先生考虑更换内容的话，他们会感到失望和厌倦。幸好他继续讲着，那些有趣的场景和骇人听闻的描绘交替出现，渐渐地，这些非洲孩子便认识了属于他们这个社会的某某人，他们谈起这些人时就像谈起老朋友一样，近在身边，生动鲜活，至少雅克从未想过他们也可能成为战争的受害者，尽管他们就生活在战争中。

*小说。

年末的一天，贝尔纳先生读到了书*的末尾，他用更加低沉的嗓音朗读着D先生的死亡。当他默默地合上书时，仍然沉浸在情感和回忆之中。他抬起眼睛望着全班同学，所有人都一片惊愕，教室里鸦雀无声。他看到坐在第一排的雅克正凝视着他，泪流满面，身体因呜咽而不断颤抖着，好像永远也停不下来。"好了，小家伙，好了，小家伙。"贝尔纳先生说道，他的声音几乎听不到。他起身把书放到书柜里，身体背对着大家。

"等一等，小家伙。"贝尔纳先生说。

他艰难地站起来，把食指指甲插进金丝雀鸟笼，金丝雀叫得更欢快悦耳了："啊！卡西米尔，饿了，问父亲要吃的。"随后，他走向教室里壁炉边的书桌。他打开一个抽屉，在里面胡乱翻着，然后关上抽屉，又打开另一个，拿出了一样东西。"拿着。"他说，"这是给你的。"

雅克拿到了一本书，书用杂货店的棕色包装纸包了书皮，上面没有书名。他没有翻开便知道这本书就是《木十字架》，是贝尔纳先生在课堂上读的那本书。
"不，不。"他说，"这是……"
他想说的是：这本书太美了。他找不到词来形容。

年迈的贝尔纳先生摇了摇头。"最后一天你哭了，你还记得吗？从那天起，这本书就属于你了。"

a. 惩罚。

说完，他背过身，不让雅克看见他突然泛红的眼圈。他又走向书桌，随即把手别在身后，朝雅克走过来，在雅克鼻子下挥动着一根短粗的红尺子[a]，笑着问他："你还记得麦芽糖吗？"
"啊，贝尔纳先生，"雅克说，"您还留着呢！您知道现在是不允许使用的。"
"哼，那个时候也不允许。你可以证明我使用过它！"

雅克可以作证，因为贝尔纳先生支持体罚。的确，平时的处罚仅仅是扣分。每逢月末，贝尔纳先生便会在学生获得的分数里扣除，使班级总排名下降。

但对于严重的情况，贝尔纳先生却毫不担忧。他不会像他的同事那样，把违规的学生送到校长那里。按照惯例，由他亲自处罚。
"我可怜的罗贝尔，"他冷静地说着，心情依然不错，"得尝尝麦芽糖的滋味了。"

班上的学生都没有任何反应（除了暗笑一下，根据人们的常规心态，看到别人受罚是一种快乐[a]）。孩子站起来，脸色苍白，努力摆出轻松自若的样子（一些学生强忍泪水离开课桌，朝着黑板前走去，贝尔纳先生已经站在旁边的桌子前）。

a. 或者说惩罚一些人，让另一些人快乐。

根据惯例，罗伯特或者约瑟夫要自己从办公桌上拿起"麦芽糖"交到主持"祭祀仪式"的贝尔纳先生手上。

"麦芽糖"是一块又粗又短的红木尺子，沾满了墨点，一些刻痕和凹口让它变了形。它是贝尔纳先生很久之前从一个学生那里没收过来的。我已经不记得学生的名字了，只记得这名学生把它交给贝尔纳先生时，贝尔纳先生以一种嘲笑的神情接过，张开双腿。孩子要把他的头伸进老师膝盖间，老师将腿收紧，夹住孩子的脑袋。贝尔纳先生根据违规情况，在孩子撅起的屁股上打上几下，尺子均匀地打在两边的屁股上。对于这样的惩罚，学生们的反应也是因人而异。

一些学生还没挨到板子便开始哼哼，无所畏惧的老师注意到这些提前的反应，一些学生天真地用手护住屁股，贝尔纳先生随意一挥，便打开了他们的手。另一些学生被尺子打后感到火辣辣的疼痛，便拼命反抗。

还有一些学生，其中包括雅克，他们默默忍受着，一言不发，身体微微颤抖，忍住奔涌而出的泪水回到座位上。

总体而言，学生们接受这种体罚，而且毫无怨言。首先是因为几乎所有孩子在家里都被揍过，体罚对他们来说是一种自然的教育方式。其次是因为老师绝对公正，无论哪种形式的违规，都是一样的，都会招致这场赎罪仪式，所有行为越界的学生只会累积更多的负分，也知道他们可能会面临什么，这种处罚自始至终标准一致，绝对平等。

贝尔纳先生显然非常喜欢雅克，但雅克也像其他人一样受了罚，甚至在贝尔纳先生公开表示对雅克的偏爱后的第二天就受到了责罚。当雅克站在黑板前出色地回答了问题，贝尔纳先生便会抚摸他的脸颊，教室里有人小声说了句"宝贝"，贝尔纳先生认为是冲他说的，用严肃的口吻说："是的，我偏爱科尔梅里，偏爱你们中所有在战争中失去父亲的孩子。我和他们的父亲一起打过仗，而我活下来了。我至少在这里尽力代替我那些死去的战友。现在，如果有人想要说我有些'宝贝'，那就尽管说吧！"

这种训话使整个班级鸦雀无声。

在教室门口，雅克问谁在叫他"宝贝"。受到侮辱却不反抗，这等于失去了名誉。"我。"米诺兹回答道。这是一个个头很高、头发金黄的男孩，看起来相当软弱无力，面无血色。他很少出头露面，但他总对雅克表现出厌恶之情。"好。"雅克说，"操你妈ᵃ。"

a. 操你祖宗。

这样一句侮辱别人的话，会立刻激起一场斗殴。凌辱母亲以及祖宗的话，自古以来就是地中海沿岸最严重的辱骂。然而米诺兹犹豫了一下。但惯例就是惯例，其他人都在为他说话。"走吧，去绿野。"

绿野离学校不远，是一块空地，上面长着弱不禁风的青草，堆满了旧铁箍、罐头盒和烂木桶。"交手"便在这里进行。

交手简单来说就是两人之间的决斗。决斗时不用剑而用拳头，不过要忠于真正的仪式，至少在思想上要做到。决斗的目的就是要了结争执，因为其中一方的荣誉受损，对方要么侮辱了他的父母或者祖先，要么贬低了他的国籍或者种族，要么指责他偷盗或是谴责他揭发了偷盗行为，又或者是源于孩子的世界里每天产生的某些莫名其妙的原因。只要有一个学生站在受辱者的角度（他能意识到），认为他受到了冒犯，应当洗刷耻辱，那么惯用语便是："四点钟绿野见。"

这句话一说出口，大家的兴奋感就会减弱，议论也会戛然而止。双方都离场，每个人后面都跟着一帮同学。

在接下来的几节课上，决斗的消息以及决斗者的姓名便从一桌传到另一桌，大家一边传一边用眼角余光看向他们，而他们也因此装出男儿应有的镇定和决心。

而在心里又是另一番景象。最有勇气的人也会变得心不在焉，因为面对暴力的时刻即将到来而焦虑不安。然而，双方阵营的同学们绝对不要嘲笑对方的决斗者，不要用类似"夹紧屁股"这样的俗语去辱骂决斗者。

雅克挑战了米诺兹，完成了他作为男子汉的任务。无论如何，也还是大大方方夹紧屁股，就像他每次以暴制暴一样。但是他已经下了决心，他绝不可能再退缩一丝一毫。这是事物的规则，他也知道这种打架前出现的轻微的恶心在交战时就会消失，会被他自身的暴力压住。此外，这种暴力在策略上既妨碍了他也帮助了他……让他付出了代价¹。

1. 这一段在这里结束。

傍晚，和米诺兹的战斗进行得井然有序。

决斗者在支持者们的簇拥下最先来到绿野，这些支持者现在已经成为护理员，帮他们提着书包。后面来的是所有被这场斗殴吸引的人，把战场围得水泄不通。决斗者们把斗篷和外套脱了，放在护理员手上。这次，由于急躁，雅克第一个进攻，却并没有太多信心。米诺兹步伐紊乱，向后退却，笨拙地避开对手的勾拳。突然他一拳打中雅克的脸，雅克感到疼痛，周围的喊叫声、笑声和围观者的鼓励声让他怒火中烧，也让他愈发失去理智。

他朝米诺兹猛冲过去，拳头如雨点般打在对手身上，打得对手不知所措，而狂怒的一记勾拳正好打在这个倒霉蛋的右眼上，打得他失去了平衡，悲惨地跌坐在地上。一只眼睛淌着泪，另一只眼睛立刻肿了起来。青肿的眼睛和着实精彩的一拳，在之后的好几天里，效果显著，彰显着胜者的战绩。所有观看的人发出了北美印第安人般的喊叫。

米诺兹没有立刻站起来，雅克的挚友皮埃尔马上庄严地宣布雅克是获胜者，并给雅克穿上衣服，披上斗篷，把他带走，一群仰慕者簇拥在他身旁。米诺兹此时站了起来，一直哭着，在围着他的一小圈神情沮丧的人中间重新穿好衣服。

雅克被这速战速决的胜利冲昏了头脑，他并不希望决斗结束得如此之快，他几乎听不到周围人对他的祝贺以及绘声绘色讲述的战斗故事。他想兴奋一下，自己的虚荣心也在某种程度上得到了满足。然而，当他从绿野走出来，回头看向米诺兹，看到那张被他打得狼狈窘迫的脸时，一股忧伤突然席卷他的心头。因此他懂得了打架并不好，因为自己战胜别人和别人战胜自己一样苦涩悲凉。

为了完善对雅克的教育，老师立刻告诉他塔贝耶纳悬崖就在卡皮托利山丘旁边。第二天，在同学们带着仰慕的簇拥下，雅克本以为自己要摆出自命不凡的神情，向别人炫耀。上课开始点名，没有听到米诺兹应到，雅克的邻座便议论着他的缺席，冷笑着讽刺，并朝雅克挤眉弄眼。雅克也忘乎所以地向同学们露出了微微睁开的眼睛，鼓起腮帮子，做了个恶俗的鬼脸，却没有意识到贝尔纳先生正注视着他。这时，老师的声音回荡在突然安静下来的教室里，雅克的鬼脸也一下子消失了。"我可怜的宝贝，"老师绷着脸说道，"你也可以像其他人一样尝尝麦芽糖。"

凯旋的雅克不得不起身，寻找酷刑工具，闻着贝尔纳先生身上散发出的清新的古龙水香味，摆出接受酷刑的屈辱姿势。

米诺兹事件并没有以这堂实践哲学课告终。这个男孩已经有两天没来上课了，雅克心里隐约有些担忧，尽管他的神情依旧是扬扬得意。到了第三天，一个高个子的学生走进了教室，通知贝尔纳先生校长在找一个叫科尔梅里的学生。只有遇到严重的情况，学生才会被叫到校长那里。贝尔纳先生扬了扬粗大的眉毛，只说了句："快点去吧，小不点儿。希望你没有干蠢事。"

雅克跟着这个高个子学生，两腿无力地沿着走廊走着。走廊下方是个水泥浇筑的院子，里面种了一些淡紫色的牡荆，细长的树荫难以挡住酷热。他们一直走到位于走廊尽头的校长办公室。

跨步进去，雅克首先看到的是站在校长办公桌前的米诺兹。他身边站着面带愠色的一位太太和一位先生。虽然米诺兹肿胀的眼睛让他的脸有些变形，但雅克因为看到他还活着而如释重负。不过，他无暇享受这种宽慰。

"是你打了你的同学吗？"校长问道。校长是一个秃顶的矮个子男人，面色红润，说话铿锵有力。"是的。"雅克回答的声音苍白无力。"我已经跟您说过了，校长先生，"太太说，"安德烈不是个淘气鬼。""我们打架了。"雅克说。"我不需要知道这个。"校长说，"你知道我禁止打架斗殴，包括在校外。你打伤了你的同学，你可能会把他伤得更严重。作为第一次警告，这一周所有的课间休息你都去墙角罚站。如果你再犯，就要被开除。我会把对你的惩罚通知家长。现在你可以回教室去了。"雅克一脸惊愕，站着一动不动。"回去吧。"校长说。当雅克回到教室时，贝尔纳先生问："怎么样，方托马斯？"雅克哭了。"别伤心，我听你说。"于是孩子抽泣着，断断续续地先是说了惩罚，因为米诺兹的父母控诉他，随后讲述了打架的事。

"你们为什么打架？"
"他叫我'宝贝'。"
"第二次？"
"不，这里，在教室。"
"啊！就是他！你认为我对你的保护还不够。"雅克专注地望着贝尔纳先生。
"哦不！哦不！您……"他号啕大哭起来。
"去坐下吧。"贝尔纳先生说。
"这不公平。"孩子泪眼婆娑地说。
"不对。"贝尔纳先生温柔地对孩子说[1]。　　　　　　　1. 这一段在此结束。

a. 先生，我长了一条腿。

第二天课间休息时，雅克在走廊尽头背对着院子罚站，身后是一片愉快的欢呼声。他两条腿轮换支撑着身体的重量[a]，他也很想去跑一跑。他不时地朝后看看，看到贝尔纳先生和同事们在院子角落里散步，并没有看着他。但是第二天，雅克没有在意，贝尔纳先生却走到他背后，轻轻地拍了拍他的背说："不要这副样子，垂头丧气。米诺兹也在罚站。瞧，我允许你看一眼。"院子的另一边，米诺兹一个人闷闷不乐地待着。"在你罚站的这个星期里，你的同伴们拒绝和他玩。"贝尔纳先生笑着说，"你看，你们两个都被惩罚了。这很合规矩。"他俯下身子对孩子说："嘿，小不点儿，还真看不出来，你的勾拳这么厉害！"说话时他深情地笑了笑，让受罚者心里顿时泛起一股暖流。

现在，这个对着金丝雀说话的贝尔纳，还叫雅克"小不点儿"，尽管他已经四十岁了。雅克对他的爱一直未变，甚至在他们相距遥远的那段岁月里也是如此。最终，"二战"让他们难得见上一面，直到完全把他们分开，贝尔纳先生从此杳无音讯。1945年的巴黎，当一个穿着军大衣、上了年纪的本土保卫军来敲雅克的门时，雅克高兴得像个孩子。是贝尔纳先生，他又应募入伍了。"不是为了战争，"他说，"而是为了对抗希特勒。你也是，小家伙，你也参加过战斗。哦，我就知道你有种。我希望你没有忘记你的母亲，你的母亲是世界上最好的。现在，我要回到阿尔及尔了，到时可以来看看我。"十五年来，雅克每年都去看他，每年都像今天一样，他在离开前拥抱这个激动的老人，老人在门口握紧他的手。是贝尔纳先生把他推到这个世界，独自承担责任，让他背井离乡，去寻求更大的发现[a]。

a. 奖学金。

学年接近尾声，贝尔纳先生提醒雅克、皮埃尔和弗勒里，让他们注意桑迪亚哥是个各门功课都很优秀的人。"他有读综合理工学校的头脑。"老师说。桑迪亚哥是一个年轻帅气的男孩，他天赋不高，却刻苦勤奋，所以成绩不赖。"是这样，"当全班同学都不在时，贝尔纳先生说，"你们都是我最优秀的学生。我决定推荐你们去申报初中和高中奖学金。如果成功，你们就会获得奖学金，可以完成中学学业，直到高中毕业会考。小学是所有学段里最好的，然而它不会引导你们的人生之路。高中则为你们打开了所有的大门。我更希望像你们一样的穷苦孩子通过这些大门，打开新的人生天地。但是为了这一切，我需要得到你们父母的同意。快回去吧。"

他们一个个呆呆地走了出去，甚至都没商量一下就散开回家了。雅克发现他的外婆一个人在家，正在餐厅桌子的漆布上拣着小扁豆。他犹豫了一下，决定还是等母亲回来。

母亲回来了，满脸疲惫，系上围裙后便去帮外婆拣小扁豆。雅克提出要帮忙，她们便给了他一个白色粗瓷盘，这样能更容易把小扁豆里的石子挑出来。雅克低着头，宣布了这个好消息。"这是怎么回事？"外婆问道，"什么时候参加中学毕业会考？""六年后。"雅克说。外婆推开了她面前的盘子。"你听到了吗？"外婆问卡特琳娜·科尔梅里。母亲没有听到。雅克便慢慢地向她重复了这个消息。"啊！"她说，"这是因为你很聪明。""不管聪明不聪明，明年得送他去当学徒。你知道我们没有钱。他得每周挣点儿钱回来。""这倒是。"卡特琳娜说。

外面天色变暗,热气开始退去,天变得凉快了。这个时候的车间正在全力运作,街区空荡荡的,一片寂静。雅克望着街道。他不知道除了听从贝尔纳先生的话,自己究竟想要什么。但是,九岁的雅克既不能,也不会违背外婆的意愿。外婆明显也在犹豫着。"你接下来打算做什么?""我不知道。也许当小学老师,像贝尔纳先生一样。""是的,六年后!"她拣小扁豆的动作更慢了。"啊!"她说,"不行,我们太穷了。你跟贝尔纳先生说我们做不到。"

第二天,其他三个同学都告诉雅克他们的家人同意了。"你呢?""我不知道。"雅克说。瞬间,心里如同有一只隐形的手捏住了他的心脏,他感觉自己是小伙伴里最穷的。课后,他们四个人留了下来。皮埃尔、弗勒里和桑迪亚哥都给出了回复。"你呢,小不点儿?""我不知道。"贝尔纳先生注视着他。"好的,"他朝其他人说,"不过,每天晚上下课后要跟我一起学习。我会安排这件事的,你们可以离开了。"当他们出去后,贝尔纳先生坐在扶手椅上,把雅克拉到他身旁。"怎么了?""我的外婆说我们家太穷了,我明年必须工作。""那你母亲呢?""家里外婆做主。""我知道了。"贝尔纳先生说。他考虑了一番,随后把雅克拉到怀里。

"听着,要理解你外婆。生活对她和你母亲来说很艰难。她们两个人养育着你和你哥哥,把你们培养成现在这样好的孩子。但是她害怕,这是必然的。尽管有奖学金,但你还是需要一些资助。无论如何,在这六年里你都无法给家里挣钱。你能理解她吗?"雅克点了点头,但是没有看着老师。"好。不过也许我可以和她解释一下。拿上你的书包,我和你一起回去!"
"去我家?"雅克问道。
"是的,我很高兴能再次见到你母亲。"

过了一会儿,在雅克惊愕的眼神下,贝尔纳先生敲响了他家的门。

外婆用围裙擦了擦手,去开了门。因为围裙系得太紧,这位上了年纪的女人的肚子便凸了出来。当见到老师的时候,她连忙用手拨弄了下头发。"哦,奶奶,"贝尔纳先生说,"像平常一样在忙活哪?啊!您可真了不起。"

外婆让贝尔纳先生进屋,穿过卧室走到了餐厅。外婆让他坐在桌子旁,顺便拿出了杯子和茴香酒。"您别为我忙了。我来这儿就是想和您简短地聊一会儿。"谈话开始前,贝尔纳先生问了问外婆子女的情况,随后问了问她在农场的生活和她丈夫的情况,也谈了谈自己的孩子。这时候,卡特琳娜·科尔梅里进来了,神情有些慌张,对贝尔纳先生叫了一声"老师"。她回到房间梳了梳头发,穿上了一件清爽的罩衫,回到餐厅坐在离桌子有点距离的椅子上。"你呢,"贝尔纳先生对雅克说,"你去街上等我。""您知道,"贝尔纳先生对雅克的外婆说,"我会说点儿雅克的好话,他会认为这些话就是事实……"

雅克出了门，奔下楼梯，守在大门口。一个小时后，马路上热闹起来了，透过榕树看向天空，天空染成了绿色。这时，贝尔纳先生从楼梯上下来，走到雅克身后，挠了挠雅克的头。"好了！"他说，"说定了。你外婆是个勇敢的女人。至于你的母亲……啊！永远不要忘记她。"

"先生，"外婆突然出现在走廊上，用一只手抓起围裙擦了擦眼睛，"我忘记了……您跟我说您要给雅克额外上一些课。""当然，"贝尔纳先生说，"他不会闹着玩的。相信我。""但是我们无法付钱给您。"

贝尔纳先生专注地望着她。他抓住雅克的肩膀。"别担心，"他说着摇了摇雅克的身体，"他已经付钱给我了。"贝尔纳先生离开了，外婆便拉起雅克的手上楼回家。她第一次抓住雅克的手，抓得紧紧的，带着一种绝望的柔情。"我的小家伙，"她说，"我的小家伙。"

在这一个月里，贝尔纳先生每天下课后就把这四个孩子留下来，让他们学习两个小时。晚上，雅克疲惫而兴奋地回到家，继续做作业。外婆望着他，眼神里既忧愁又自豪。"他的头脑很聪明。"埃尔斯特很确信地说，并用拳头敲了敲自己的脑袋。"是的。"外婆说，"但我们怎么办呢？"

一天晚上，她惊叫道："那初领圣体仪式他该怎么办呢？"

1. 空白处：三行字无法辨认。

说真的，宗教在这个家里并没有一席之地[1]。没有人去做弥撒，没有人祈求或者教授戒律，也没有人暗示冥世的奖赏与惩罚。当有人在外婆面前提到某个故去的人，她就会说："好啊，他不再放屁了。"如果是某个对她来说还算有感情的人，她会说："可怜的人，他还年轻。"即使死者早就过了该去世的年龄。这并不是因为她头脑糊涂，而是因为她见证了身边很多人的死亡。她的两个孩子、她的丈夫、她的女婿和她所有的侄儿，他们都死在了战场上。准确地说，死亡与劳动和贫穷一样，对她来说已经习以为常。她无须去想它，而是以某种方式生活在其中。现在，生活的需求对她来说似乎比一般的阿尔及利亚人更强烈，一般的阿尔及利亚人的那种忧虑和共同的命

a. 死亡在阿尔及利亚。 运，已经使他们失去了盛开在文明巅峰的花朵——对葬礼的虔诚[a]。

对于他们而言，这是必须直面的考验，正如他们的先人一样。面对考验，他们闭口不谈，而是努力展现他们视作人类主要美德的面对考验的勇气。但与此同时，必须忘却和远离这样的考验。（这就是为什么所有葬礼都有好笑的一面。莫里斯表兄？）如果在这样的情绪上再加上日常生活的斗争和日常操劳的艰辛，以及贫穷对雅克家庭的折磨，就很难在生活中找到宗教的位置了。对于生活在感性中的埃尔斯特舅舅，宗教依他所见，也就是神甫和仪式。

埃尔斯特舅舅发挥他的喜剧天赋，不放过任何一个可以模仿弥撒仪式的机会，他用［拖长音调的］拟声词表示拉丁语，最后同时扮演了那些在钟声中低下头的基督信徒，以及趁机偷偷摸摸喝下弥撒酒的神甫。至于卡特琳娜·科尔梅里，她是唯一一个温柔到让人想到信仰的人，但温柔恰恰是她全部的信仰，她既不否定，也不认可，听到弟弟的笑话会微微一笑，而对神甫则会称呼"神甫先生"。

她从不谈论上帝。说实话，雅克在整个童年都未曾听到过这个词，他自己也并不关心。神秘莫测而光辉灿烂的生活就足够填满他的整个身心。

然而，如果涉及家族成员的葬礼，外婆，甚至舅舅都会为没有神甫而感到惋惜，"就像一只狗。"他们说。这是因为对于他们而言，正如大多数阿尔及利亚人一样，宗教是他们社会生活的一部分，仅此而已。他们是天主教徒，因为他们是法国人，就得举办某些仪式。实际上，这些仪式只有四次：洗礼、初领圣体、婚礼（如果结婚的话）以及临终圣事。这些宗教仪式之间必定间隔很远，他们还得忙着其他事，首先是生存问题。

雅克应当像哥哥亨利一样完成初领圣体。亨利至今还保留着极其糟糕的回忆，不是针对领圣体的仪式，而是它的社会后果。他接连几天不得不戴着臂章去拜访朋友亲戚，他们要给亨利一小笔钱作为礼物，他尴尬地收下钱，随后这些钱被外婆收回，只交还给亨利其中的一小部分，剩下的钱统统由她自己留着，因为初领圣体的仪式很"费钱"。这场仪式在孩子十二岁左右进行，但孩子要花两年时间来学习教理。雅克因此要到中学二三年级时才进行初领圣体仪式。此时，这个念头突然在外婆的脑海里冒了出来。

她对中学的概念模模糊糊，觉得有点可怕，好像比起社区小学，中学的学习要辛苦十倍，因为这些学习改善人的境遇。在她的脑海里，如果不工作，就无法获得任何物质上的改善。另一方面，她又由衷地希望雅克获得成功，因为她刚刚答应做出牺牲，她认为上教理课就会耽误上课的时间。"不，"她说，"你不能既要去学校又要上教理课。""好。那我不去领圣体了。"雅克说，他想到的是可以逃脱拜访亲友的苦役，避免收钱时遭受让他难以忍受的侮辱。外婆望着他。"为什么呢？这件事可以解决好。穿上衣服。我们去见神甫。"外婆起身走进她的房间，神情坚毅。

1. 一个无法辨认的词。

当她回来时，只见她脱掉了短上衣和干活时穿的裙子，穿上了她唯一一件外出时穿的裙子［　］¹，领口的扣子一直系到脖子，头上系了一条黑丝巾，露出两鬓的白发，眼眸清澈，嘴巴紧闭，更凸显出她坚定的神情。

在一座丑陋的现代哥特式教堂——圣查理教堂的圣器室里，外婆拉着站在身旁的雅克的手，坐在神甫面前。神甫是个六十多岁的胖老头，圆圆的脸有些软塌塌的，鼻子很大，厚厚的嘴唇下浮起微笑，头发是银白色的。他的双手合拢放在因双腿膝盖分开而紧绷的袍子上。"我想让小家伙参加初领圣体仪式。"外婆说。"很好，太太，我们要把他培养成一个优秀的基督徒。他几岁了？""九岁。""您让他提早上教理课是对的。三年之内，他一定能为这个重大的日子做好充分准备。""不，"外婆生硬地说，"他要立即上课。""立刻？但是初领圣体仪式一个月后才进行，而且至少得上两年教理课后才能登上祭坛。"

外婆解释了现在的情况。然而神甫一点也不相信可以同时进行中学学习和宗教教导。他耐心和蔼地引用他自己的经历，举了一些例子……外婆站起来。"如果是这样的话，那他就不进行初领圣体的仪式了。走吧，雅克。"外婆拉着雅克走向门口。神甫赶忙追上他们。"等等，太太，等等。"他轻轻地把外婆带回座位，试图劝导她。然而外婆摇了摇头，像一头年老固执的母驴。"要么立刻办，要么就算了。"最终，神甫妥协了。

外婆跟神甫约好，雅克进行为期一个月的速成教理学习，之后便举办领圣体仪式。神甫无奈地摇了摇头，他把他们送到门口，轻轻摸了摸孩子的脸。"那你要好好听教理课。"他一边说，一边用悲伤的眼神望着雅克。

因此，雅克要兼顾热尔曼先生的辅导课以及周四、周六晚上的教理课。奖学金考试和初领圣体仪式同时临近，这些日子雅克的负担很重，没有什么玩的时间。甚至在星期天，当他终于可以抛开作业本时，外婆却让他做家务、买东西，她说全家人为他继续接受教育做出了很大的牺牲，而他以后在长达数年的时间里却什么也不能为家里做。"但是，"雅克说，"我也可能考试失败。考试是很难的。"从某种意义上来说，他有时真希望考试失败，因为外婆一直和他唠叨牺牲，让他备感沉重，他那颗年轻好胜的心真的承受不了。外婆呆呆地望着他，她从没想过这种可能性。随后她耸了耸肩，毫不顾及自己的话自相矛盾，她说："我给你出个主意，你真得加把劲。"

教理课是由教区的另一位神甫教授的。他长得又高又瘦，身穿一件黑色长袍，高得甚至让人一眼望不到头，鹰钩鼻、凹陷的脸颊，他的严厉苛刻和老神甫的温和善良形成鲜明对比。他的教学方法就是背诵，尽管这种做法很初级，却也许是唯一一个真正适合这一小群粗野固执的人的方法。神甫的任务是对他们进行精神上的教育。他们要学习问答题："上帝……怎么？……[a]"严格来说，这些词对这些年轻的初学者毫无意义。雅克有着绝佳的记忆力，他沉着冷静地把它们全部背下来，却没有理解。当另一个孩子在背诵的时候，他沉思着，张着嘴呆望着，或者和同学们一起做鬼脸。有一天，雅克做鬼脸时被高个子神甫发现了，神甫认为雅克在对他做鬼脸，没有尊重他所代表的神圣性。于是他叫雅克站到全体孩子面前，然后抬起他那瘦骨嶙峋的长手，不做任何解释便用力打了雅克一记耳光。雅克差点摔倒。"现在回到你的座位上去。"神甫说。

a. 见教理课本。

孩子凝视着他，眼里却没有流下一滴眼泪（在他的一生中只有善良和爱才会让他流泪，相反，恶行或者迫害只会让他的内心和意志更坚定），随后回到座位。雅克的左半边脸火辣辣地疼，嘴里有股血腥味。他用舌尖舔到脸颊内侧开裂出血了。他咽下了自己的血。

在接下来的教理课上，雅克都心不在焉。他安静地盯着神甫，眼神里既无指责也无友善，他背诵着关于圣人和基督献祭的问答，没有一处出错，心却早已飞到几百公里以外的地方，幻想着这两门考试最终只是一门而已。他全身心地投入到学习中，正如沉浸在幻想中，只有越来越多的晚间弥撒让他有隐约的感动。弥撒在冰冷而又有些可怕的教堂里进行。在这里，他第一次听到管风琴的声音，在此之前，他只听过一些愚蠢的曲调。他更深入地幻想着这样的梦境，梦到身穿圣衣的人们和半明半暗的物体。透过金光闪闪的梦境，终于和一个神秘的世界相遇。在这个无名的神秘世界里，教理课上出现的有名有姓的圣人们心无旁骛，也无所事事，仅仅延伸了他生存的这个赤裸裸的世界；而他沐浴其中的热烈、内敛、不明确的神秘仅仅扩展了母亲的审慎笑容或沉默的日常神秘。夜幕降临，他走进餐厅，看到只有母亲一个人在家里。她没点煤油灯，让黑夜逐渐吞噬房间，她自己就像个更灰暗、更丰厚的形体，在窗边深思，看着外面马路上的车水马龙，但这对她来说却是寂静的景象。走到门口，孩子停住了，心里一阵难过，他对母亲有着一股绝望的爱，觉得母亲身上的一切不属于或是不再属于这个世界，也不再属于日常平凡的生活。

接着便到了初领圣体的仪式，雅克对此只留下很少的记忆。除了前一天的忏悔，他坦承犯过几次错，但都是微不足道的事。"没有产生过犯罪的想法吗？""有的，神父。"孩子回答道，以防万一，尽管他不懂为何只想想也是犯罪。直到第二天，他一直都在害怕，生怕无意中流露出罪恶的念头，或者说出一句充满小学生词汇的粗俗话语，他对此很清楚。好在他忍住没说，一直坚持到仪式那天的早上。雅克身穿一件海员服，戴着袖章，手持一本弥撒经本和一串小白球念珠，这一切都是最有钱的几位亲戚（玛格丽特姨妈等）送的。雅克举起一支大蜡烛，跟着队伍里其他拿着大蜡烛的孩子们，走在中间的过道里。站在两侧座位上的亲戚高兴地看着他们。这时如雷鸣般的音乐响起，他有些不知所措，内心充满惊恐和非同寻常的激动。他第一次感受到了自己的力量，那要获胜和生存的无限能力。整个仪式中，激动一直充盈在他心中，让他对周围发生的一切都心不在焉，包括领圣体的时候。这份激动一直持续到他回家。吃饭时，受邀前来的亲戚围坐在餐桌边，桌子上的菜比平日丰盛。平时习惯节俭的客人们兴奋起来，房间里逐渐弥漫着欢乐的气氛，其乐融融。雅克的激动在这样的氛围下消失了，甚至有些张皇失措。等到吃餐后甜点的时候，大家的兴奋达到了顶点，雅克突然号啕大哭起来。

"你怎么了？"外婆问道。
"我不知道。我不知道。"外婆恼怒地打了他一个耳光。
"像这样，"她说，"你就知道你为什么哭了。"
实际上，望着母亲从餐桌上朝他忧伤地微笑，雅克对自己哭泣的原因心知肚明。

"这件事顺利完成了。"贝尔纳先生说，"那么，现在要投入学习了。"接下来几天又是辛苦的学习，最后几课在贝尔纳先生的家里上（描绘公寓？）。一天早上，在雅克家附近的电车站台上，这四个学生带着吸墨纸的垫板、尺子和笔盒站在热尔曼先生身边。雅克看到外婆和母亲正站在家里的阳台上，身体向前倾着，便朝她们挥手示意。

举办考试的那所中学位于沿海湾建造的弧形城市的另一端。以前那里是个很富足却毫无生气的社区，由于西班牙移民的迁入，现在已经成为阿尔及尔人口最多、最富生机的地方。这所中学俯瞰街道，是一座方形的巨大建筑。人们从旁边的两座楼梯以及正面宽阔壮观的楼梯便可上去，两侧是花园，种着一些香蕉树和 [1]，用栅栏围着，防止学生们破坏。中间的楼梯通向一个走廊，两旁的楼梯也都在这里交会，正对着只有在重大场合才打开的宏伟大门。在正门旁边还有一扇小门，朝向门卫的玻璃房，平常供人进出的便是这扇门。

1. 手稿上此处一个字也没有。

第一批学生到达了这条走廊,绝大多数人迈着轻松的步履,内心的胆怯被隐藏了起来。也有几位学生面色苍白,默不作声,流露出内心的焦虑。贝尔纳先生和他的学生就在他们中间,站在学校关闭的大门前等着进去。黎明时分,天还很凉爽,路面仍有些潮湿。过一会儿等太阳出来,路面便要覆上一层灰。他们提前了半个小时到达,学生们靠紧老师站着。老师也没有什么要说的,便沉默不语。突然,他说了句"马上回来"就离开了他们。片刻之后,学生们看到老师回来了。贝尔纳先生戴着卷边帽,优雅如故。这一天他还穿着护腿套,两个手上各拿着两个薄纸袋,袋口卷成螺旋形,拿起来方便。当他走近的时候,学生们发现纸上沾着油渍。"这是羊角面包。"贝尔纳先生说,"现在先吃一个,另一个留到十点钟吃。"学生们说了谢谢后便开始吃了,但是嚼在嘴里难以下咽。"不要慌乱,"小学老师重复道,"仔细阅读题目和作文主题。多读几遍。时间很充裕。"是的,他们会多读几遍题目,照他说的去做,他什么都知道。只要在他身边,生活就没有障碍,只要跟着他走就行。这时候,小门边响起了一阵喧闹声。聚集在这里的六十个学生都朝着那个方向走。一个办事员打开了门,宣读名单。没读几个,就叫到了雅克的名字。他握住老师的手,犹豫着。"去吧,我的孩子。"贝尔纳先生说。雅克有些颤抖地走向那扇门。在进门的时候,他转身回头看着老师。老师还站在那里,高大、结实,他平静地冲雅克笑了笑,肯定地点了点头[a]。

a. 证实奖学金项目。

中午,贝尔纳先生在门口等他们。他们把草稿拿给贝尔纳先生看。只有桑迪亚哥题目做错了。"你的作文写得很棒!"贝尔纳先生对雅克简短干脆地说道。

下午1点,贝尔纳先生又陪他们过来。4点时,他还是站在那里检查他们的答题。"好了,"他说,"结果还要再等等。"

两天后的上午10点,他们五个人又聚在小门前。门开了,办事员又念起一份更短的名单,这次是录取的学生名单。在一片喧闹声中,雅克没有听到他的名字。然而贝尔纳先生高兴地拍了拍他的脖子,对他说:"太棒了,小不点儿,你被录取了。"

只有乖巧的桑迪亚哥没考上,他们用悲伤的眼神望着他。"没关系,"桑迪亚哥说,"没关系。"雅克已辨不清他身在何处,发生了什么。他们四个人乘电车回去。"我去看看你们的父母。"贝尔纳先生说,"我先去科尔梅里家,因为他家最近。"简陋的餐厅里挤满了女人,其中包括他的外婆和母亲,她们请了一天假(?),还有他们的邻居马松家的女人们。雅克站在老师身旁,最后一次嗅着他身上的古龙水味,贴着这温热结实的身体。外婆在邻居太太们面前神采飞扬。

"谢谢您,贝尔纳先生,谢谢您。"外婆对贝尔纳先生说道,此时贝尔纳先生抚摸着孩子的头。"你不再需要我了。"贝尔纳先生对雅克说,"你会遇到学识更渊博的老师。但你知道我在哪儿,如果需要我的帮助,就来找我。"

贝尔纳先生离开了,留下雅克独自一人被一群女人围在中间。随后他冲到窗边,看到贝尔纳先生最后一次朝他挥手致意。从今以后,雅克便要独自一人去闯荡。他不再因成功而快乐,而是感受到一种孩子的巨大痛苦,这痛苦让他心如刀绞,就好像他预先知道,这个成功刚刚使他脱离那个无辜而热情的穷人世界。这是个闭塞的世界,就好像社会中的一座岛屿。在这里,贫穷就意味着家庭团结。他要被扔进一个陌生的世界,那里不是他的世界,他无法相信那个世界里的老师们会比这个内心无所不知的贝尔纳先生更渊博。从今以后,他只能在无人帮助的情况下去学习、去理解。唯一给予他帮助的人无法再帮助他了,他要自己成长,要自我领悟,要不惜一切代价成长为一名男子汉。

7　蒙多维：殖民化和父亲

a. 马车，火车，船，飞机。

ᵃ 现在，他长大了……

在从博恩去往蒙多维的路上，雅克·科尔梅里乘坐的汽车与几辆摆放着长枪的吉普车擦肩而过……

"韦亚尔先生？"

"是的。"

男人站在他那个小农场的门后，望着长得又矮又壮、肩膀浑圆的雅克·科尔梅里。

他左手扶着打开的门，右手紧紧抓着门框。尽管打开了家门，但他却挡住了别人进来的路。他的头发稀疏花白，很像罗马人，看上去应该有四十多岁了。他五官端正，眼眸清澈，皮肤晒得黝黑，身体略显僵硬，却没有赘肉，身上土黄色的长裤也没凸显出大肚腩。他穿的凉鞋和带有口袋的蓝色衬衫让他看起来更年轻。他站着一动不动，听着雅克的解释，随即说："进来吧。"说完就不见了。

雅克穿过一条小小的走廊，走廊的墙壁被刷成白色，里面只有一只棕色的箱子和一个顶端弯曲的木制雨伞架。这时，他听到了农场主在他背后发出笑声。"总之，这就是一次朝圣！坦白说，现在正是时候。""为什么？"雅克问道。"去餐厅，"农场主回答说，"那里最凉快了。"

餐厅的一半被当作阳台，所有的软草帘子都被放下，只有一张除外。餐厅里摆着一张桌子和一个现代风格的浅色木餐具橱，还有几把藤条椅和折叠式帆布躺椅。雅克转身时，发现只剩他一个人。他走向阳台，透过帘子间的空隙看到院子里种满了开淡紫花的牡荆，牡荆间有两辆鲜红色的拖拉机在闪闪发光。

稍远处，在上午11点那还能让人忍受的阳光下，是一排排葡萄架。过了一会儿，农场主端着一个托盘进来了，上面摆着一瓶茴香酒、几只玻璃杯和一瓶冰水。

农场主举起他装满乳白色液体的杯子。"如果你晚到一点，在这儿可能什么也找不到。无论如何，没有一个法国人能告诉你情况了。"
"是老医生跟我说您的农场就是我出生的地方。"
"是的，它属于圣阿波特尔垦区，但是我的父母在战后把它买了下来。"

雅克环顾四周。
"您肯定不是在这里出生的。我父母已经全部重建了。"
"他们战前认识我父亲吗？""应该不认识。他们住在突尼斯边境附近，后来他们想靠近文明之地。对他们来说，索尔费里诺就是文明。"
"他们没有听说过以前的管理人？"
"没有。既然您是这个地方的人，就该知道这是怎么一回事。这里，什么也不会留下。人们推倒了一切，进行重建。他们遥望未来，忘记过去。"
"好。"雅克说，"我白白来了一趟，打扰您了。"
"不。"农场主说，"我很高兴。"他对雅克微笑着。

雅克把杯子里的酒喝光。
"您父母待在边境旁？"
"没有，那里是禁区，就在战壕旁。似乎您并不认识我父亲。"

农场主把他杯中的余酒也一饮而尽，好像他从酒中获取了活力，哈哈大笑起来，说道："他是一个老移民，很像古人。您知道的，就是巴黎人辱骂的那种人。的确，他一直很严厉。六十岁了，长得又高又瘦，如同一个勤劳刻苦的清教徒。您瞧，一副家长的气势。他让他的阿拉伯工人们干苦活。不过，说句公道话，他也让儿孙们卖力干活。另外，去年撤离的时候，真是一片混乱。这一片地区变得让人很难生活，睡觉时都要拿着步枪。"

"拉斯吉尔农场被袭击过，您还记得当时的场景吗？"

"不记得了。"雅克说。

"应该记得。那一家人，父亲和两个儿子被割喉杀死，母亲和女儿被强奸蹂躏了很长时间，然后也死了……总而言之……省长不幸地对聚集的农民说他要重新考虑［殖民地］问题、对待阿拉伯人的方式，现在这一页已经翻过去了。"老头子声称，谁也不能在他家里发号施令。

但是从此以后，他就不再开口。晚上，他有时候会起来出门。我母亲透过百叶窗观察着他，看到他在自己的土地上走来走去。

    撤离的命令下达时，他什么话也没说。他的葡萄已经采摘完毕，酿酒桶里放着葡萄酒。

他把酒桶统统打开，然后走向盐水泉，他曾经亲自将其改了道，现在又让它重新流回土地里。他给一辆拖拉机装上了深耕犁铧。整整三天，他握着方向盘，光着脑袋，默默地把整个农场地里的葡萄全部拔除。

想象一下，这个身体枯瘦的老头在他的拖拉机上颠簸着，当犁铧翻不动粗壮的葡萄藤时，他便拉动加速杆。他也不停下来吃饭，我母亲给他送去了面包、奶酪和西班牙红肠，他沉着地吞下去，像他做任何事情时那样，扔掉最后一大块硬面包头，然后继续加速前进。从旭日东升到夕阳西下，他也不抬眼望一望地平线处的高山和围过来的阿拉伯人。这些阿拉伯人很快得知了消息，远远地望着他干活，也同样默不作声。也不知道得到了谁的通知，一个年轻的上尉赶到这里要他做出解释，他对这个上尉说："年轻人，既然我们在这里所做的一切都是一种罪恶，那就应当铲除它。"

    当一切都做完后，他回到了农场，穿过被酒桶里流出来的葡萄酒浸湿的院子，开始收拾行李。阿拉伯工人们在院子里等着他。（院子里还有上尉派来的巡逻队，派来的原因不详，还有一个和气的、正在待命的中尉。）

"老板，我们之后做什么？"
"如果我是你，"老人说，"我就去打游击。他们会胜利的。法国已经没有男人了。"
农场主笑了笑说："这很直爽啊。"
"他们还和您在一起吗？"
"不。他不想再听人说到阿尔及利亚。他现在住在马赛的一个现代化公寓里。妈妈写信跟我说他整天在房间里走来走去。"
"那您呢？"
"哦，我啊，我留在这儿，坚持到底。无论发生什么，我都会一直待在这里的。我把我的家人送去了阿尔及尔，我将在这里一直待到死的那天。"

"在巴黎，人们并不能理解这一点。"

"除了我们，您知道还有谁能够理解这些？"
"阿拉伯人。"

"太对了。他们生来就相处融洽。我们又笨又粗，但是流淌的血液是一样的。他们也会相互残杀、相互阉割、相互折磨。然后又开始共同生活。这地方就要这样。再来一杯茴香酒好吗？"

"一点就够了。"雅克说。

过了一会儿，他们一起出门了。

雅克问村子里是否还有人认识他父母。在韦亚尔看来，除了为他接生、在索尔费里诺退休的老医生，没有人认识他父母了。

圣阿波特尔垦区已经两次易主，很多阿拉伯工人在两次大战中死亡，又有许多人出生。"这里的一切都变了，"韦亚尔重复道，"变得太快了，太快了，人们已经都遗忘了。"不过，老塔姆扎尔可能……他是圣阿波特尔一座农场的看守者。1913年时，他应该二十多岁。无论如何，雅克可以在他出生的这个村庄里到处看看。

从远处眺望，可以看到村庄北部群山环绕，晌午时分的热气笼罩着高山，山的轮廓若隐若现，犹如巨石被明亮的雾气包围。塞浦兹平原坐落在群山之间，那里以前是沼泽地，平原一直延伸至北部的大海。在热得发白的天空下，可以看到大片齐整的葡萄园，葡萄叶由于硫酸铜杀菌剂而发蓝，串串葡萄也已经变紫。园子不时被一排排柏树或者桉树丛分隔开来，树荫下遮蔽着一些房屋。

他们走在农场里的一条路上，每走一步都会扬起红色的尘土。他们面前的空间正在颤抖，直至远处的群山。阳光也发出嗡嗡的声音。当他们到达梧桐树丛后面的一栋小房子前，已经汗流浃背。这时，一阵犬吠迎接了他们，却并未见狗的身影。

这栋小房子看起来破烂不堪，桑木门紧紧地关着。韦亚尔上前敲了敲门。狗叫得更凶猛了。这声音似乎是从房子另一边的封闭小院子里传来的。但是房子里没有人走动。"这就是信任。"农场主说，"他们就在那儿。但他们会等着。""塔姆扎尔！"农场主大声喊叫，"是我，韦亚尔！""六个月前，有人来找他女婿，想知道他是否在给游击队基地提供补给。此后他便杳无音讯。一个月前，塔姆扎尔听说他女婿可能想逃走，于是便被杀了。""哦。"雅克说，"他给游击队基地提供补给？""可能是，也可能不是。有什么办法呢，这就是战争。但这也解释了为什么这扇门在这个热情好客的村庄里迟迟不被打开。"

就在这时，门开了。

1. 两个看不清的词。　塔姆扎尔出来了，他长得很矮小，头发［　　］¹，头上戴着一顶宽边草帽，身上穿着一件打了补丁的蓝色连体衣，朝韦亚尔微笑着，又看了一眼雅克。"一个朋友，他出生在这儿。""进来吧，"塔姆扎尔说，"来喝茶。"

塔姆扎尔什么都不记得。可能是的。他听一位叔叔说过，一个经营者在这里待了几个月，那是战后的事了。"是战前。"雅克说。或者战前，那也是有可能的，他那时还很年轻。那么他父亲后来怎么样了？他在战争中被杀了。"Mektoub²。"塔姆扎尔说，"战争真是可怕。""战争总是连年不断。"韦亚尔说，"但是人们很快便习惯和平。人们认为这是正常的。不是的，战争才是正常的ᵃ。""战争中的人们很疯狂。"塔姆扎尔说着，朝一个女人走去，从她手里接过茶盘，这个女人在另一间房间里转过头去。雅克和农场主喝着滚烫的茶，对塔姆扎尔道谢后，便穿过葡萄园，再次踏上那条晒得滚烫的路。"我乘出租车回索尔费里诺。"雅克说，"医生请我一起吃午饭。""那我也去，等等我。我去拿些吃的。"

2. 阿拉伯语："这就是天命。"

a. 发挥。

后来，在回阿尔及尔的飞机上，雅克整理着他收集到的信息。说真的，这些信息微乎其微，而且没有任何与父亲直接相关的。奇怪的是，黑夜似乎以一种可测量的速度从地面升起，直至逮住飞机。飞机笔直地飞行着，没有任何颠簸，犹如一根钉子直直地插进浓厚的夜色中。但是黑夜却让雅克更加不适，他感觉受到飞机和黑暗的双重禁锢，有些透不过气来。他又看了看户籍簿和两个证人的名字，是地道的法国名，就好像人们在巴黎路牌上看到的那样。老医生跟雅克讲了讲他父亲来到本地和雅克出生时的事情，之后又对他说那两个出生证人是索尔费里诺的商人，他们是第一批来到这里的，并且同意为他的父亲提供帮助，他们的姓名一看就带有巴黎郊区人的特征。不过这有些让人惊讶，因为索尔费里诺是由 1848 年革命党人创立的。

"是的，"韦亚尔说，"我的曾祖父母就是革命党人。正因为如此，老爹才成了革命家的种子。"他明确指出，在最早到达的祖先中，曾祖父是巴黎圣德尼区的一个木匠，曾祖母则是一个洗衣女工。

a. 48（作者框起来的数字）。

巴黎当时有很多人失业，引发了一些骚动，于是制宪会议投票通过决议，拨款五千万法郎派人建立殖民地[a]。他们承诺每个人都能有一处住房和二到十公顷不等的土地。"您想想看，当时有多少应征者。超过一千人。所有人都梦想着拥有这块被承诺的土地。尤其是男人们。女人们对陌生事物总是有点害怕。但是他们可不想闹了一场革命却一无所获。

这就像相信圣诞老人一样。对他们来说，圣诞老人有一件斗篷。那么，他们得到了他们的圣诞礼物。他们 1849 年出发，1854 年夏天建成第一座房子。在此期间……"

雅克现在感觉呼吸顺畅了些。最初的黑暗沉淀下来，如同潮水般倒流，留下身后无数的繁星，现在的天空星罗棋布。只有身下震耳欲聋的引擎声仍然让他有些头晕。雅克试图回想起那个卖角豆树果和饲料的商人，他认识父亲，但他只隐约记得一些。他嘴里不断重复着："他话不多，他话不多。"然而引擎的噪音把雅克吵得头昏，让他陷入一种可怕的麻木中，他无法回忆也无法想象父亲消失在身后这个面积辽阔的敌对国家，与拥有这片村庄和平原的默默无闻的历史融为一体。

在医生家谈话的一些细节和这些驳船的到来一起重现在他的脑海里。据医生说，这些驳船把巴黎的拓垦者带到索尔费里诺。那个时候没有火车，不，不，有的，不过它只通往里昂。因此，马匹拖着六艘驳船，伴随着市政府管乐队演奏的《马赛曲》和《出征之歌》踏步向前。当然，神甫在塞纳河岸上祈祷祝福，河岸飘扬的旗帜上绣着村庄的名字。村庄虽然还不存在，但这些乘客即将想出村庄的名字，内心充满了喜悦。驳船向前漂游，驶过巴黎，巴黎开始变得模糊，很快消失在驳船身后。愿上帝的祝福保佑你们的事业吧。即使是内心坚毅的人或巷战中的硬汉也沉默不语，心情沉重。他们的妻子惊慌失措，一切都要依靠他们自己的力量。她们在底舱，不得不睡在草垫上，伴随着如丝般柔软的声音，舱外肮脏的水流和他们脑袋齐平，女人们互相拉着床单，躲在床单后脱衣服。

在这整个过程中，他父亲到底在哪里呢？哪儿都不在。然而百年前的深秋，这些拉纤的驳船行驶在运河上，又在落满枯叶的江河里漂流了一个月，被岸边的榛树和柳树簇拥，这些树在灰蒙蒙的天空下显得光秃秃的。每到一个城市，驳船便受到官方铜管乐队的迎接，又载上一批新的漂泊者，开往那个未知的地方。比起他去追寻的［老人们的］杂乱回忆，这一切让他对圣布里厄的那位年轻逝者有了更多的了解。

现在，发动机变速了。这些黑压压的大片土地，那些支离破碎、杂乱锋利的黑夜碎片便是卡比利亚——这一地区最野蛮血腥的地方，很久以来一直充斥着粗暴血腥。一百年前，1848年的工人们就挤在一艘军舰里，驶向这片地方。

"猎犬号，"老医生说，"这是军舰的名字，您想象一下，猎犬扑向蚊子和太阳。"

猎犬号所有的螺旋桨叶片飞速旋转着，迎着暴风雨，在米斯特拉尔狂风激起的冰冷水面中转动帆桁。甲板被北极风横扫了五天五夜，征服者们在船舱底部难受得要命，呕吐不止，真是生不如死。进入博恩港口后，所有的居民都站在码头，大家在乐队声中欢迎这些脸色发绿的冒险家们。他们不远万里，离开欧洲的首都，带着妻儿还有家具来到这里，经过整整五周的颠簸，跟跟跄跄地踏上这片远处泛蓝的土地，可扑面而来的肥料味、香料味和［ ］[1]混杂的气味十分奇怪，让他们颇感不安。

[1] 一个无法辨认的词。

雅克在座椅上翻了个身，他睡得迷迷糊糊。他看到了自己从未谋面，甚至不知道身高的父亲，他就在博恩码头的一群移民中。这时滑车送来在这次航行中残存下来的简陋家具，人群中发出了一些争执声，有人抱怨家具丢失了。父亲就站在那儿，神情坚定而忧郁，咬紧牙关。大约四十年前，同样在秋日的天空下，乘坐马车从博恩到索尔费里诺，他走的不正是同样的路吗？

然而这条道路对这些移民来说是不存在的，女人和孩子们挤在军队的辎重车上，男人们迈着步子，摸索着穿越大片沼泽地或者荆棘丛生的密林，不时遇到成群结队的阿拉伯人。这些阿拉伯人远远地看着他们，目光里充满了敌意。他们身边还不断地传来卡比利亚狗群的吠声。傍晚时分，他们抵达了雅克父亲四十年前所在的村庄。平坦的大地被远处巍峨的山峰围绕，没有房子，也没有能耕种的田地，只有少数土黄色军用帐篷，一片荒无人烟、寸草不生的荒漠，这对他们来说就是世界尽头，处在荒凉的天空和危机四伏的大地之间*。女人们因为疲劳、害怕和失望，在深夜里哭泣。

*陌生的。

同样是在夜晚抵达这充满敌意的穷乡僻壤，同样是人，然后，然后……哦！雅克不知道这些对父亲意味着什么，但对其他人来说是一回事。应当在微笑的士兵们面前打起精神，住进帐篷。房子是以后的事，他们要造房子，要分土地，要劳动。神圣的劳动可以拯救一切。"还不能立刻开始劳动……"韦亚尔说。

雨，阿尔及利亚的雨，量多、势猛，下起来没完没了，整整下了八天，塞浦兹河泛滥了。帐篷周围变成了沼泽地，他们无法出门。兄弟也好，仇人也罢，都只能躲在又脏又乱的大帐篷里。无尽的暴雨落在帐篷上，噼啪作响。为了祛除臭味，他们砍下一些空心芦苇，以便在帐篷里小便时，尿液可以顺着排到外面。雨一停，他们便在木匠的指挥下开工了，建造了几座简易的棚屋。

韦亚尔笑着说："啊！这些勇敢的人啊。"

"他们在春天造完一间间小棚屋，接着便感染了霍乱。据我老爹说，我的木匠曾祖父因此失去了女儿和妻子，她们在这次远行前犹豫不决是有道理的。""是的。"老医生来回踱着步说。他坐不住，身上裹着绑腿，腰板笔直，自满意得。"每天都有十几个人死去。天气热得早，棚屋里的人都快蒸熟了。是因为卫生条件，是吗？总而言之，一天要死十几个。"他们的军人同伴都应付不了这件事。

而且这些人很可笑。他们已经用光了所有的药,于是想出了一个主意,通过跳舞让身体里的血液活络起来。每天夜里当工作结束后,这些移民便利用埋葬死者的间歇,跟着小提琴声跳起舞来。这主意倒还不错。这些勇敢的人热得直冒汗,瘟疫就不再传播了。"这主意还真是绞尽脑汁想出来的。"是的,是个好主意。

闷热潮湿的夜里,小提琴师就坐在病人睡的棚屋中间的货箱上,身边放着一个灯笼,蚊子和昆虫在灯笼周围嗡嗡作响。开垦者们穿着长袍布衣,围着熊熊燃烧的荆棘火堆跳舞,跳得汗流浃背。营地四周都有守卫值夜,防止黑鬣毛狮子、偷牲畜的小偷以及阿拉伯强盗来袭。有时,也会有一些其他法国营地的人,为了找食物或寻开心前来打劫。后来,大家分到了一些土地,这些分散的小块土地在离棚屋村很远的地方。再后来,他们建造了村庄,还垒起土墙。不过三分之二的开垦者都死了,就和整个阿尔及利亚一样,他们连镐和犁都还没碰一下。

其他人继续做农田里的巴黎人,继续劳作,头戴高顶大礼帽,肩上扛着枪,嘴里叼着烟斗。这里只能抽带盖子的烟斗,不准抽卷烟,防止引起火灾。他们的口袋里总放着奎宁片,在博恩的咖啡馆和蒙多维的食堂里,奎宁被作为日常消费品出售。男人购买它时,穿着丝裙的妻子常伴身边。

但是他们一直得背着枪,周围还有士兵守卫,甚至去塞浦兹河洗衣服都有士兵护送。而她们从前在巴黎的档案馆街洗衣处时,一边洗衣服还能一边闲聊。村庄夜里也经常遭受袭击。在1851年的一次暴动中,几百个身穿阿拉伯毛呢斗篷的骑兵绕着城墙到处跑。最后,被包围的那些人将炉筒伴装成大炮瞄准骑兵,骑兵见状不妙,便逃走了。在充满敌意的地方建设与劳动,而这片土地又拒绝被占领,于是他们对一切进行报复。为什么飞机起降时雅克会想到他的母亲?

雅克的脑海里又重现那辆在博恩路面上陷入泥沼的车子,拓垦者们让一个孕妇下车去寻求帮助,他们回来时却发现女人肚子被剖开,乳房也被割掉。"这就是战争。"韦亚尔说。"我们要公正一点。"老医生补充道,"他们也曾经把他们一家老小困在岩洞,是的,是的,他们阉割了第一批到来的柏柏尔人,而那些柏柏尔人自己……这样,追溯到第一个犯罪的人,您知道的,他叫该隐,然后便有了战争,人类实在可怕,尤其是在灼热的太阳下。"

午饭过后,他们穿过村子,在这村子里,和整片地区其他几百个村子一样,坐落着几百幢十九世末风格庸俗的小房子,它们分布在几条街道上。每条街道都和一座大楼——比如合作社、农业信用社以及节庆大厅——形成直角,但所有的街道都通向一个金属框架搭成的音乐台。这个音乐台像是一个圆形表演场或一个大型地铁站入口。多年来,每逢节日,市政乐队或军乐队就会在上面举办音乐会。一对对身穿节日盛装的夫妻顶着热气和灰尘,一边在周围散步,一边剥着花生吃。

今天也是星期天,军队的心理研究部门在音乐台安放了几台扬声器。人群中大多是阿拉伯人,然而他们并没有绕着音乐台走动,而是静静地站在那里,聆听夹杂着演讲的阿拉伯音乐。人群里的法国人都长得很像,神情忧郁地思考未来,就像那些以前乘坐猎犬号来到这里的人,或那些在同样条件下到达别处的人,他们有着同样的痛苦,想要逃离贫困或迫害,却因四处碰壁而悲伤不已。

就像来自马翁的西班牙人一家——雅克的母亲就是这一家的后裔——或是这些阿尔萨斯人,他们在 1871 年拒绝了德国的统治,选择来到法国,人们便将 1871 年被杀或被囚禁的暴乱分子的土地赐予了他们。逃兵役者取代了造反者,他们既是受害者又是迫害者,他的父亲就是在那里出生的。四十年后,他来到这片土地,用同样忧郁固执的神情面向未来,如同那些讨厌自己过去、否认自己过去的人一样,他也是一个移民,和那些生活在这里或在这里生活过的人一样,没有留下任何足迹,除了殖民者小墓地上磨损得发绿的石碑,就像在韦亚尔离开后雅克和老医生一起参观的那块墓地。

一方面，崭新而丑陋的造型形成了最新的丧葬时尚，它们充斥于跳蚤市场和珍珠市场。而在市场里，当代人的虔诚已然消失。另一方面，老柏树下的小道上落满了松针和松果，或是在靠近潮湿的墙角下长着开满黄花的酢浆草，一些旧石碑几乎和泥土沾在一起，上面的字也模糊得难以辨认。

一个多世纪前，一批又一批的人来到这里，耕作劳动，开挖犁沟，一些地方越犁越深，另一些地方却越来越浅，最后只剩一层薄土。于是，这片地区又成了荒野。他们繁衍后代，后来就消失了。他们的儿子也是如此。他们的子孙，也和他们自己一样，曾在这片土地上生活过。没有过去，没有道德，没有教导，没有宗教，但是却生存得很快乐。他们乐于生活在阳光之中，而在黑夜和死亡面前则显得焦虑不安。

这些来自不同国家的几代人，在这片已经彰显暮色的奇妙天空下，就这样消失了，自生自灭，没有留下任何踪迹。

他们已经被完全遗忘。事实上，这正是这片土地所施予的，伴随着夜幕从天而降。两个男人重新踏上了村庄道路，由于夜幕降临而感到忧伤，充满焦虑*。当夜幕快速笼罩大海，笼罩绵延起伏的山脉和高原时，非洲男人都会感受到这样的焦虑。也正是因为同样神圣的不安，夜晚在德尔弗山边产生了相同的效果，山中突然出现了寺庙和祭坛。

*忧虑

但是，非洲大地上的寺庙都被摧毁了，只在心中残留着这份难以承受的温柔。

是的，他们死了！他们还会死去！静静离去，抛开一切，正如他父亲，死于一种无人理解的悲剧。远离自己的故乡，从孤儿院到医院，度过了完全不能自主的一生，经历过不可避免的婚姻，他的生活并非如他所愿。战争杀死了他，埋葬了他，他永远成为家人和儿子眼中的陌生人，被彻底遗忘。遗忘才是他这一类人最后的故土，他的生命始于无根，遗忘是他生命的必达之地。那个时候的图书馆里，有很多回忆录记述在这个国家的殖民地上找到的孩子。是的，在这里都是找到的和失去的孩子，他们建立了临时的城池，然后死去，在他们自己中间和其他人中间死去了。

就仿佛人类的历史，它在古老的大地上从未停止前行，却很少留下足迹。在不落的太阳下同那些真正创造了历史的人的记忆一起蒸发，化为暴力和杀戮，化为仇恨的火焰，化为喷涌而出又迅速干涸的血流，宛如这里河流的季节性变化。现在，在这片永恒的、不可思议的天空下，夜色从地面升起，将一切淹没——无论是死去的人，还是活着的人。

不，他恐怕永远也无法了解自己的父亲，父亲沉睡在那里，面容永远消失在灰烬中。

在这个男人身上有一个秘密，一个他想要参透的秘密。但最终，只有贫穷的秘密让他们成为没有姓名和过去的人，让他们回到默默死去的芸芸众生之中。他们创造了这个世界，也永远摆脱了这个世界。这正是他父亲和"猎犬号"船上那些人的共同之处。

萨赫勒的马翁人、高原上的阿尔萨斯人，以及位于沙滩和大海之间的这座巨大的岛屿，现在已经被寂静笼罩，也就是说，在这里，血缘、勇气、劳动和既残酷又无情的本能都将默默无闻。他想要逃脱这个无名的地区，逃脱无名的人群和无名的家庭。但他在内心深处，却固执地寻求着默默无闻，他也属于这个部落。他在夜色中盲目行走，在他右边的老医生气喘吁吁。听着从广场传来的音乐声，他眼前又浮现出音乐台周围阿拉伯人那冷酷无情、难以捉摸的面容，浮现出韦亚尔的微笑以及他那倔强的脸庞，也怀着让他痛心的温柔与忧伤，让他看到爆炸发生时母亲那绝望的脸庞。在岁月的夜幕中，行走在被遗忘的土地上，这里每个人都是第一个人，他自己独自成长，没有父亲，从未经历过这样的时刻——父亲呼唤儿子，在儿子长大懂事后，对他讲述家庭的秘密或是以前的痛苦，抑或是生活经历。在这样的时刻，即使可笑又可恨的波罗尼乌斯在对拉厄耳忒斯谈话时，也陡然间变得高大。然而他长到了十六岁、二十岁，没有人和他谈心，他不得不独自学习，独自成长，增长力量，增长能力，独自找到他的道德准则和他的真理，最终蜕变成一个男人。随后又经历了更艰难的诞生，即与他人相处、与女人相处，就像所有在这个地方出生的男人，他们一个个试图在没有根基、缺乏信念中学会生活。如今，他们都可能陷入永远的默默无闻，失去在这片土地上唯一神圣的踪迹。墓地上，夜色笼罩着的无法辨认的石碑，它们应当教会他们关怀别人，关怀那些已经在这片土地上被遗忘的众多征服者（拓垦者？），这些征服者比他们更早来到这片土地。此时此刻，他们应当承认，他们和这些征服者同根同源，同舟共命。

飞机正准备在阿尔及尔降落。雅克想到圣布里厄的小墓地,那里的士兵墓地比在蒙多维*的保存得更好。

*阿尔及尔。

地中海在我心中划分了两个世界:一个是在有限的地域,那里保留着回忆和姓名;另一个则是广阔的空间,那里的风沙抹去了人们的痕迹。他试图逃脱无名无姓的境地,摆脱无知、固执和贫穷的生活,他无法在这种盲目的忍耐中生活,没有言语,缺乏规划。他周游世界,立业,创造,启发别人,每天忙个不停。然而他现在深深知道,对他来说,圣布里厄和它的象征绝对不是毫无意义的。他想到了自己刚刚离开的那些磨损得发绿的坟墓,用一种奇怪的喜悦接受了这个想法。死亡把他带回到他真正的祖国,以无尽的遗忘覆盖了这个超乎寻常而又［平凡］的人的记忆。他在成长立业的过程中没有获得过帮助,他孤立无援,在贫穷中,在幸福的海边,在初晨的阳光下,没有记忆,也没有信仰,独自步入他那个时代的人类世界,步入他可怕而令人激动的历史。

第二部分
儿子或第一个人

1   中　学

a. 从中学入学开始写，依顺序讲述，或者先介绍异乎寻常的成年时期，再回到中学入学时期，直至生病。

b. 描述孩子的外貌。

[a]那一年的10月1日，雅克·科尔梅里[b]穿着肥大的新鞋，身穿一件浆洗过的衬衫，举止拘束，肩挎散发着油漆和皮革味的书包，和身旁的皮埃尔一起站在车头前部，看着旁边的司机把变速杆置于一挡，然后这辆笨重的车便驶离了贝尔库站台。雅克转过身，想看看站在几米之外的母亲和外婆。她们还靠在窗台上，想在他去神秘高中的路上再目送他一会儿，但是他看不到她们了，因为他的邻座正读着《阿尔及利亚快讯》报纸的内页，挡住了他的视线。

于是他转身朝前，看着电车行进时吞没的一段段钢轨，头顶上方的电线在清爽的早晨颤抖不止。离开家，离开这个除了偶尔的几次远游（人们去市中心时便会说"去阿尔及尔"）从未离开过的老社区，他心里不免有些难过。电车行驶得越来越快，尽管皮埃尔的肩膀几乎靠着他，雅克内心还是感觉到一种忧虑的孤独，他即将踏入一个未知的世界，不知道自己该如何应对这个世界。

事实上，没有人能够给他建议。他和皮埃尔很快发现他们是孤立无助的。贝尔纳先生无法跟他们介绍这所他不了解的中学，他们也不敢打扰贝尔纳先生。他们的家人更是对此一无所知。比如对于雅克的家庭来说，拉丁语，是一个毫无意义的词。曾有一些时代（除了他们可以浮想联翩的原始时代），没有人讲法语，一些文明（这个词对他们来说也没意义）相继而至，习俗和语言也截然不同，但他们并没有发现诸如此类的这些事实。

图像、读物、口头新闻，以及平常对话中产生的肤浅的文化知识，这一切都与他们的生活无关。

家里没有报纸,没有书籍——后来雅克才带回一些报纸和书——也没有收音机,只有一些常用的东西。家里只接待亲戚,家人很少出门,去拜访的也总是一些同样无知的家庭。雅克从学校带回的东西对他们来说是不可理解的,于是他和家人之间越来越无话可说。甚至在中学,他也无法说起他的家庭,因为他觉得他的家庭很特殊,哪怕他战胜了让他在这个话题上闭口不言的、难以克服的羞涩感,他也无法表达清楚。

并不是社会阶层的差异让他们感到孤独。在这个移民众多、致富迅速、破坏惊人的国度里,阶层之间的界限没有种族间的差异那么明显。

如果孩子们是阿拉伯人,他们的感觉便更痛苦、更辛酸。此外,他们就读的市镇小学里就有一些阿拉伯同学。但阿拉伯中学生是个例外,他们是一些富贵名流子弟。不,使他们感到隔阂的,是价值观和传统观念的不可调和性。这一点雅克更甚于皮埃尔,因为这种独特性在他家里表现得比在皮埃尔家更明显。

在学年初的询问中,他可以肯定地回答,他的父亲在战争中牺牲,这大致是他的一种社会身份,他是由国家扶养的战争孤儿,这一点所有人都明白。但是接下来,麻烦就开始了。

在交给他们的一些表格上,雅克不知道在"父母职业"中填写什么,他首先填了"家庭主妇",而皮埃尔填了"邮电局职员"。

但是皮埃尔明确地跟他说家庭主妇不是一种职业,只是对看家、做家务的女人的称呼。

"不,"雅克说,"她也给别人做家务,特别是给对面的服饰用品商店做。""那么,"皮埃尔犹豫了一下说道,"我觉得应该填用人。"

雅克从来没有产生过这个念头,简单地说,因为这个词太罕见,他家从没有人说过,也因为他家没有人感觉她是在为别人工作,她首先是为她的孩子们工作。

1. 原文如此。雅克动手写这个词,又突然停了下来,一股羞耻感一下子[1]涌了上来,并且,他因为自己产生这种羞耻感而羞愧。

孩子本身不重要，父母代表着孩子。

通过父母，他才有自我定位，才被世人定位。

通过父母，他才感觉真正得到了评价，也就是说如何评价不能靠自己，而雅克刚刚发现了这种世人的评价，以及对这种心态的自我评价。

他那时还无法知道，成年后人们身上的美德减少了，没有了这种羞耻感。因为评价一个人的好坏，是看他本人，很少看家庭，有时，甚至可能以长大成人的孩子来评价他的家庭。

雅克需要有一颗勇敢纯洁的非凡之心，才能让他不受这一发现所带来的痛苦。他应有一种难以想象的忍辱负重的能力，才不至于狂怒和羞愧，才能心平气和地接受揭示其本性的痛苦。

这一切他都不具备。但至少骄傲在这样的情况下帮助了他，让他坚定地在表格里写下"用人"这个词。他把表格交给辅导老师，脸上的神情有些捉摸不透，而老师却并没有留意。尽管如此，雅克并不希望改变身份和家庭，他母亲仍然是他在这个世界上最爱的人，哪怕这份爱并没有希望。一个穷孩子从不会羡慕别人，但偶尔会有羞耻之心，这样的现象又如何让人理解？

还有一次，当有人问到他的宗教信仰时，他回答说："天主教。"

别人又问他是否登记了教理课。他想起了外婆的担忧，便回答说没有。"总之，"学监板着面孔说，"你是个不遵守教规的天主教徒。"雅克无法解释发生在他身上的事情，也无法讲述他的亲人们对待宗教的奇怪方式。因此，雅克坚定地回答道："是的。"这引得其他人大笑，同时也让他获得了任性的名声。那个时候，他感觉不知所措。

还有一天，语文老师发给学生一份有关校内管理的材料，要求学生带回去给父母签字。上面列举了一些禁止学生带到学校的物品，从武器到画刊再到扑克牌等。材料上的用词极为讲究，雅克只得用简单的话概括给母亲和外婆听。他母亲是唯一能在材料底部粗劣地签个名字的人[a]。

a. 回想。

自从丈夫死后，母亲每一季度都要领取*烈士遗孀抚恤金，国库的管理部门——卡特琳娜·科尔梅里总是简单地说她要去国库，这对她来说只是一个专有名词，没有任何意义。相反，她却让孩子们认为这是一个财富源源不断的、神话般的地方，他们的母亲每隔一段时间就可以从中取出一小笔钱——每次要求她签名，在最初几次困难的签名后，一个邻居（？）教她照葫芦画瓢地学会签"未亡人加缪"[1]，她好歹写了出来，而且这份签名也被接受了。

* 收取。

1. 原文如此。

然而第二天早上，雅克发现母亲走得比他更早，她去打扫一家一大早就开业的商店。母亲忘记了在材料上签字。

他外婆又不会签名。

她算账就用画圈的方法，画一个圈或两个圈，分别代表个位、十位或者百位。雅克不得不把没有签字的材料带到学校，说母亲忘记了，于是他便被问到家里是否有人可以签字，他回答说没有。从老师惊讶的神情中，他发现这种情况并不像他从前认为的那样常见。

雅克对大都市的年轻人更加感到困惑，他们由于父亲的工作调动来到阿尔及尔。最让他想不通的便是乔治·迪迪埃[a]。雅克和迪迪埃对法文课和阅读课有着共同的兴趣爱好，这让两个人的关系很亲密，也让皮埃尔很妒忌。迪迪埃是一位天主教官员的儿子，他的父亲是个十分虔诚的天主教徒。

a. 后文会写到他的死。

他的母亲是"搞音乐"的，他的姐姐（雅克从未见过她，却对她有着美妙的幻想）做刺绣，而迪迪埃呢，据他自己说，打算做个教士。他极其聪明，但凡涉及信仰和道德问题，他坚定不移，绝不妥协。

人们从未听他说过一句粗话，或者像其他孩子那样，扬扬自得地说些影射生理或生育之类的话，尽管在他们的头脑里，他们对自己的所言之意并不十分清楚。

当他们结下友谊时，迪迪埃想让雅克做的第一件事，便是让雅克不再说粗话。雅克和他在一起时，做到这一点并不难。

但是和其他人待在一起时，雅克在聊天中又轻易地说起了粗话（雅克呈现出的多重性格让他在很多事情上得心应手，让他能够讲多种语言，适应各种环境，扮演各种角色，除了……）。和迪迪埃在一起雅克才懂得什么是法国中产阶级。他的朋友在法国有一栋住宅，一到放假便会回去。他经常跟雅克说起，或者在信中描述他在法国的房子，这栋房子有一个阁楼，里面堆满了箱子，箱子里保存着家庭信件、纪念物和照片。

他了解他祖父母和曾祖父母的故事，还知道一位祖父以前曾在特拉法卡尔当过水手，这段漫长的历史在他的想象中栩栩如生，给他的日常行为提供了榜样和训令。"我爷爷说过……我爸爸希望……"他这样解释自己的严于律己和极度的纯洁。

当他讲到法国时，总是说"我们的祖国"，并随时准备为祖国奉献自己（"你的父亲是为了祖国而死的。"他对雅克说道……），然而，祖国这个概念对雅克来说没有意义，他知道他是法国人，这确实表明一定的义务。但是对他来说，法国是虚无的，人们依靠她，有时她也需要你，有点像他在外面听人谈起的上帝的作为。上帝似乎是善与恶的主宰者，人们无法影响他。相反，他可以影响所有人的命运。对雅克而言，这种情感比对周围和他一起生活的女人们更强烈。

"妈妈,什么是祖国[a]?"他有一天问道。　　　　　a.1940年才知道
　　　　　　　　　　　　　　　　　　　　　　　　 祖国。

她的神情很惊恐,就像每一次她没听懂问题的那副
模样。
　　　"我不知道。"她说。
　　　　　"是法国。"
　　　"啊!是的。"
　　　　　她这才松了口气。

　　　　　然而,迪迪埃知道祖国是什么。对他而言,
　　　　家族通过世世代代的繁衍,鲜明地存在着。
　　　　通过历史,他了解了自己出生的国家,他对
　　　　圣女贞德直呼其名,称其为"让娜"。同样,
　　　　善恶对他来说也已然注定,如同他现在和未
　　　　来的命运。

雅克,还有皮埃尔,尽管程度轻些,都感觉自己属于另一种人,
没有过去,也没有家族的房子,更没有堆满信件照片的阁楼,他们是一个模
糊的国家理论上的公民。在那里,白雪覆盖了整个屋顶,而他们在永恒不变
的、灼热的阳光下长大,具有最起码的道德,比如禁止偷盗,要求保护母亲
和妻子,但是对一些触及妇女及与上层人物关系的问题却从未涉及……(等
等)。总之,他们是被忽视的孩子,也是对上帝一无所知的孩子,无法想象
自己未来的生活,在太阳、大海或者贫穷那些冷漠神灵的庇护下,他们感觉
眼前的生活似乎永无止境。事实上,雅克之所以那么喜欢迪迪埃,无疑是因
为这孩子拥有纯洁的心灵,拥有忠诚的情感(雅克首次听到忠诚一词,便是
出自迪迪埃之口。这个词他读到过一百次),而且拥有迷人的温柔。但也正
是由于迪迪埃的独特性,雅克觉得迪迪埃的魅力充满异国情调,越来越强烈
地吸引着他,就好像成年以后,雅克感觉情不自禁地被外国女人所吸引。

这个拥有家庭、传统和宗教观念的孩子对雅克的吸引力,就如同从热带地区
回来的皮肤黝黑的冒险者,笼罩在一种奇特而又不可思议的神秘之中。

　　　　　　　　阳光肆虐,卡比利亚的牧羊人站在寸草不生的山上,一边看着一群鹳鸟飞
　　　　　　　过,一边幻想着它们从北方经过长途迁徙飞到这里,他这样一想就是整整一
　　　　　　　天。晚上,他又回到了长满散发乳香黄连木的山丘,回到家中身穿长袍的家
　　　　　　　人身边,回到他根基所在的破茅屋里。因此,雅克被资产阶级传统这一奇特
　　　　　　　的春药所迷醉(?)。事实上,他仍旧喜欢跟和自己最相仿的人待在一起,这
　　　　　　　个人就是皮埃尔。

每天早上6点15分（除了星期日和星期四），雅克便匆忙从家里下楼，在潮湿闷热或是狂风暴雨的季节里一路奔跑，他的披风被吹得如同海绵一样鼓起来。他在皮埃尔大街的喷泉那里拐弯，继续跑，然后爬上三楼，轻轻地敲门。

皮埃尔的母亲给雅克开了门，她是个慷慨大方的漂亮女人。进门便是陈设简陋的餐厅。在餐厅尽头的两边各开了一扇门，通向两个房间。一间是皮埃尔的，他和母亲一起住。另一间是他两个舅舅的。两个舅舅都是粗野的铁路工人，寡言少语却总是面带微笑。

餐厅右边有一个密不透光的小房间，用作厨房和卫生间。

皮埃尔总是不守时。

他正坐在铺着漆布的餐桌前，如果是冬天，便会点起煤油灯。他手里捧着一只棕色的陶瓷大碗，是他母亲刚刚给他端来的热腾腾的牛奶咖啡。他小心翼翼地喝着，生怕烫着自己。"吹一吹。"他母亲说。

他吹了吹，咂着嘴吮吸着。雅克看着他喝，不时更换支撑身体的腿[a]。

a. 中学生帽子。

皮埃尔喝完了，走到点亮蜡烛的厨房。洗涤槽上方放着一杯水，水杯上放着一只牙刷，上面挤着厚厚一条专用牙膏，因为他牙齿发炎。皮埃尔穿上披风，背上书包，戴上鸭舌帽。一切穿戴完毕后，他开始用力刷牙，刷了很久，随后大声地吐到洗涤槽中。

牙膏的药味混杂着牛奶咖啡的味道，让雅克略感恶心，同时又有些不耐烦，便摆在脸上，好让皮埃尔看到。两人通常会为之赌气，不过这也增进了友谊。两个人板着脸一言不发地走到街上，一直走到电车站台。

其他时候，则完全相反。他们互相追逐，嬉笑打闹，把书包像橄榄球一样扔来扔去。在车站，他们窥视着红色电车的到来，想知道他们将坐上两三个驾驶员中哪一位开的车。

因为他们鄙视后两节车厢，于是需要艰难地爬到车头占据前面的位置，因为电车上挤满了进城上班的工人，而且他们的书包也阻碍通行。

在电车前面,他们利用每个乘客下车的机会往前挤,最终挤到铁板和玻璃的隔板后面,那里有又高又窄的变速箱,顶上有一个手柄,可平行环绕转动,其中一个凸起的钢制大卡槽为空挡,其他三个是递增的变速挡,第五个是倒车挡。

只有驾驶员们有权操控这根手柄,他们头顶上方贴着一张告示,上面标着"禁止交谈"的字样。两个孩子极为崇敬他们,把他们看成神。驾驶员们穿着准军事制服,戴着有硬牛皮帽檐的制服帽,阿拉伯驾驶员戴的则是小圆帽。

两个孩子根据外貌区分驾驶员。有"热情的矮个儿青年",他看起来很年轻,肩膀瘦弱;"棕熊"是一个又高又壮的阿拉伯人,身材粗壮,目光永远盯着前方;"动物之友"是一个老意大利人,脸色发灰,眼神清澈,弓着腰握着手柄。他之所以有这个绰号,是因为他有一次为了避让一只在电车轨道上走神的狗,还有一次是避让一只在铁轨上放肆拉屎的狗,几乎把电车给停下了;"佐罗"这个家伙身材肥得像香肠,他的脸和小胡子颇像道格拉斯·费尔班克斯[a]。

a. 绳子和铃。

虽然"动物之友"也是孩子们的知心朋友,但他们狂热仰慕的是"棕熊"。他沉着冷静,端坐在驾驶座,把他那隆隆作响的电车开得飞快,巨大的左手牢牢地握着操纵杆的木制手柄,只要有可能,就立刻把速度提到三挡,他的右手警觉地放在变速箱右侧的大制动轮上,随时准备用力转动几圈轮子,同时把手柄推到空挡,电车便在轨道上笨重而又缓慢地滑行。

若是"棕熊"开车，每逢急转弯或者碰到岔道，车顶上的引电杆会经常脱线。引电杆由车头顶部的一个巨大的螺旋弹簧固定着，通过一个空心轮和电缆线相连接。脱线后，它会震颤着发出巨大的声响，在火星四溅中直立起来。

售票员便从电车上跳下，抓住固定在引电杆一端的长线——这根线卷着放在车后面的铁箱里——用力拉，克服大螺旋弹簧的阻力，把杆子向后拉去，让它慢慢向上伸直，然后在一阵阵火花中试着重新把电线嵌入杆顶空心轮中。

两个孩子把身子探出车外，如果是冬天，就把鼻子紧贴在窗玻璃上看他修理。一旦修理成功，孩子们便会对后面的人宣布，这样既让电车司机知道了这个消息，也没有违反禁止直接和电车司机交谈的禁令。但"棕熊"依然无所畏惧，他按规定等着售票员拉住悬挂在车后方的小细绳，这根绳子可以拉响安置在车前的一个铃铛。之后，电车司机才又毫无顾忌地重新发动电车。

孩子们又聚到电车前面，在阳光明媚或是阴雨连绵的早晨，望着在脚下或是从头顶上方飞驰而过的钢轨。当电车飞快地超越一辆马车或是和一辆动力不足的汽车比拼时，孩子们便会欢呼雀跃。

电车每到一站，就会有一部分阿拉伯工人和法国工人下车。随着市中心越来越近，车上乘客的穿着也越来越精致。电车在铃声中再次出发，就这样从弧形城市的一端跑到另一端，直到港口猛然间出现在它的面前，宽阔的海湾一直延伸到地平线尽头拔地而起的蓝色山峰。电车又开了三站，便到了终点站市政广场，孩子们在那里下车。广场周围绿树成荫，它的三面都是拱顶建筑，另一面对着一座白色的清真寺，后面是港口。广场中央矗立着一座奥尔良公爵的骑马雕塑，在阳光明媚的天空下可以看到雕塑身上覆盖的铜锈。不过在阴雨天，雕塑上会淌落雨水，青铜色变得黑漆漆的（人们不免要提到这位雕塑家，因为自己忘记雕刻马衔索而自杀身亡），雨水从马尾巴处不停地流下来，流到雕塑周围用栅栏围起来的小花园里。广场上铺着亮亮的小块铺路石，孩子们从电车上跳下来后，便在这些石头上滑着冲向巴巴苏恩街，从那里走五分钟便到了中学。

巴巴苏恩街是一条狭窄的街道，街道两边矗立着一些拱廊，由粗大的方柱支撑，因而街道显得更加狭窄，刚好够铺设一条电车轨道。走这条路线的电车由另一家公司经营，将这片街区和城市里最高的街区连到一起。烈日炎炎的时候，万里无云的蓝天如同一个滚烫的盖子罩在街道上，而拱廊下方的阴凉处却很凉快。

下雨的时候，路面就完全变成了一个深石沟，里面的石头潮湿发亮。

拱廊里的商店鳞次栉比。布匹批发店把店面刷成深色，浅色的布堆在昏暗中闪着微光；从杂货店飘出丁香和咖啡的味道；一些阿拉伯商人摆出小货摊，出售淌着油和蜂蜜的糕点；阴暗幽深的咖啡馆里，大咖啡壶正"噗噗"作响（然而晚上却灯火通明，人头攒动，熙熙攘攘，热闹非凡。一群男人踩着撒在地板上的锯末，拥向吧台，

上面摆着装有乳白色液体的玻璃杯和许多茶碟，里面装满了羽扇豆、鳀鱼、切成小块的芹菜、橄榄、炸薯条和花生米）；最后是旅游用品商店，出售极其丑陋的东方彩色玻璃小饰物，陈列在平整的玻璃货柜里，周围放着旋转货架，货架上摆着明信片和颜色鲜艳的摩尔式头巾。

其中一家百货店位于拱廊中间，店主是个身形肥胖的男人，总是坐在橱窗后。无论在阴凉处还是在电灯下，他的体型都显得庞大。他皮肤微白，眼球突出，像是人们搬开石头或老树干时发现的动物，而且他的头上一根头发也没有。

由于他的这个特点，中学生们给他起了个绰号，叫他"苍蝇溜冰场"和"蚊子赛车场"，他们觉得蚊蝇跑到这秃头表面时，要拐个弯都费劲，也不能保持平衡。晚上，学生们经常蜂拥而至，跑到商店门口看他，叫着这个倒霉鬼的绰号，并模仿着想象中苍蝇滑行时发出的"滋滋滋"的声音。每当这时，胖店主便会把他们一顿臭骂。有一两次，他自以为是地想去追赶这些学生，但最终不得不放弃。突然，面对一连串喊叫声和嘲笑声，他缄默不语。于是接下来的好几个晚上，孩子们变得更加胆大妄为，甚至跑到他鼻子底下喊叫。有一天晚上，胖店主雇了几个阿拉伯青年，他们隐藏在石柱后候着，然后突然冲出来，扑过去追赶孩子们。

那天晚上，雅克和皮埃尔全凭他们腿脚敏捷才逃脱了挨揍。雅克只是后脑勺挨了一巴掌，回过神来，他立马逃脱了敌手。但他们之中有两三个同学挨了重重的几个巴掌。于是，学生们策划去洗劫商店，准备把店主痛打一顿，但最终他们这险恶的计划没有任何结果，学生们不再去迫害这个受害者，他们习惯假惺惺地从对面的人行道走。"他们退缩了。"雅克辛酸地说。"毕竟，"皮埃尔回答雅克说，"是我们错了。""是我们错了，而且我们害怕被揍。"

a. 他也像其他人一样。

后来，他（真正）明白了人们总是假装遵纪守法，只有在暴力面前才会低头[a]。每每这时，他便会想到这则往事。

巴巴苏恩街中部有一面拱廊被拆除后，建起了圣维多利亚教堂，街面也显得更宽敞了。这座小教堂建在一座旧清真寺的遗址上。外部用石灰刷白，上面饰有固定花纹的贡品（？）。在拆除了拱廊的人行道上还开了几家花店，当孩子们经过时，架子上已经摆满了鲜花，根据不同时令，大束的鸢尾花、康乃馨、玫瑰或者银莲花插在高高的储存盒里，盒子上部边缘因为店主常给花儿浇水的缘故已经生锈。在这个人行道上还有一家阿拉伯炸糕小店，这家店的确很小，勉强能容下三个人。其中一面挖了一个火炉，四周以蓝白相间的瓷砖装饰。火炉上方有一口巨大的油锅，油锅里翻滚的油在欢唱。

火炉前盘腿坐着一个穿阿拉伯短裤的奇怪的人，天热的时候上身半裸，其他时候则身着一件欧式上装，领口用安全别针别住。他那剃光的头、瘦削的脸和缺齿的嘴巴使他看起来像不戴眼镜的圣雄甘地。他手里拿着一只红色的搪瓷漏勺，盯着油锅里被炸黄的圆形炸糕。

当炸糕炸好时，也就是说炸糕周围泛起金色，而中间极细的面团变得透明而松脆时（就像透明的炸薯条），他便把漏勺小心翼翼地放到炸糕下，迅速地把炸糕从油里捞出，把漏勺在油锅上抖三四下沥干油，随后把炸糕放到面前由玻璃板罩着的货摊上。架子上的隔板开了几个洞，一边摆着已经做好的蜜糖糕条，另一边则是淌着油的扁圆炸糕[a]。皮埃尔和雅克酷爱这些小糕点，当其中一个人偶有小钱时，他们便驻足停留，接过用纸包着的炸糕，上面的油迅速让纸变得透明。有时他们也买蜜糕，在把蜜糕递给他们之前，商贩把它浸在火炉边的一个坛子里，再拿出来时上面沾满了深色蜂蜜，还带着星星点点的炸糕碎屑。孩子们接过这华丽诱人的美食，咬上一口，又继续朝学校跑去。他们的上半身和脑袋向前倾着，防止炸糕弄脏自己的衣服。

a. Zlabias, Makroud.

每年开学后不久，燕子便从圣维多利亚教堂南飞。的确，街道在这个路段拓宽，上面拉着很多电线甚至是高压电缆。这些电缆以前是给有轨电车用的，现在已经废弃不用，但并没有被拆走。

a. 格雷尼埃所说的阿尔及利亚麻雀。

天气刚刚变冷的时候，这种冷也是相对的，因为从来没有结过冰，然而在连续几个月的酷热后，这种寒冷也是相当明显。燕子们[a]经常飞翔在海滨大道上方，飞翔在中学前的广场上或是穷困街区的上方，冲向榕树的果实、海面上的垃圾或一坨新鲜的粪便，发出刺耳的尖叫声。先是巴巴苏恩街过道里出现几只孤零零的燕子，飞得很低，碰到了电车，又突然一下子飞向高处，消失在房屋上方的天空中。有一天早晨，突然有数千只燕子站在圣维多利亚小广场屋顶上方的电线上，彼此紧挨在一起，浅黑色脖颈上的小脑袋摇来晃去，轻轻移动着爪子，摆着尾巴，给新来的燕子腾出地方。人行道上落满了它们灰白色的粪便。所有燕子都在低沉地叫着，时而夹杂着短促的尖叫，从大清早开始便在马路上方不停地交谈着。当黄昏来临，孩子们跑向回程的电车时，它们的声音逐渐变大，几乎震耳欲聋。突然又好似得到了无声的命令，交谈戛然而止，成千上万个小脑袋和黑白相间的尾巴耷拉下来，相依而眠。

两三天内，鸟儿们从萨赫勒各处，甚至是更远的地方成群结队来到这里，试图在先到者中找到容身之处。它们逐渐占据了街边的挑檐，聚集在街道两侧，拍动翅膀的声音和叽叽喳喳的叫声越来越响，直至响彻云霄。

一天早上，街道骤然变得无比空旷。

夜里，就在黎明前，鸟儿们成群结队地飞往南方。对孩子们来说，冬天提前到来了，因为炎炎夏日的夜晚，永远都能听到天空中燕子的尖叫声。

巴巴苏恩街通向一个很大的广场，广场左右两侧面对面坐落着中学和兵营。中学背靠阿拉伯城区，陡峭潮湿的街道沿丘陵而上。兵营则背靠大海。过了中学是马朗戈花园，而过了兵营则是住了一半西班牙人的巴贝鲁埃德贫民区。离七点一刻还差几分钟的时候，皮埃尔和雅克飞快地爬上楼梯，跟着一群孩子走进了正门旁边的小门。他们走到中间宽大的楼梯跟前，楼梯两侧都贴着光荣榜。他们冲上楼梯，跑到楼前平台上。平台左边是楼梯，一条玻璃走廊将它和一个大院子隔开。在平台的一根石柱后，他们看到"犀牛"正在等着迟到者。（犀牛是总学监，一个科西嘉人，身材矮小，性格冲动，他的绰号来自他的一撮翘八字须。）另一种生活拉开了序幕。

皮埃尔和雅克因为他们的"家庭情况"获得了午餐补助金，因此他们一整天都待在学校，在食堂里吃饭。根据每天不同的课程，上课时间为早上八点或是九点，但是寄宿生的早餐在七点一刻便开始供应，享有午餐补助金的学生也可以用早餐。

这两个孩子的家庭从未想过放弃任何一种权利,尽管他们拥有的权利很少,因此雅克和皮埃尔早上七点一刻便来到白色的圆形食堂。像他们这样的午餐补助生人数很少。食堂里,睡眼惺忪的寄宿生们已经坐在镀锌的长桌前,桌上摆着大碗和大篮子,篮子里装着一些厚厚的干面包片。食堂伙计们绝大多数是阿拉伯人,裹着粗布长围裙,手上提着大咖啡壶,在饭桌间来回穿梭。咖啡壶以前还是锃亮的,现在已经褪色,壶嘴又长又弯。他们给学生的碗里倒上含有咖啡和菊苣的滚烫饮料,里面菊苣的成分要多于咖啡。十五分钟后,享用完早餐的孩子们在学监的监督下开始学习。学监自己也寄宿在学校。学生们可以在上课前先预习一下功课。

中学和社区小学的最大差异是老师。贝尔纳先生什么都知道,会教给学生他所知道的一切。

a. 贝尔纳先生受到爱戴和敬佩。而中学老师顶多是被敬佩,学生们不敢爱他们。

在中学,不同的课由不同的老师教授,教学方法也因人而异[a],于是便有比较,也就是说可以选择喜欢的老师和不喜欢的老师。从这一点上来看,小学老师更接近父亲的角色,他似乎照顾着学生的一切,于是也难免成为学生生活中不可或缺的部分。所以爱不爱他都不成问题。学生们爱老师是因为他们绝对依赖老师。哪怕孩子不喜欢这个老师,或是只有一点喜欢,他们对老师的依赖和需要仍然存在,这也和爱差不多。相反,中学的老师就像叔叔,学生有权在他们之中进行选择。而且学生可以不爱他们。曾有某个物理教师,穿着极其优雅,言语却专横粗俗,雅克和皮埃尔一点都"忍受"不了他,尽管在那几年里他们每年得见上两三次。

b. 说哪些?具体陈述一下?

最容易受到学生喜爱的是文学老师,学生们见到他比见其他老师的次数更多。的确,雅克和皮埃尔几乎每次上课都感觉自己很喜欢他[b],但他们却不能依赖他,因为老师并不认识他们,课程结束后他便转身离开,去过他为外人所不知的生活。雅克和皮埃尔也一样,他们回到遥远的社区,那里是不可能住着中学老师的,因此他们在电车线路上遇不到任何人,包括老师和学生。红色电车通往下城区(C.F.R.A.线),而上城区则享有盛誉,优美雅致。它们由另一条线路连通,走的是绿色电车(T.A.线)。这条线路一直通往学校,然而 C.F.R.A. 线却停在市政广场,他们得[ ][1]去中学。因此,白天的课结束后,在中学大门口或者在更远处的市政广场上,当这两个孩子离开欢快兴奋的同学队伍时,内心便产生了隔阂感。于是,他们朝着红色电车的方向前进,乘电车到达贫民街区。他们感觉到的是隔阂,而非自卑。他们来自其他的街区,仅此而已。

1. 一个无法辨认的词。

白天上课的时候反倒没有这种隔阂感。校服好看也罢,丑陋也罢,穿上身之后他们看起来都很相像。唯一的竞争是在课堂上的智力角逐以及在游戏中的灵活性比较。

在这两种竞争中,两个孩子的表现都不差。在社区小学打下的坚实基础让他们颇具优势。从六年级开始,他们的成绩就在班里名列前茅。他们拼写时沉着冷静,计算时稳重踏实,记忆力超群,尤其是他们被教导要[ ][1]尊重所有知识,所有这些从进入中学时起就是他们手里的王牌。

1.一个无法辨认的词。

如果雅克不那么好动——他因此经常上不了光荣榜——如果皮埃尔拉丁文学得更好些,他们的胜利则是彻底的。无论如何,在老师们的表扬下,他们很受人尊敬。

至于游戏,主要是踢足球。从最初的几次课间休息开始,雅克就发现这正是他多年的爱好。

踢足球活动在午饭过后的休息时间,还有在寄宿生、半寄宿生和放学后留校自修的走读生四点钟最后一节课前的一小时休息时间内进行。这一小时的休闲时间让学生可以吃点心,在学习前放松一下。在接下来的两个小时里,他们要准备第二天的功课[a]。对雅克来说,吃点心是绝对不行的。他和一些足球迷一起冲到院子里的水泥地上,院子四周由粗大的石柱围成长廊(学习优异者和乖孩子在长廊下边走边聊),旁边还有四五条绿色长凳,院子里也种着一些粗大的榕树,周围由铁栅栏围着。

a.因为走读生已经回家,班上人数要少一些。

院子里分成两个阵营,守门员站在各侧的两个柱子之间,一个大橡胶球放在院子中央。没有裁判,随着第一脚球踢出,便开始了喊叫与奔跑。

正是在这片场地,在学习上和班里优等生平起平坐的雅克,也获得了差生的尊敬与喜爱。这些学生由于头脑不灵活,经常遭到横空飞来的结实的一脚,弄得上气不接下气。

踢球时他才和皮埃尔分开,因为皮埃尔从不踢球。尽管皮埃尔天生身手敏捷,但他的体质越来越虚弱了。他个子长得比雅克更快,头发也更黄,仿佛他不太适应新学校[a]。雅克迟迟不长个,这使他获得了优雅的昵称:"超低空飞行"和"矮屁股"。但雅克对此毫不在意,疯狂地追赶着足球,一次又一次避开了树和对手。他感觉自己俨然成为院子里的国王,成为生活的主宰。

a. 发挥。

当鼓声响起,便标志着课间休息的结束和学习的开始。雅克感觉自己从天上坠下来,落在水泥地上。他气喘吁吁,汗流浃背,因为时间的短暂而恼怒不已。随后逐渐意识到要学习了,便和同学们重新冲入队伍中,不断用袖子擦着脸上的汗。想到鞋底钉子的磨损,他猛然感到惊恐。上课前,他惴惴不安地检查过,想要估摸一下钉子和之前的差异以及尖端的光亮程度,发现衡量磨损程度并非易事,于是便安下心来。除了一些无法修理的损坏,比如鞋底开裂、鞋面断裂,或者鞋跟变形,他很清楚自己回家会受到什么样的责罚。雅克咽了咽口水,肚子收紧,在随后的两个小时内想用持久专注的学习弥补过错。然而,尽管他做了一切努力,恐惧还是难免让他分心。

最后一课的学习时间似乎是最长的。首先持续了两个小时。

随后,黄昏时或天黑后还得继续。高高的窗户朝向马朗戈花园。雅克和皮埃尔同桌,周围的同学比平时更安静。学习和玩耍让他们身心疲惫,孩子们都沉浸在最后的学习任务中。

尤其是在岁末,夜幕笼罩参天大树,笼罩了花坛以及花园里的香蕉树丛。随着城市的噪音逐渐低沉,天空也愈来愈青,变得空旷高远。天气酷热,其中一扇窗户半开着,人们可以听到最后几只燕子在小花园上方的鸣叫声。山梅花和玉兰花的香味飘进教室,淹没了墨水和尺子的酸苦味。雅克沉思着,心里很难过,直到年轻的辅导老师将他唤回课堂。学监自己正在准备大学的功课。还得等待放学的鼓声。

[b] 晚上7点,正是人群一窝蜂涌出校门的时候。成群结队的学生沿着巴巴苏恩街跑着,路上人群熙攘。大街上所有商店都亮着灯,拱廊下的人行道上挤满了人,以至于前进的人有时候要跑上车行道,跑到电车轨道之间,看到电车出现才会退回到拱廊下,直到市政广场出现在面前。广场周围阿拉伯商贩的露天货摊和亭子旁点亮着乙炔灯,孩子们高兴地闻着这股气味。红色的电车等待着发动,里面已经挤满了人,早上人可没有这么多。现在车上拥挤得让人有时得站在踏脚板上,这个举动既是被禁止的,又是被许可的。直到有人在某一站下车,孩子们才挤入车厢的人群中,彼此分开,交流也无法继续,只能慢慢地移动手肘和身体,来到扶手边,从那里可以看到漆黑的港口。港口里停泊着闪耀着斑驳光泽的大型客轮,在夜幕笼罩的海天之间,犹如被烧毁的建筑物骨架,未曾燃烧殆尽的炭火依然还在。

b. 男同性恋者的攻击。

灯火通明的电车在大海上方轰隆隆地驶过,随后朝市中心驶去,在越来越简陋的房屋间穿梭,直到驶入贝尔库街区。这时,雅克要和伙伴们告别,爬上永远昏暗无光的楼梯,走向圆形煤油灯。煤油灯将桌子上的漆布和周围的椅子照亮,房间其他地方仍是一片黑暗。卡特琳娜·科尔梅里正在餐具柜前忙着准备餐具,外婆在厨房里热着中午的炖菜,哥哥则在餐桌一角读着冒险小说。

雅克有时得去姆扎博杂货商那里买点盐或四分之一块黄油,做饭的最后一刻常常缺了这些;或者去找埃尔斯特舅舅,他正在盖比家或咖啡馆里高谈阔论。晚上八点钟开饭,大家都一片沉默。有时舅舅会讲一个晦涩的奇遇故事,雅克会不时地哈哈大笑,然而无论如何绝口不提中学,除非外婆问他是否取得了好成绩,他回答说是,之后便没有人再谈及此事。他的母亲什么也不问他,当听到雅克承认取得好成绩时便点点头,用温柔的目光注视着他,但总是一言不发,然后悄悄转移话题。"别动,我去拿奶酪。"雅克对母亲说,随后一直到晚饭结束也没有再说什么。吃完饭母亲起身收拾餐桌。

"去帮帮你母亲。"外婆说。因为雅克正拿着小说《帕尔达扬》如饥似渴地阅读着。

雅克帮母亲收拾完又回到台灯下,把这本讲述决斗和勇气的厚书摊在桌子的漆布上。漆布很光滑,上面什么也没放。这时母亲把一把椅子拉到灯光外,冬天她靠窗而坐,夏天则坐在阳台上,望着电车、汽车以及逐渐稀少的行人来来往往[a]。

a. 吕西安——十四岁高小——十六岁保险公司。

又是外婆对雅克说要去睡觉,因为他第二天早上5点半就要起床。于是雅克首先亲吻了外婆,随后是舅舅,最后是母亲。母亲也给了他一个温柔而漫不经心的吻,然后继续一动不动地坐着。在昏暗的光线中,她的目光散落在大街上和生命之河里。这条生命之河在她所处的悬崖峭壁下方奔流不息,不知疲倦。与此同时,她的儿子喉咙发紧,也不知疲倦地站在黑暗中观察她,凝视她瘦削弯曲的背,面对他所无法理解的不幸,内心充满了隐约的不安与焦虑。

鸡 窝 与 杀 鸡

晚上从学校回家的时候,雅克总能感到面对未知和死亡的焦虑。每逢夜幕降临,这种焦虑便一下子充斥着他的内心,仿佛黑夜迅速吞噬了阳光和大地,直到晚上外婆点燃煤油灯才会终止。外婆摘下灯罩,放在铺着漆布的桌子上,稍稍踮起脚尖,双腿靠在桌沿上,身体前倾,扭着头看着灯罩下的灯嘴,一只手捏住调整灯芯的铜制调节轮,另一只手用点燃的火柴拨弄着灯芯,直到灯芯闪耀着柔和的火焰。这时,外婆又安上灯罩,插进带齿的铜制灯托槽,发出一些声音。随后,外婆在桌子前重新站直,抬起一只手臂再次调整灯芯,直到灯光变黄发热,均匀的光线在桌子上方勾勒出一个完美的圆圈。光线变得更加柔和,像是漆布上反射的光,映照出女人和孩子的脸庞。孩子坐在桌子另一边,看着这场点灯仪式。随着灯光亮起,他的心也慢慢放松了。

有时,当外婆在某些特定的时候要求他去院子里抓一只母鸡时,他也会产生同样的焦虑。出于骄傲或是虚荣,他想克服这种焦虑。这样的状况总是发生在晚上,发生在一个重要节日的前夕——复活节或圣诞节——抑或是有钱的亲戚来访时,人们既想表示尊重,好好招待一番,又出于体面,想要掩盖家里的真实状况。雅克上中学的前几年,外婆让约瑟芬舅舅在星期日做小买卖时带点阿拉伯小鸡仔回来,并动员埃尔斯特舅舅在院子里面潮湿发黏的地上给她搭建一个简陋的鸡窝。她在里面养了五六只母鸡,为她下蛋,偶尔也会献出小命。

外婆第一次决定杀鸡时,一家人正在饭桌上吃饭。她叫哥哥去抓一只鸡杀掉。然而路易[1]拒绝了,他明确表示害怕。

1. 雅克的哥哥有时叫亨利,有时叫路易。

外婆冷笑着,大声斥责着这些"富人家的孩子",一点不像她那个时代的孩子。那时他们在穷乡僻壤,什么都不怕。

"雅克,你更勇敢些,我知道的。你去吧。"

说真的,雅克一点也没感觉自己更勇敢。

但是当人们这样说的时候,他无法退缩,于是第一个晚上他去了鸡窝。

雅克在黑暗中摸索着下楼，然后左拐进入走廊。走廊里依旧一片漆黑，雅克找到院子的大门后将它打开。院子里比走廊更亮一些，能分辨出可以下到院子里的那长着青苔、滑溜溜的四级台阶。右边有座小亭子，里面住着理发师和阿拉伯人一家，从百叶窗里透出一丝暗淡的光线。雅克察觉到对面有一些微白的斑点[a]，正是睡在地上或靠在沾满粪便的栏杆上的鸡。

a. 变了样。

雅克来到鸡窝，蹲下来，手指抓住头顶上铁丝网的网眼，他一碰到摇晃的鸡窝，母鸡那沉闷的咕哒声以及一股温热又有些恶心的粪便味儿便一齐扑面而来。雅克打开鸡窝上挨近地面的小栅栏门，弯下身将手臂伸了进去，碰到了地面和肮脏的木棍，感到有些恶心，便赶紧缩了回去。母鸡们吓得到处扑腾，扇着翅膀挥着爪子，乱成一团。雅克吓得心里怦怦直跳。然而他得下定决心，因为他被认定为最勇敢的人。但是在黑暗中，在这又脏又暗的角落里，一窝鸡扑腾不已，这让雅克心中充满焦虑，腹部一阵抽痛。

他等待着，望着头顶上方纯净的夜空，满天繁星明亮而静谧。随后他向前一扑，抓住碰到的第一只爪子，猛拉到门边。此时母鸡惊恐地喊叫着，雅克又用另一只手抓住另一只鸡爪，粗暴地把母鸡拉出了鸡窝，出小门时还蹭掉了母鸡一部分鸡毛。这时，鸡窝里发出一片惊叫声。阿拉伯老人听到后警觉地打开窗户，在长方形的光亮中现出身影。"是我，塔哈尔先生。"孩子说话的语气有些苍白无力，"我给外婆抓一只母鸡。""啊，是你啊。好的，我还以为是小偷。"说完，阿拉伯老人便回去了，院子重新陷入黑暗。雅克一路小跑，手里的母鸡疯狂地挣扎着，撞到走廊的墙上或楼梯上的栏杆上。他感觉到母鸡鳞片状厚实冰冷的爪子，产生了一种病态的厌恶和恐惧。他跑得更快了，飞快地跑上楼梯，冲到家里的走廊，最终以胜利者的姿态突然出现在餐厅里。

胜利者出现在餐厅门口，头发蓬乱，膝盖被院子里的苔藓染绿，手上抓着母鸡，尽可能离身体远远的，脸色因为恐惧而发白。"你看，"外婆对雅克的哥哥说，"他比你要小，但是他让你感到羞愧。"

还未等雅克因此而骄傲，外婆便坚定地一把抓住了母鸡的爪子。母鸡此时突然平静下来，就好像已经知道自己落入了无情之手。他哥哥吃着甜点没有看他，只是对他做了一个轻蔑的鬼脸，但这更增加了雅克内心的满足感。

然而，这种满足感并没有持续很长时间。

外婆为有这样一个具有男子汉气概的孙子而感到高兴,她邀请他在厨房里观看杀鸡,作为对他的奖励。外婆已经系好了一条蓝色大围裙,一只手始终抓着母鸡的爪子,地上放了一个白色陶瓷深盘和一把长长的菜刀。埃尔斯特舅舅经常把刀放在一块又长又黑的石头上磨,因此刀片被磨得又薄又锋利,宛若一根亮闪闪的线。

"站在那儿。"雅克便站在了厨房里指定的地方,而外婆在厨房的入口处,堵住了母鸡,也挡住了孩子的出口。

腰部靠着洗碗槽，[左]肩靠着墙，雅克惊恐地望着外婆精准的动作。门口左边的木桌上放着一盏小煤油灯，外婆把盘子正好推到灯光下。她把这只鸡按在地上，右膝跪地，卡住母鸡的爪子，双手紧紧按住母鸡不让它挣扎，接着用左手抓住母鸡的头，在盘子上方朝后拉。她拿起像剃刀一样锋利的菜刀，在相当于男人喉结的部位慢慢割开母鸡的脖子，并扭着鸡头扯开伤口，用刀插入母鸡的软骨中，这个过程发出一种可怕的声音。这时，母鸡吓人地抽搐了几下，随即就一动不动了，鲜红的鸡血流到白盘子中。雅克望着眼前这一切，两腿发抖，就好像感觉自己的血从身体里流干了一样。

"端走盘子。"在一段漫长的时间后，外婆说道。

母鸡已经不再流血。

雅克小心翼翼地把盘子放到桌子上，盘子里鸡血的颜色已经变深。外婆把母鸡扔在盘子一边，鸡毛已经失去光泽，母鸡眼神呆滞，又皱又圆的眼皮耷拉着。雅克盯着那一动不动的母鸡，鸡爪收缩，无力地垂着，鸡冠也毫无光泽，变得松弛，它终于死了。随后，雅克回到餐厅[a]。"我啊，我不能看到这个。"第一天晚上，雅克的哥哥强压着怒火和雅克说，"这让人感到恶心。""不会。"雅克用一种不确定的声音说。路易用敌意而审视的神情望着雅克。雅克振作起来，收起心中的不安，那种在黑夜和骇人的死亡面前感受到的惊恐。在骄傲中，仅仅在骄傲中，他找到了勇敢的意志。这最终让他充满勇气。"你害怕，就是这么回事。"雅克最后说。"是的。"外婆刚好回到餐厅，"以后就是雅克去鸡窝抓鸡了。""好，好。"埃尔斯特舅舅喜笑颜开地说，"雅克就是勇敢。"

雅克呆呆地凝望着母亲，母亲坐在稍远处，正在缝补套在大袜板上的袜子。

母亲望着他。"是的。"她说，"这很好，你很勇敢。"说完她又转身朝向街道。雅克睁大双眼盯着母亲，又一次感到不幸紧紧地扼住了他的心。

"去睡觉吧。"外婆说。

雅克没有点亮那盏小煤油灯，而是借着厨房的微光在房间里脱下衣服。雅克躺在双人床的边上，尽量不碰到哥哥，不去妨碍他。满身疲惫、内心五味杂陈的雅克，很快就睡着了。有时候，雅克会因为哥哥跨过他去靠着墙睡而被弄醒，因为哥哥起得晚；有时候，母亲在一片漆黑中不小心碰到衣柜也会把他吵醒。母亲在黑暗中脱去衣服，轻轻地爬到她的床上，她睡得如此安静，让人以为她还醒着。雅克有时会这样认为，便想要叫叫她，又心想她可能听不到，便强迫自己也一直醒着。他一动不动地躺着，不发出任何声音，直至睡意笼罩了他的全身，就像在洗衣服、做家务，辛苦了一天之后，睡意也侵袭了母亲一样。

a. 第二天，烤鸡的味道。

星期四和假期

只有在星期四和星期日，雅克和皮埃尔才能回到他们的世界［有几个星期四雅克脱不了身，他被罚课后留校（就像总学监通知条上指出的，雅克用"惩罚"这个词简要地向母亲汇报后，便让母亲在通知条上签了字），要留两个小时，从八点到十点（严重情况下是四个小时），和其他犯错的学生一起待在一间特殊的教室里，由一个辅导老师看管。辅导老师通常为这种额外的安排感到气恼不已。这一天，学生们在教室里被罚做极其枯燥的额外作业[a]。

a. 在中学，不是拳斗，而是打架。

在中学的八年时光里，皮埃尔没有经历过任何一次留堂，而雅克却被屡次留堂，因为他过于好动，也过于自高自大，为了出风头而干了些蠢事。雅克跟外婆解释说这些惩罚涉及的只是行为，但那也是徒劳，因为外婆区分不出思想愚蠢和品行不端。

对外婆来说，一个好学生一定是品德优秀、聪明睿智的。她同样认为，品德的好坏直接关系到学问的高低。正因如此，至少在中学前几年，星期四的惩罚由于星期三的体罚而变得更加严重］。

没有留校惩罚的星期四和星期日，早上时间是用来购物和做家务的。下午，皮埃尔和让[1]才能结伴出去玩。

1. 这里应该是雅克。

气候宜人的季节，可以去细沙滩或练兵场。那是一大块空地，里面有一块被粗略画出来的足球场，还有好几处滚球场。他们可以踢足球，用的通常是一个用破布制成的球，阿拉伯孩子和法国孩子自动组成两队。然而一年中的其他时候，两个孩子则去库帕[b]荣军院玩耍。皮埃尔的母亲已经辞去了邮局工作，成了荣军院洗衣女工总管。

b. 是这个名字吗？

库帕是一座山丘的名字，位于阿尔及尔东部，是一条有轨电车线路的终点站[c]。事实上，这座城市也就到那里为止。温柔的萨赫勒原野一望无垠，有和谐的山坡，有相对充沛的河水，有肥沃的草地，还有诱人的红土地，被高高的柏树或芦苇分隔成块。葡萄树、果树和玉米茂盛地生长着，无须太多的人工耕作。对于来自城市里潮湿闷热的低矮街区的人而言，这里空气新鲜，有益健康。

c. 火灾。

对于阿尔及尔人来说，每当有一点积蓄或收入，他们便在夏天逃离阿尔及尔，去气候更温和的法国。只要在某处呼吸到稍微清新些的空气，人们便称它为"法国的空气"。在库帕就是如此，人们呼吸着"法国的空气"。

荣军院是在战后不久为残废军人修建的，离电车终点站有五分钟的路程。这里以前是一座很大的修道院，建筑结构复杂，分成好几个侧翼。石灰刷白的厚重墙壁下是遮阳长廊和凉快的拱顶大厅，这里曾经是食堂和后勤处。皮埃尔的母亲马尔隆太太负责的洗衣房就位于其中一个大厅。她首先在那里接待了孩子们，大厅里弥漫着灼热的熨斗和潮湿衣物的气味。旁边站着她领导的两个女职员，一个是阿拉伯人，另一个是法国人。她给每个孩子发了一块面包和一块巧克力，随后卷起袖子露出美丽结实的臂膀。她说："把面包和巧克力放到口袋里，等四点钟再吃。去花园玩吧，我还有工作要做。"

孩子们起先在走廊和内院里闲逛，大多数情况下是迅速吃掉他们的下午点心，摆脱碍事的面包和在他们指尖融化的巧克力。两个孩子遇到了几位残疾军人，他们要么缺胳膊少腿，要么坐在轮椅上。残疾军人中没有毁容或是失明的，只有截过肢的，他们穿戴整洁，经常佩戴勋章，衬衣、外套的袖子和裤腿被小心翼翼地挽起来，用安全别针别在看不见的残肢部位上。这并不可怕，这些残疾军人数量众多。

孩子们在这里的第一天便感到十分惊讶，他们看着这些残疾军人，仿佛在观察新鲜事物一般，然后立刻将其融入现实世界的秩序之中。

马尔隆太太向他们解释，说这些人都在战争中失去了一条胳膊或一条腿，战争就是他们世界的一部分，他们听人讲的都是战争，战争也影响了他们身边的很多事情。他们毫不费力地理解人们在战争中会失去手臂或腿，甚至可以把战争定义成他们缺胳膊少腿的人生阶段。因此对孩子们来说，这个缺胳膊少腿的世界一点也不悲伤。的确，一些人寡言少语，脸色阴沉，但他们中大多数人还很年轻，总是面露微笑，甚至拿他们的残疾开玩笑。

"我只有一条腿。"说话的是个有着金黄色头发、脸长得方方正正的小伙子，看起来很健康。大家经常看到他在洗衣房闲逛。"但还能踢你们的屁股。"他对孩子们说。

于是，他右手挂着拐杖，左手扶着长廊的护墙，抬起唯一的一条腿踢向孩子们。孩子们跟着他一起笑，随后拔腿跑掉。他们是这里唯一能迈腿奔跑或使用双臂的人，他们对此觉得很正常。

仅有一次，雅克在踢足球的时候把脚扭伤了，接下来的几天都得一瘸一拐地走路。于是他便想到星期四见到的残疾军人，他们一生都不能跑动，不能跳上已经开动的有轨电车，也不能踢球。人的机能让人惊叹，这一下子震动了他。同时，一种莫名的焦虑突然出现，他想到自己也可能会变残疾，随后他把这个想法又抛在脑后。

* 孩子们。 他们*沿着食堂走着，食堂的百叶窗半掩着，镀锌的大桌子在昏暗的光线中发出微弱的光芒。接着是厨房，里面有巨大的容器、小锅炉和平底锅，厨房里飘出一股浓烈的剩菜味儿。在最后一条侧廊里，他们发现几间摆着两三张床的房间，床上铺着灰毯，房间里还有白木壁柜。

随后他们从外楼梯下来，走到花园里。

荣军院周围是一座几乎完全废弃的大公园。

一些残疾军人在建筑物周围建了大片玫瑰园和花圃，还开垦出一小片菜园，用一些高高的干芦苇栅栏围挡着。

远处的公园，它曾经那么漂亮，如今却荒废了。大片的桉树、棕榈树、椰子树以及有硕大树干的橡胶树ᵃ，它那低矮的树枝已经在稍远的地方扎根，形成了布满阴影和秘密的植物迷宫。浓密又结实的柏树、充满生机的橘子树、异常高大的月桂树丛，还有粉白相间的花朵将小径遮得不见踪影。路上的沙砾已被黏土覆盖，被杂乱生长的芬芳馥郁的山梅花、茉莉、铁线莲、西番莲和忍冬丛吞噬，这些植物下方又长着三叶草、酢浆草和野草，这一切充满生气，像是给大地盖上了一条绿毯。

a. 其他大树。

他们在这片芬芳的丛林里漫步，匍匐前行，潜伏在齐耳高的草丛中，用刀子开辟出错综复杂的小道，走出来后腿上会布满一道道斑纹，脸上会挂满水珠，这真是让人兴奋陶醉。

然而，可怕的毒药制作也占据了大部分的午后时光。

孩子们在一张旧石凳下堆积了组成他们实验室的全套用具，包括阿司匹林药管、药瓶或旧墨水瓶、餐具碎片和裂口的杯子。石凳靠着一堵爬满野葡萄藤的墙壁。

躲在公园草木最茂密的地方，那里没人能发现他们，他们开始配制神秘的药。

药的主要成分是夹竹桃，仅仅因为他们经常听周围的人说它的影子不吉利，冒失鬼睡在它脚下就会永远也醒不过来。到了开花的季节，孩子们便把它的叶子和花朵放在两块石头间进行研磨，磨的时间很长，直到磨成有害的糊状，一看便觉得能置人于死地。

这团糯糊状的东西暴露在空气中，立刻呈现出几缕可怕的虹彩。在此期间，其中一个孩子跑去把一个旧瓶子灌满水。然后再去碾磨松果。

孩子们相信松果具有危害性，却并不明白其中的缘由，只是觉得柏树是墓地之树。果实不是在地面上捡的，而是从树上采摘的，因为他们认为松果落地后，果壳干了就会变得硬邦邦的[a]。这两份糯糊被装进一个旧碗里进行混合，加水，随后用一块脏帕子过滤。提取到的汁液呈现出一种让人不安的绿色，孩子们把它当作致命的毒药，小心处理。他们把这汁液小心地倒进阿司匹林药管或药瓶，然后盖紧盖子，避免自己的手触碰到液体，而剩下的便和一些不同的糯糊混合在一起。他们把所有可以采集到的浆果都磨成糊状，组成各种毒性强烈的毒药，并仔细地给它们编号，在石凳下排列好。经过一周的发酵，这些药剂最终变为致命毒药。

当这项邪恶的工作结束后，雅克和皮埃尔陶醉地凝视着这一堆恐怖的瓶子，愉悦地嗅着沾染了绿色浆液的石头散发出来的酸苦味儿。

不过，这些毒药并不针对任何人。这两个小化学家估算着他们可以杀死的人数，有时甚至乐观地认为他们已经制造出足够分量的毒药，可以消灭全城的人。然而，他们从未想过这些神奇的毒药可以除掉讨厌的老师或同学。事实上，他们不厌恶任何人，然而这在他们成年走入社会后，给他们带来了许多麻烦。

但最快乐的日子还是起风的日子。

a. 按照时间顺序重新排列。

荣军院朝向公园的一边，它的顶端以前是个平台，石头栏杆倒在水泥地基脚下的草丛里，地基上铺着红色方砖。从三面敞亮的平台上，人们可以俯瞰整个公园。公园外面，一条河谷把库帕山丘和萨赫勒高原分开。阿尔及尔的东风总是异常强劲，在东风渐起的日子里，平台的朝向让它饱受强风的蹂躏。

大风天，孩子们便会跑向附近的棕榈树，拾取长长的干棕树叶。他们刮掉叶柄上面的刺，这样就能用两只手拿住它。接着他们跑向露台，身后拖着棕叶。风猛烈地吹着，在高大桉树的树梢间呼啸而过，最高处的树枝被吹得疯狂抖动。狂风把棕榈树吹得零乱，揉搓着橡胶树宽大油亮的叶子，让它们发出像纸一样窸窸窣窣的声音。

孩子们背对着风，举着棕叶，爬上平台。他们用双手抱起哗哗作响的干棕叶，用身体半遮挡着它们，随即突然转身，干棕叶便一下子紧贴着他们，孩子们呼吸着叶子上的灰尘和稻草味。游戏的规则在于迎风向前，同时将棕叶越举越高。谁能第一个到达平台边缘，谁就是胜利者，而且手上的棕叶没有被风吹掉，能高举着挺立在那里，同时一条腿向前倾撑住全身，顽强地对抗狂风，坚持的时间越久越好。

雅克在大片乌云疾驰而过的天空下，俯瞰着公园和树木狂舞的山丘。他感受到四面来风正沿着棕叶和他的手臂吹来，使他充满力量和狂喜之情，让他不停地放声叫喊，直到肩膀手臂支撑不住，最终松开了棕叶。伴随着他的喊叫声，风暴一下子将这片叶子卷走了。晚上躺在床上，雅克筋疲力尽，房间里一片安静，母亲半睡半醒，雅克似乎在心里又听到风的呼啸和怒吼，他一生都喜爱这声音。

a. 把他们从生活的环境中隔离开。

星期四 [a] 也是雅克和皮埃尔去市立图书馆的日子。

雅克如饥似渴地阅读着手里的书籍，那种贪婪不亚于他在生活、游戏和梦想中的表现。阅读能让他逃进一个纯真的世界，在那里，无论贫穷还是富有，都同样有趣，因为那都是虚构的。《无畏者》是一套大型连环画册，雅克和同学们互相传阅，书的硬皮封面被磨得暗淡又粗糙，内页被折了角或撕破。这套画册首先把雅克带到一个趣味横生的英雄世界，满足了他的两大基本追求，即对快乐和勇敢的追求。他们看的武侠小说数量惊人，他们很容易就把《帕尔达扬》中的人物与日常生活融合在一起。从这一点便可看出，对英雄主义的热爱尤疑在这两个男孩身上体现得更加强烈。

他们心目中的伟大作家是米歇尔·泽瓦科。而文艺复兴时期，尤其是意大利的文艺复兴，带有短剑和毒药的色彩，罗马和佛罗伦萨的宫殿，满是王室和教皇的奢华，是这两位贵族最喜爱的天地。有时能看到他们在皮埃尔住的那条尘土飞扬的黄色大街上，拔出上了漆［　］[1]的长尺子，他们互下战书，在垃圾桶之间展开激烈的决斗。之后，他们手指上搏斗的伤痕久久不会消退[a]。那时，他们几乎遇不到其他书籍，因为这个社区很少有人读书，他们自己又买不起书，只能时不时地从小书店里买点通俗的书回去。

不过大约在他们上中学的时候，社区新建了一座市立图书馆，位于雅克家所在街道和高地之间。高地上是与众不同的别墅区，别墅周围是小花园，香气四溢的植物生机勃勃地生长在阿尔及尔又热又湿的斜坡上。这些别墅中间是圣奥迪尔寄宿学校，这是一所只招收女孩的寄宿制教会学校。正是在这个距离他们如此之近却又如此遥远的社区，雅克和皮埃尔体会到了最深刻的激情（现在还不是说的时候，之后再说）。

> 这两个世界（其中一个尘土漫天，寸草不生，所有的地方都被居民和为人遮身的石屋占据；另一个则鸟语花香，树木郁郁葱葱，彰显世界真正的奢华）的分界，是一条相当宽阔的林荫大道，两侧人行道上都种着高大的法国梧桐。林荫大道的一边是别墅区，另一边是低矮的廉价住宅楼。市立图书馆便建在廉价住宅楼这一边。

图书馆每星期开放三次，其中，星期四是整个上午以及下班过后开放。一位年轻的小学女教师每周义务在这里服务几个小时，她的面相不太讨人喜欢。她坐在一张很大的白色木桌后，管理借书登记簿。阅览室是方形的，墙边全是白色的木制书架，上面堆满了黑布封皮的书。阅览室里还有一张小桌子，周围配有几把椅子，提供给那些想要快速查阅字典的人，因为这是一座只能外借的图书馆。有一个按字母排列的卡片柜。雅克和皮埃尔从来不查阅，他们的方法是在书柜前浏览一下，根据标题选择一本书——他们很少根据作者选书——然后记下书的编号，写在蓝色的借书卡上。读者通过这张卡片可以要求借阅这本书。要获得借阅权，只要带来一张租金收据，付一笔很少的费用，之后便会拿到一张折叠的借书卡，上面登记着借阅的图书，同时，年轻的女教师也在登记簿中做个记录。

---

1. 一个无法辨认的词。

a. 事实上，他们打斗是为了争当达达尼安或者帕斯布瓦。谁也不愿当阿拉密斯、阿多斯和波尔多斯。

a. 吉耶词典（Quillet）的书页，木板的味道。

b. 小姐，杰克·伦敦还好吗？

图书馆里大多数都是小说，有很多书禁止十五岁以下的孩子阅读。这些书被单独放在一起。他们纯粹凭直觉选书，这样的方法并不能让他们在剩下的书中真正做出选择，但是这种随意性在获得文化知识上并非坏事。两个狼吞虎咽的人，胡乱地吞着所有的书，有最优秀的也有最蹩脚的。而且他们不用担心能否记住，事实上他们几乎什么也没记住。但是经过几个星期、几个月乃至几年的阅读，一种奇特而强烈的激情和一个充满影像和记忆的世界在他们心中产生并逐渐壮大。虽然这些无法投射到他们的日常生活上，但可以肯定的是，这些影像和记忆对这两个内心炽热的孩子来说是确实存在的，他们对生活和梦想都同样充满激情[ab]。

书中的内容实际上并不怎么重要。

重要的是他们进入图书馆的那种感觉。他们看到的不是堆着黑皮书的墙壁，而是广阔的空间和多向的视野，一进门便把他们从街区的狭隘生活中解脱出来。

随后，他们每个人都拿着自己有权借阅的两本书，用臂肘把书紧紧夹住，贴紧肋部，跑到此时已经昏暗的大街上，脚下踩着梧桐树的球形果实，思量着从书中可以获得的乐趣，并且开始对比上周所获得的乐趣，一直走到主路。这时，借着刚刚点亮的微弱路灯光，他们打开书，先搜集几句话（比如"他具有与众不同的活力"），从而增强他们内心的愉悦和渴望。

他们快速分别，跑向家里的餐厅，在煤油灯的灯光下，把书摊在桌面的漆布上。书的封皮粗糙而磨手，散发出一股浓浓的胶水味儿。

书籍印刷的方式也预示着读者从中获得的乐趣。排版疏松、留白很多的书籍，只有高雅的作家和精致的读者喜欢，雅克和皮埃尔却不喜欢。他们喜欢满页的小字，字体间距很窄，词句几乎贴在一起，就像乡村的大盘菜，人们可以吃很多，而且可以吃很长时间，总也吃不完，只有这种菜才能满足胃口特别大的人。他们不追求精致，什么也不懂，却什么都想知道。书写得差，结构粗糙不要紧，重要的是写得清楚，充满强烈的生活气息。这些书，也只有这些书才能给予他们梦想的盛宴，他们饱餐一顿后便沉沉睡去。

除此以外，每本书根据印刷纸张的不同各有特殊的味道，这些味道既细微又神秘。这种特性让雅克无论在什么情况下，都能闭着眼睛区分出哪一本书是奈尔松出版社出版的，哪一本书是法斯盖尔出版社出版的普通版本。甚至在没开始阅读的时候，每本书的味道都能让雅克陶醉在另一个充满希望的世界中。这世界让他所处的房间变暗，消除了街区和它的喧哗。当他如饥似渴、欣喜若狂地阅读时，城市和整个世界都消失殆尽了。这个孩子完全沉醉其中，根本听不到外婆反复念叨的命令[a]。

a. 发挥。

"雅克，摆餐具，我第三次提醒你了。"他终于摆好了餐具，眼神茫然，没有光彩。他神色惊慌，仿佛阅读使他上了瘾。他又继续拿起了书，就好像他从来都没把书放下过。"雅克，吃饭。"他终于吃饭了，食物虽然丰盛，但在他看来却不如书中看到的那么真实坚固。他放下餐具，又重新捧起了书。

有时，母亲在坐到她的角落里之前会走到雅克身边。她说："是图书馆。"母亲蹩脚地吐出从儿子嘴里听来的这个词，虽然不解其意，但她认得这些书的封皮[a]。"是的。"雅克头也不抬地回答。卡特琳娜·科尔梅里俯身从雅克的肩膀上望过去，看着灯下这两个长方形，一行行排列得整整齐齐。她也嗅了嗅味道。有时，她用那因洗衣而有些发皱变粗的手指点到书页上，好像想要更好地了解什么是书，更加接近这些神秘的符号。对她来说，这些都是不可理解的，然而她的儿子却如此频繁、一连数小时地沉醉于对她来说陌生的生活之中。当雅克回到现实生活时，看她的目光犹如在打量一位陌生人。

a. 家里让人（埃尔斯特舅舅）给他做了一张白木小书桌。

她用变形的手轻轻地抚摸着孩子的头，孩子没有任何反应，她便叹了口气，坐得离他远远的。"雅克，去睡觉。"外婆重复了一遍命令，"明天你要迟到了。"雅克这才起身，把书夹在腋窝下，准备着第二天上课的书包，随后把书塞进枕头底下，像酒鬼一样沉沉地睡去。

在这几年里，雅克的生活分成了不平等的两部分，他也无法将这两种生活联系在一起。他有十二小时都待在学生和教师组成的社会里，伴随着鼓声，在游戏和学习中切换。白天另外两三个小时则待在老街区的家里，待在母亲身边，然而他也只有进入穷人的睡眠中才真正和母亲待在一起。他从前的生活是在这个街区度过的，现在和以后的生活却在中学度过。在某种程度上，这个街区正慢慢地和夜晚、睡眠以及梦境交织在一起。

此外，这个街区真的存在吗？难道是在夜里，在孩子无意识中变成了沙漠？
跌落到水泥地上……

无论如何，他在中学里无法对别人说起他的母亲和家庭。他也无法跟家人谈到中学。在中学毕业会考前的几年里，老师和同学从没去过他家。至于他的母亲和外婆，她们也从不去学校，除了每年7月初举行的年度颁奖仪式。

的确，那天母亲和外婆从学校的正门进来，走在一群盛装打扮的家长和学生中间。外婆穿着只有在重大外出活动时才穿的长裙，扎着黑色头巾。卡特琳娜·科尔梅里则戴着一顶镶着栗色罗纱和蜡制紫葡萄的礼帽，穿着一件夏天穿的栗色裙子，脚上穿着她唯一的一双半高跟皮鞋。雅克身穿一件丹东领短袖白衬衣，前几年下身穿的是短裤，后来换成了长裤。母亲会在他穿的前一天晚上细心熨烫。将近下午1点，雅克走在两个女人中间，领着她们朝红色电车走去，将她们安置在车头的长椅上，自己则站在前面，透过窗玻璃望着母亲。母亲不时地朝他微笑。整个旅程中，母亲一直在检查礼帽戴得正不正，长袜有没有脱落，或看一看胸前佩戴的细项链末端的那块圣母小金牌。

到了市政广场,他们便随着他每日所走的路线,沿巴巴苏恩街去往学校,他和两个女人一起走,每年走一次。雅克嗅着母亲身上洗涤剂的味道,她为了这次活动用了很多。外婆腰板挺得很直,一边骄傲地走着,一边斥责抱怨脚疼的女儿("这是对你在这个年纪穿小鞋的教训")。雅克乐此不疲地给她们指着那些在他生活中占据重要位置的商店和商贩。

a. 命运不济的人难免在某些方面怪罪自己,他们觉得不该再因为小过失而增加这种普遍存在的罪孽感……

到了中学,学校正门已经打开了,宽大楼梯的两侧从上到下装饰着盆栽植物。第一批到达的学生和家长开始登上台阶。科尔梅里一家当然也早早就到了,穷人们总是这样,鲜有社会义务和乐事,总害怕自己会迟到[a]。大家走进高年级的院子,院子里已经摆满一排排的座椅。这些座椅是从一家音乐舞厅租来的。在院子尽头的一座大时钟下,有一个和院子一样宽的台子,上面也摆好了扶手椅和凳子。台子上用许多绿色盆栽装饰着。院子里逐渐挤满了衣着光鲜亮丽的人,其中绝大多数是女人。最先到达的人选择了树下阴凉处的座位,其他人则拿着细草编织的阿拉伯扇子给自己扇风,扇子周围装饰着红色羊毛绒球。头顶上方,蓝色的天空似乎凝结了,变得越来越热,炙烤着大地。

下午两点,一支军乐队在上面走廊被遮住的地方开始演奏《马赛曲》,到场的所有人起立。老师们头戴方帽,穿着因专业不同而颜色各异的平纹薄长袍,由校长和本年度执勤官员(一般是一位政府高官)带领入场。老师入座时,军乐队又奏响一首军乐曲。随后是官员发言,泛泛地谈了谈法国,重点是谈教育。卡特琳娜·科尔梅里聆听着,虽然什么也没听到,却从未表现出不耐烦和疲倦。外婆倒是听得见,但却不太理解。"他讲得很不错。"她对女儿说,女儿用一种坚信不疑的神态对母亲表示赞同。这让外婆鼓起勇气看看左右的男女邻座并朝他们微笑,对方也向她点头致意,对她刚才所表达的评价表示认可。

第一年,雅克注意到外婆是唯一一个戴着西班牙老妇人黑头巾的人,他对此颇感尴尬。说真的,这种虚伪的羞耻感一直与他如影随形。当他腼腆地和外婆谈论帽子时,外婆对他说她没钱可以浪费,而且说头巾围在耳朵上很暖和。雅克听后,感到无能为力。但是当外婆在颁奖仪式上和邻座说话时,雅克感觉自己的脸因羞愧而变红了。官员讲完之后,最年轻的老师站了起来,通常是本年度从法国本土调过来的。按照惯例,由这位老师发表正式演讲。

演讲会持续半个小时到一个小时，年轻的大学毕业生必然要谈一谈文化，谈一谈精致的人文主义思想，而阿尔及利亚听众难以理解他的演讲内容。

由于天太热，人们的注意力开始减退，手中的扇子也扇得更快了。外婆显得很疲劳，目光移向别处。只有卡特琳娜·科尔梅里依然专注，目不转睛地接受着扑面而来*的博学和睿智。至于雅克，他跺着脚，用目光搜寻着皮埃尔和其他同学，悄悄地用手势警示他们，接着他们相互做鬼脸，这样交流了很长时间。最后，演说家终于讲完，掌声响个不停，随即开始宣布获奖者的名单。

* 袭来。

首先从高年级开始宣布。在最初的几年里，两个女人一整个下午都坐在椅子上，等着读到雅克的班级。只有优秀奖才由军乐队奏乐致意。获奖者的年龄越来越小，他们起身经过院子走上台，与官员握手，接受官员的祝贺，随后由校长给他们颁发作为奖品的书（颁奖台下面放着几个滑轮箱子，里面放满了书，学校的办事员在获奖者上台前将书递给校长）。接着，获奖者在音乐和掌声中走下颁奖台，把书夹在胳膊下，喜笑颜开地用目光搜寻着自己的父母，而他们的父母正在喜极而泣。

天空变得不那么蓝，热气从某个看不见的裂口流失掉了一部分，飘进大海里。获奖者们上台又下来，军乐相继奏响，院子逐渐变得空落落，天空也开始发青。终于轮到雅克的班级。一宣布雅克的班级名，雅克便停止了调皮捣蛋，神情变得严肃起来。

听到自己的名字，雅克便站起身来，头脑嗡嗡作响。因为母亲没有听到，所以他隐约听到身后的母亲问外婆："是叫科尔梅里？""是的。"外婆回答道，脸上因为激动泛起了红晕。雅克经过水泥路走上台，看到官员的背心上挂着表链。校长向他亲切地微笑着，台上有位他的老师，不时向他投来友好的目光。随后，他在音乐声中回到两个女人身边，她们已经站在过道上了。母亲注视着他，脸上洋溢着喜悦，带有一丝惊讶。雅克把厚厚的奖状交给母亲保存，外婆用目光扫视着周围的见证者。在等待了漫长的一下午后，一切都发生得太快了。雅克很想回家，迫不及待地想要读一读他获得的作为奖品的书[a]。

a.《海上劳工》。

他们通常和皮埃尔以及他母亲 [a] 一同回去，外婆会默默比较一下这两摞书的高度。到了家，雅克首先按照外婆的要求，拿起奖状，在他名字的所在页折一个角，方便外婆展示给邻居和亲戚看。随后，他盘点了一下他的宝贝。他还没弄完，就看到母亲已经换好衣服，穿着拖鞋，扣着布衬衫纽扣走出房间，接着把椅子拉到窗户边。她对雅克微笑着说："你很努力。"她望着雅克摇了摇头。雅克也同样望着母亲，等待着，却不知道在等什么。母亲转身朝向大街，摆出让他熟悉的姿态，远离了学校，一年之内她也不会再去那里。房间被阴暗笼罩着，街上[*]的路灯亮起，只有一些看不清脸的行人，行色匆匆地走着。如果说母亲刚刚看见学校就永远离开了，那么雅克却直接回到他再也走不出去的家庭和社区。

假期里雅克也回家，至少在中学前几年都是如此。他们家里没有人休假，男人一年到头都在工作，没有休息。他们只有当受了工伤，而雇用他们的企业为他们投了工伤保险时，才由医院或医生开具休假证明，从而获得一些假期。比如，埃尔斯特舅舅有一段时间感觉身体乏力，就故意用刨子在手掌上刨下一块厚厚的肉，正如他所说，"享受工伤保险"。至于女人们以及卡特琳娜·科尔梅里，她们无休止地工作。因为对她们所有人来说，休息便意味着餐桌上没有肉食。

失业了就毫无保障，这是最让人害怕的坏事。因此，皮埃尔家和雅克家的这些工人，虽然在日常生活中显得很宽容，但在工作问题上却表现得很排外。他们接连指责意大利人、西班牙人、犹太人、阿拉伯人，最终怪整个地球的人夺走了他们的工作——这种态度让研究无产阶级理论的知识分子困惑不已，但却符合人性，可以得到宽恕。这些出乎意料的民族主义者和其他民族的人争夺的并不是对这个世界的统治、金钱以及闲暇的特权，而是被奴役的特权。

在这片地区，劳动并不是一种美德，而是生存的必需品，直至死亡。

a. 她没有见过中学，也没有见过学校的日常生活。她参加过为家长组织的一场演讲。中学不是这样，而是……

* 人行道。

无论如何，阿尔及利亚的夏天酷热难当，超载的船舶载了一些官员和有钱人去宜人的"法国空气"中休息（回来的人带来一些令人惊异、难以置信的描述，肥沃的草地，盛夏的8月，涓涓流淌的小河），而这个贫穷街区居民的生活却没有任何改变，远不像市中心那样空了一半。相反，他们的人数似乎在增多，因为大批孩子都跑到了街上 a。

a. 地势高的城区，有玩具、旋转木马、有用的礼物。

皮埃尔和雅克穿着破了洞的绳底帆布鞋、破旧的短裤和圆领棉针织衫，在干燥的马路上闲逛。对他们来说，暑假便是酷热。上几次下雨还是4、5月份或是更晚的时候。一周又一周，一月又一月，太阳越来越固定不变，越来越热，晒干、晒枯甚至烘烤着墙壁，涂料碎裂，石头和瓦片化成尘埃，偶然有风吹过便随风飘到马路上，落在商店橱窗上和每一片树叶上。

7月份，整个街区变成了一片又灰又黄 b 的迷宫，白天空无一人，每家每户把所有的百叶都小心翼翼地关好，因为火辣辣的太阳会直晒在窗户上。猫狗也趴在房子的入口处，显得萎靡不振。人们不得不贴墙而行，躲避日晒。8月份，太阳躲进灰蒙蒙带着暑气的天空，天气沉闷潮湿。天空投射出灰白色的光芒，让人眼睛疲惫，街上最后一点色彩的踪迹都消失了。在制桶工场，锤子有气无力地发出敲打声。工人们有时停下来，把淌满汗水的脑袋以及上半身伸到水泵 c 的清凉水柱下冲凉。

b. 浅黄褐色。

c. 细沙海滩？夏季其他事情。

在房间里，水瓶以及为数不多的葡萄酒瓶都被湿布包裹着。雅克的外婆光着脚，穿着一件简单的衬衫，机械地扇着草扇，来往于这些阴暗的房间。她上午干活，中午拖着雅克到床上午睡，然后便等待着夜晚的一丝凉意来袭，重新投入工作。几个星期里，夏天和它的子民们在沉闷潮湿又炎热的天空下步履维艰，直到冬季的凉爽和水 * 的记忆都被遗忘，就好像世界从没经历过刮风、下雪，抑或是淅沥小雨。从创世之初到9月的今天，在只挖了几条炎热走廊的干燥大矿里，满身灰尘和汗水的人，眼神发直，神色惊恐，动作迟缓地忙碌着。

* 雨水。

随后，天空一下子绷紧，直到裂为两半。9月的第一场雨，猛烈、充沛，浸透了整座城市。

街区里所有的道路都开始闪闪发光，同时，榕树那富有光泽的叶子，还有电线和电车钢轨也闪着亮光。山丘上方可以俯瞰城区，一股潮湿土地的味道从远处的田地飘来，给夏日的囚徒们带来空间和自由的讯息。孩子们跑到街上，穿着轻薄的衣服在雨中狂奔，在街上翻滚的积水中跋涉，站在大水塘中抱着彼此的肩膀围成一圈转着，笑着，叫着，仰起脑袋迎接这连绵不断的雨水。他们有节奏地踩在新收获的葡萄上，让葡萄溅起比酒更醉人的脏水花。

是的，酷热是可怕的，它几乎让所有人为之疯狂，一天比一天焦躁，没有力气也没有精力反应、呼喊、辱骂或者击打。这种神经紧张也如同热气一样不断地积聚，直到在这片浅褐色的阴暗街区的某处开始爆发——就像那天在里昂街，在人们称为"马哈布"的阿拉伯街区边界处，在位于山丘红色黏土地带的墓地附近，雅克看到一个阿拉伯人从摩尔人理发师那满是灰尘的理发店里走了出来，他身穿蓝色上装，头发被剃光，在雅克面前的人行道上走了几步，姿态很是奇怪，身体前倾，头似乎在用力后仰，但事实上是不可能的。

理发师在给阿拉伯人刮脸的时候突然变得很疯狂，他用长剃刀一下子割断了顾客的喉咙，阿拉伯人在轻轻的划痕下什么也没感受到，只是流出的鲜血让他窒息。他走了出去，就像一只被割喉失败的鸭子一样跑着。此时，理发师立即被顾客们制服，发出可怕的吼叫声——犹如这些绵延不尽的日子里蒸腾的暑气。

倾盆大雨如瀑布一般，骤然间洗刷了树木、屋顶、墙壁和沾满夏季灰尘的街道。泥浆快速汇入水流，在下水道口发出猛烈的汩汩声。几乎每年都有泥浆冲破下水道，漫到路面，在汽车和电车前飞溅，如同一双展开的黄色翅膀。海滩和港口的海水也变得满是污泥。雨过天晴，太阳刚出来时，房屋、街道以及整座城市都冒着热气。炎热可能还会回来，但不会再统治这片土地。天空更开阔了，呼吸也跟着畅快起来。在强烈的阳光褪去后，和风习习，雨水预示着秋天的来临和新学期的到来 a。"夏天太长了。"外婆说道。她松了口气，既为秋天雨水的到来，也为雅克离家上学。在天气炎热的日子里，雅克在百叶窗紧闭的房间里发出烦闷的踱步声，这让外婆愈发烦躁。

a. 在中学——预定卡——每月一次手续——兴奋地回答"有卡"，并验证有效。

她无法理解为什么一年中要专门规定一个时期,让学生什么也不做。"我从没有过假期。"她说。这是真的。外婆从没上过学,也没有享受过闲暇时光,她从孩提时便开始干活,不停地干。为了将来更大的利益,她接受了她的孙子在这几年里不给家里挣钱。但是从第一天起,她就开始反复思考浪费的这三个月,当雅克升到三年级,她便认为是时候在假期里给他找点活儿干了。"今年夏天你要工作,"外婆在学年末对雅克说,"给家里挣一点钱。你不能就这样待在家里什么也不干ᵃ。"事实上,雅克觉得自己有不少事可干:游泳,去库帕探险,体育运动,在贝尔库街闲逛,看画报,读通俗小说,读维尔莫年鉴以及圣艾蒂安兵工厂那无穷无尽的产品名录ᵇ。更不用说上街为家里购物以及外婆命令他干的一些碎活儿。但所有这一切对外婆来说,完全是无所事事,因为孩子没有给家里带来收入,也没有像在学校时那样学习。在她看来,这种毫无缘由的闲暇便是熊熊燃烧的地狱之火。最简单的方法便是给雅克找份工作。

a. 母亲的干预——他会疲惫的。

b. 前面的阅读?高地社区?

事实上,这并不简单。人们可以在报纸上的小广告中找到一些小店员或跑腿的工作。贝尔托太太是乳品店老板娘,她那充满黄油气味的商店(对习惯油味的口腔和鼻子来说,黄油味道闻起来很奇怪)开在理发店隔壁。她把广告读给外婆听。但是雇主总是要求受雇者至少年满十五岁,雅克很难明目张胆地谎报自己的年龄,因为他虽然有十三岁,但个子并不高。另一方面,登广告的人总是希望雇员能够长期干下去。外婆(穿戴得如同每次有重大外出一样,包括那条众所周知的头巾)带着雅克去应聘。刚开始接触的几位雇主,他们要么觉得雅克年纪太小,要么断然拒绝聘用一个只能干两个月的雇员。

"只要说你会一直留着就好了。"外婆说。"但这不是真实的。""没关系,他们会相信你的。"

这并不是雅克想说的,事实上他并不担心别人相不相信自己。然而,在他看来,这种谎言他说不出口。诚然,他经常在家里说谎,想要逃脱惩罚,想到独自留下那两法郎的硬币,不过更多是为了获得说谎或吹牛的乐趣。他觉得对家人撒谎是可以被宽恕的,但对陌生人说谎则是滔天大罪。

雅克隐约觉得在重要的事上不能对所爱的人撒谎,否则所爱之人就不会和他一起生活,也不会爱他。雇主们只会从别人口中去了解他,因此他们对他并不真正了解,谎言便成了全部。"走吧。"外婆一边说,一边系上她的头巾。这一天,贝尔托太太刚好告诉她,阿迦的一家五金制品店要招收一位年轻的店员整理货物。

五金制品店位于通往市中心的一处斜坡上。7月中旬的太阳炙烤着坡道，路面上的尿骚味和沥青味更浓了。一楼是狭窄但进深很大的店面，中间的一个柜台把商店隔成两个区域，柜台上堆满了铁制零件和插销。绝大部分墙面都装着抽屉，上面贴着神秘的标签。入口处右侧的柜台安装了铁栅栏，店主人在那里开辟了一个窗口用来收银。一位浅棕色皮肤的太太漫不经心地从栅栏后站起来，让外婆去二楼办公室。商店尽头有一座木楼梯，通往一个大办公室，办公室的布置和朝向就像商店一样，里面有五六个员工，男女都有，围着一张大桌子坐着。侧边有一扇门，那里就是经理室。

a. 一个领子的纽扣，可拆卸的领子。

老板正在他的办公室里忙着[a]，里面很热，他穿着衬衫，领口解开，背后是一小扇窗户，朝着一个院子。尽管已经下午两点，却没有阳光照进院子。他又矮又胖，拇指插进裤子和两条天蓝色宽背带之间，呼吸有些重。雅克看不太清楚他的脸，只能听见他低沉的喘气声，他请外婆坐下。雅克闻着这个房子里弥漫的铁器味。在他看来，老板坐着一动不动，似乎有些怀疑他。一想到要在这个强壮有力、令人生畏的男人面前说谎，雅克的双腿就止不住地颤抖。外婆的双腿却没有发抖。雅克快十五岁了，他得养活自己，他现在就可以开始工作。老板觉得雅克不像十五岁的孩子，但是他如果够聪明的话……比如，他有毕业证书吗？没有，不过他有奖学金。什么奖学金？上中学的奖学金。他上中学了？几年级？三年级。那他辍学了？

老板依旧纹丝不动地坐着，现在雅克可以更清楚地看到他的脸庞。他用乳白色的圆眼睛从外婆打量到孩子。在他的注视下，雅克开始发抖。"是的，"外婆说，"因为我们家太穷了。"老板隐约松了一口气。"这很遗憾，"他说，"因为他很有天赋。不过做生意，也能有大好前程。"大好前程始于足下，这说得没错。

雅克每天工作八小时，每个月可以挣一百五十法郎。第二天就可以来上班。"你看，"外婆说，"他相信了。""但是当我离开的时候，如何跟他解释？""让我来解释。""好的。"孩子顺从地回答道。他望着头顶上夏日的天空，回想起铁器的味道和阴暗的办公室。明天他得早起，他的假期刚刚开始就结束了。

连续两年，雅克都在暑假打工干活。开始是在五金店，后来在一个船舶经纪人那里。每逢临近9月15日，他心里都感到恐惧，那是他要辞职的日子[1]。

1. 作者将这段画线。

的确，暑假结束了，尽管夏天和以前一样炎热、一样烦闷。雅克失去了从前改变他的一切，失去了那片天空、那些场地和那些叫声。他不在那片贫穷灰黄的社区度过炎炎夏日，而是到了中心社区。在那里，富丽堂皇的水泥建筑取代了穷人的灰泥房，房屋呈现一片更独特也更忧郁的灰色。

早上8点，雅克一踏入商店就闻到了铁器味。店内一片昏暗，他内心的光明也随之熄灭，天空也消失殆尽。他向收银员问了好，便爬上光线很差的二楼大办公室。办公室中间的那张大桌子周围没有他的位置。一个老会计，从早到晚叼着手卷的纸烟，胡子都熏黄了；一个会计助理，他是个三十来岁的男人，头有些秃，拥有公牛般强健的身躯和脸庞。还有两个年轻的店员，其中一个有一头棕褐色头发，精干强壮，外形俊俏挺拔。他每天早上来上班时，衬衣总是湿漉漉地贴在身上，散发出一股好闻的大海味儿。因为他每天早上都下海游泳，随后一整天就在办公室里埋头工作。另一个身形肥胖，总爱笑个不停，抑制不住自己活泼开朗的天性。最后是哈斯兰太太，她是经理室的秘书，模样有点像马，总穿着粉色的平纹或斜纹布长裙，让人看着很舒服。不过她总用严厉的目光扫视整个世界。这些人，以及他们的文件、账本及机器，足足堆满了一整张桌子。

因此，雅克只得坐在经理室门口右边的一把椅子上，等着别人给他活儿干。而派给他的活儿常常是把发票或商函分类，然后放进围在窗口边的卡片柜里。起初，他喜欢拉出文件匣，喜欢抚弄和呼吸文件匣的气味，喜欢从中闻出纸张和胶水的味道。刚开始这味道很美妙，但到最后，这味道对他来说也变得了无生趣。有时别人叫他再验证一遍长串的加数，他便坐在椅子上，放在膝盖上算。除此之外，会计助理让他一起"核对"一组数字，他总是站着，专心致志地核对，而对方则小声念着数字，以免影响其他同事。

透过窗外，可以看到街道以及对面的楼房，但无法看见天空。

> 有时——虽然次数不多——同事会派雅克去商店附近的文具店买点办公用品，或者去邮局寄个急件。大邮局位于两百米外的一条宽阔的林荫大道上，这条大道从港口一直通往山丘上的城市。

在这条大道上，雅克可以重获空间和阳光。邮局位于一座大圆顶建筑物内，三扇大门把里面照得亮堂堂的，阳光从上面的大穹顶倾泻而下[a]。但不幸的是，有些同事经常在一天工作结束即将下班时派雅克去寄信，这又是一项苦差了。因为到了黄昏时刻，邮局的阳光变暗，在挤满顾客的窗口前排着长队等待，无疑又延长了他的工作时间。实际上，对于雅克来说，漫长的夏日就在这些暗淡无光的日子以及毫无意义的琐事中消耗殆尽。

a. 邮件操作？

"总不能待着什么也不干啊。"外婆说。而恰恰在这个办公室里,雅克觉得无事可做。他并不是拒绝工作,尽管任何东西也无法替代大海和库帕的游戏。但对他来说,真正的工作是诸如箍桶之类的劳动,是长时间卖力地干活,是一连串娴熟精准的动作,是强健有力而灵巧的双手,这样人们可以看到劳动成果:一个加工精细的新桶,没有一丝缝隙,值得工人们欣赏。
但这种办公室的工作却来无影去无踪。买与卖,一切都围绕着这些微不足道的庸俗行为运转。

尽管雅克一直生活在贫困中,他在这个办公室里发现了庸俗,并为失去的阳光而哭泣。令他产生这种令人窒息的感觉的不是同事们,他们对他都很好,从不粗暴地支使他干活,甚至不苟言笑的哈斯兰太太有时也朝他笑笑。他们之间很少交谈,那种混合着快乐融洽和冷漠相处的氛围,是阿尔及利亚人所特有的。当老板在他们之后一刻钟来到时,或当他从办公室出来发出某个命令或要核查某张发票时(如果是一些大生意,他会把老会计或相关职员招进办公室),每个人的性格便很好地凸显出来,好像这些男女只有在和权力发生关系时才能定义自己。老会计无礼而独立,哈斯兰太太沉浸在严肃的沉思中,而会计助理则显得卑躬屈膝。在其余时间里,他们缩回自己的躯壳,雅克则坐在椅子上等候吩咐,以便有机会干一些微不足道、祖母称之为工作 [a] 的活儿。

[a] 夏季中学毕业会考后的课程——在它面前昏头昏脑。

当他再也无法忍受,开始在椅子上躁动不安时,他就下楼到商店的后院去,独自待在厕所蹲坑上。厕所四周都是水泥砌的墙,几乎密不透光,弥漫着一股苦涩的尿骚味儿。在这个阴暗的地方,他闭上眼睛,呼吸着熟悉的气味,陷入自己的梦想。在他内心深处,有某种隐约而盲目的东西在翻涌不停,已经达到了血性和种族的高度。有时,他脑中再次浮现哈斯兰太太的大腿。有一天,他在她对面碰掉了一盒大头针,便跪下来捡。一抬头,他看到了短裙下叉开的双膝和花边衬裙里的大腿。在此之前,他从未见过女人裙下穿的是什么,突然的一瞥使他口干舌燥,全身几乎疯狂地颤抖。他洞察到某种神秘,尽管他反复体验,却从未感到厌倦。

每天两次——中午以及 6 点钟——雅克会匆忙跑到外面。他跑下坡道,跳上满载的电车,连所有的踏脚板上都站满了人。电车把这些劳动者带回他们的社区。人们在沉闷的暑热中拥挤地站着,无论大人还是孩子都沉默不语,转向等待着他们的家,默默地流着汗,忍受着这样的生活:做着一份没有灵魂的工作,乘坐毫无舒适感的电车来回长途奔波,一到家便倒头就睡。在某些晚上,雅克望着他们,心里总觉得很难过。直到此时,他在贫困的生活中一直过着丰富快乐的生活。但炎热、烦闷、疲惫向他展现了厄运,愚蠢劳作的不幸让人心酸流泪。漫无止境的单调生活让日子变得太长,而让生命变得太短。

在船舶经纪人那里干活,夏天过得要快活些,因为办公室朝着海边的林荫大道,尤其有一部分工作是要到港口去做的。的确,雅克要登上停泊在阿尔及尔的各国船只。而经纪人,一个长相俊朗、皮肤呈粉色、头发卷卷的老头,他负责为各行政部门做代理。船上的航海文件由雅克带回办公室,并在那里被翻译出来。做了一个星期后,雅克就可以自己翻译货物清单和一些提货单了。这些文件都是用英语写的,需要送交海关或接收货物的进口大公司。因此,雅克得经常去阿迦货港取这些文件。

酷热毁坏了通向港口的坡道,沿路沉重的铸铁栏杆被晒得滚烫,让人不敢用手触碰。烈日当空,宽阔的码头几乎没什么人。只有在刚刚停泊靠岸的船只旁,有一些码头工人在忙碌着。他们身穿蓝色工装裤,裤腿卷到小腿肚,光着上半身,皮肤晒得黑红,头上顶着一个货包,从肩膀一直垂到腰间,扛着水泥袋、煤包或棱角锋利的包裹。他们在搭在船上甲板和港口之间的步行桥上来来往往,或者通过架在货舱和码头间的厚木板,从敞开的货舱门直接进到货舱里,步伐飞速。码头上升腾起阳光与尘土的味道,灼热的甲板上散发着柏油融化、铁器煅烧的味道,透过这些味道,雅克能分辨出每艘货轮的特殊味道。挪威货轮散发着木头味,来自达喀卡或巴西的船带有咖啡和香料味,德国船是油味,英国船是钢铁味。雅克爬上长长的步行桥,向一位海员出示经纪人证件,但海员并不认识。随后便带他穿过一个连阴凉处都冒着热气的通道,进入了一个高级船员舱,有时也带他到船长舱里[a]。一路上,雅克贪婪地观察着这些摆设甚少的狭小舱房,那里集中了一个男人生活的主要东西,他开始爱上这些小舱房,它们胜过那些最豪华的房间。

a. 码头工人的事故?参看日记。

船上的人们热情地接待他，因为雅克自己一直友好地微笑着，他喜欢这些男人粗犷的面庞，喜欢孤独生活赋予他们的那种眼神，他把这种喜爱表露在脸上。有时，他们其中一人会讲点法语，便向他问些话。随后，雅克心满意足地离开，走向灼热的码头，经过滚烫的坡道，回到他工作的办公室。只是烈日炎炎下来回奔波使他疲惫不堪，上床便会沉沉地睡去。到了9月份，他整个人瘦了一圈，也变得有些烦躁。看到每天十二个小时待在中学学习的日子即将到来，他便松了口气，同时，他也越来越感到不安，他要向办公室的人宣布辞职了。最困难的是在五金店。他十分胆怯，不愿去办公室，想让外婆去解释，随便用什么理由解释都行。然而外婆觉得很简单，什么手续也不要办，他只需要把工资领回来，然后不再回去，什么都不需要解释。雅克认为派外婆去忍受老板的狂怒是自然而然的事。在某种程度上，外婆得对这种局面和她撒的谎负责。面对她这种回避的态度，雅克感到很气愤，却无法解释为什么。此外，他还找到了颇具说服力的理由："老板会派人到这儿来的。"

"那倒是，"外婆说，"那么，你只需对他说，你要去舅舅家干活。"雅克走了出去，觉得自己坠入了地狱。这时外婆又对他说："记住先把工资拿到手，然后你再跟他说。"

到了晚上，老板把每个职员叫到他的屋子里发工资。"拿着，小家伙。"他说着递给雅克一个信封。雅克迟疑着伸出手，而老板对他笑说："要知道，你干得不错。你可以把这话告诉你父母。"雅克便开口说话，解释说他不会再来了。老板惊愕地望着他，手臂仍然朝他伸着。"为什么？"他应该要撒谎，但却如鲠在喉。雅克沉默不语，神情窘迫，这时老板明白了。"你要回中学上课？""是的。"雅克回答道，在又怕又窘的情绪之中，他突然放松下来，眼里噙满了泪水。

老板怒火中烧，站了起来。
"你来这里应聘的时候就知道要走。而你的外婆，她也知道。"

雅克只能点头说是。老板怒骂的声音充斥着整间屋子,他们都是不诚实的人,而他作为老板最憎恶的就是不诚实。如果他知道的话,就有权不付工资。如果他付了就是傻瓜。不,他不会付钱的,把雅克的外婆喊来,得好好招待她一番。如果一开始就对老板说了实话,老板或许还会雇用他,而他却说了谎,啊!"他不能再上学了,我们太穷了。"于是老板就这样让人骗了。
"就是因为这个。"雅克有些失去理智,突然说道。
"什么,为了这个?"
"因为我们太穷。"随后他闭口不语,而对方看了他一眼,缓缓补充说:"……你们才这样做,你们才对我编造这种故事吗?"
雅克咬紧牙关,盯着脚尖。突然一片安静,无休无止。
接着,老板拿起桌上的信封递给他。"拿着你的钱,走吧。"他粗暴地说。
"不。"雅克回答道。

老板把信封塞进他的口袋,说:"你走吧。"

雅克在街道上狂奔,边跑边哭,双手紧紧抓住上衣领口,避免碰到口袋里烫手的钱。

说谎是为了获得不度假的权利。远离他所钟爱的夏日的天空和大海而跑去工作,还得说谎,只为能够重回中学上课。这种不公正紧紧扼住了他的内心,让他难过得要命,因为对他来说最糟糕的不是这些他始终说不出口的谎言——尽管他总是准备着为了快乐而撒谎,但却不会屈从于迫不得已的谎言——而是那些失去的快乐,那些被夺走的夏季的闲适和阳光。这样一来,一年的时光便只剩下一连串匆忙的起床以及仓促乏味的日子。他在贫穷生活中最美好的东西,他如此尽情、贪婪享受的无可替代的财富,为了挣那么一点钱必须放弃,而那点钱连这些珍宝的百万分之一都买不来。然而,他也明白他必须这么做,即使处于最激烈抗拒的状态,他的内心仍有某种感觉,为自己这样做而感到自豪。

因为,在他拿到第一笔工资的那天,为谎言而牺牲的这些夏日便已经得到了补偿。当他走进餐厅时,外婆正在削土豆皮。随后,她把削完皮的土豆丢进水池,埃尔斯特舅舅则坐在那里,双腿夹住耐心的小狗布里昂给它捉跳蚤。他母亲刚到家,正在餐具柜边的角落里拆开一小包别人交给她洗的脏衣服。

雅克走上前,一言不发地将一张一百法郎的纸币以及几枚在手里攥了一路的粗硬币放在桌上。外婆也没有说一句话,把一枚二十法郎的硬币推还给他,然后收起了剩下的钱。

外婆用手碰了一下卡特琳娜·科尔梅里，引起她的注意，然后把钱递给她看："是你儿子挣的。""嗯。"她应道，忧伤的目光一瞬间轻轻掠过孩子。舅舅点点头，双腿仍然夹着以为受完刑的布里昂。

"好啊，好啊，"他说，"你是个男子汉。"

是的，他是个男子汉，他偿还了一点他对家里的亏欠。想到略微减轻了家里的贫困，他内心便腾升起一股强烈的自豪感，这是当男人们开始感到自由、不再屈服于任何事物时的感受。的确，在开学之后，在他踏入二年级的院子时，他已不再是从前那个困惑得不知所措的孩子了：四年前，他在清晨时分离开贝尔库，穿着钉着铁钉的鞋子跟跟跄跄地走路，一想到等待他的那个陌生世界，心中便焦虑不安。现在，他看待同学们的目光也已经失去了一些纯真。

此外，有许多事情此时也开始让他蜕变，让他变得不再是从前那般模样。

雅克一直忍受着外婆的打骂，并把它看作儿童生活中应尽的义务。可是有一天，他突然怒火中烧，从外婆手中一把夺过牛筋鞭子，坚持要抽打这个白发苍苍的老人，她那双明亮冷静的眼睛让他怒不可遏。这时，外婆明白了，向后退去，回到房间把门关上，抱怨自己的不幸，把这些不近人情的孩子拉扯大。但是她也确信绝不能再打雅克了。的确，她此后再也没有打过他。这是因为当初的那个孩子已然消失，他已经脱胎换骨，长成了一位身材瘦削、肌肉发达的少年，头发蓬乱，目光急切。为了给家里带来收入，他工作了整个夏天。他刚刚被任命为学校足球队的正式守门员，而且就在三天前，他第一次品尝了一位少女的香唇，感觉有些晕乎乎。

2 难懂自我

哦！是的，就是这样，这个孩子的生活就是这样。在那个穷苦社区的孤岛上，生活就是如此，与赤裸裸的生活必需品息息相关。身处一个残疾且愚昧无知的家庭，他那年轻的血液沸腾着，对生活充满了贪婪的渴望，具有野性又热切的才智，在生活中始终兴奋愉悦，却又突然遭遇陌生世界的打击，让他手足无措。但他很快便恢复过来，努力去理解、去认识、去吸收这个他不了解的世界，而且他也的确吸收了。因为他充满渴望地去接近它，从未想要耍滑钻营。他心怀美好的愿望，从未有过卑劣行径，始终如一地沉着冷静、坚定不移。因为他确信，有志者事竟成，世上之事，只要是这世界上的事，永远没有他做不成的。他时刻都在做着准备（他童年的一无所有也为他做了准备），准备随遇而安，因为他不谋求任何地位，一心只想心情愉悦，身心自由，充满力量，追求生活中一切美好而神秘的东西。这些东西现在买不到，将来也永远无法买到。

甚至因为贫穷，他准备着有朝一日金钱可以不请自来，自己也不再受制于金钱，就像如今的他，雅克，四十岁了，拥有那么多东西，肯定不再是最贫穷的人。然而在他母亲身边，却无论如何都显得微不足道。

是的，他就是这样生活过来的，在海里、在风中、在街上嬉戏，在酷热的夏季和多雨短暂的冬季，身边没有父亲，没有家教传承，但在一年间，他找到了一个父亲，也恰巧是在他最需要父亲的时刻，在 [ ]¹ 的人与物中前行，知识的大门向他敞开，某种类似品行的东西在他身上形成（足以应付那个时候他所处的环境，但后来在世界的癌症面前，就远远不够了），同时，他也创立了属于自己的传统。

1. 该词无法辨认。

然而，这难道就是全部吗？这些行为举止，这些游玩嬉戏，这种胆量，这份激情，这个家庭，这盏煤油灯，这个漆黑的楼梯，风中的棕叶，大海中的诞生及洗礼，还有这些昏暗而劳苦的夏日？

这些都有，是的，正是这样，但也有个体本身的隐秘之处，这些年来，一直在他内心隐隐搅动，就像流淌在岩石迷宫深处的地下水，从未见过阳光，却反射出若隐若现的光芒。这微光不知道来自何方，也许是透过岩石中细小的孔隙，从淡红色的地心吸收到深穴的黑色空气中的，一些黏糊糊的紧缩植物在那里汲取养分，生长在这似乎不可能有生命的地方。

他内心这种盲目的搅动从未停止过，现在他依然能感受到；这深藏在他心底的黑色火焰，仿佛表面熄灭、内心依旧燃烧的熔岩，这使泥炭表层的裂痕错位，腐物丛生的暗流也不断涌动，推着泥泞的表层和沼泽里沉积的泥炭一起运动。而这些稠厚的细小波动，日复一日，仍然在他内心激发了最狂热、最猛烈的欲望，就如同困在沙漠中的恐慌，丰富的思乡情绪，突如其来的对贫困朴实的渴求，以及对默默无闻的向往。是的，这些年来，这种隐秘的内心活动同他周围这个辽阔无垠的国度极为融洽。从孩提时代起，他就感受到了周围地区的分量。那时，他的面前是一望无际的大海，身后是蜿蜒起伏、绵延不断的高山、高原和人们称之为内地的沙漠。在两者之间，危险无时无刻不在，但没有人会提起它，只将它看成自然而然的事。可雅克却发现了它。那是在比尔曼德雷一个有着拱顶房屋、用石灰刷白的围墙的小农场里，姨妈临睡前总要到各个房间去检查一遍，看看厚实的木制护窗板大插销是否已插好。正是在那些关得紧紧的房间里，他产生了被抛弃的感觉，仿佛自己是这里的第一个居民，或是第一批征服者，登陆这样一个强权仍然横行的地方，法律只是为了无情地惩罚那些无法用习俗预防的行为。他周围的人既富有魅力，又让人不安，既近在眼前，又远在天边。白天，大家并肩而行，有时还会产生友情，或是称兄道弟。然而等到夜幕降临，他们却躲回无人知晓的家里，外人永远也进不去。他们紧闭门户，和自己的妻子相守一屋。别人永远也见不到他们的妻子，即便她们走在街上，也不知道她们是谁。她们脸上半遮着面纱，白色衣衫上露出美丽温柔而又性感的眼睛。他们住在各个社区，人口众多，多到仅凭其数量就足以形成弥漫在公众之中的无形威胁，尽管他们顺从而疲惫。有些夜晚，当一场斗殴在一个法国人和一个阿拉伯人之间爆发，人们便能嗅到这种威胁的气息。这类斗殴也同样可能发生在两个法国人或两个阿拉伯人之间，但引起的反应却不尽相同。

街区的阿拉伯人身穿褪色的蓝工装或是破旧的带风帽长袍,从四面八方慢慢靠近,源源不断,直到聚集成群。他们不用暴力,仅以聚众的方式将几个过路旁观的法国人拦在外边。圈里面那个斗殴的法国人且打且退,猛然发现除了要独自面对对手,还要面对脸色阴沉、面无表情的人群。如果他不是土生土长,不知道唯有勇气才能在这里生存下去,那他的勇气就会化为乌有。于是,他面对这充满威胁的人群,然而这群人并没有威胁任何人,除了其自身的存在以及势不可当的聚拢外。在大多数情况下,正是他们抓住了沉醉于疯狂斗殴的阿拉伯人,让他在警察到来前赶快离开。要知道,警察很快就会得到通知,然后赶到事发现场,不容分说便将斗殴者押上警车带走,随后从雅克家的窗户下经过。他们在被送到警局的路上就会遭受虐待。

"可怜的人。"看到两个男人被警察紧紧钳住,押着肩膀带走时,母亲说道。然而在他们走后,雅克觉得威胁、暴力、恐怖依然在街上飘荡,一种莫名的恐慌使他嗓子发干。

这天夜晚,在他内心,是的,这隐秘而交织的根须,将他和这片神奇骇人的土地紧紧拴在一起,也同样将他和酷热的白昼以及短暂得让人伤感的夜晚拴在一起,宛如第二种人生,也许比掩盖在日常表象下的第一种人生更为真实。经历了一连串朦胧的愿望以及无法描述的强烈感觉,比如学校的味道、社区马厩的味道、母亲手上的洗涤剂味、高地街区的茉莉与忍冬的芬芳、字典的书页及狼吞虎咽阅读的书籍的味道、他家中或五金店厕所里的酸味、他在课前课后偶尔独自走进冰冷的大教室闻到的味道、他亲密的同学的体温、迪迪埃和他在一起时那种热臭的羊毛味,或高个子马尔科尼的母亲大量洒在他身上的花露水味,使得雅克在教室里总想把凳子靠近他的朋友。他们曾好几个人一起嗅着皮埃尔从他一个姨妈那里拿来的唇膏的味道,心中慌乱不安,似乎一群公狗进入了一个发情母狗刚刚离去的房间,想象着女人就是这个香脂块,散发着香柠檬和奶油味,这一切在他们那个叫喊的、流汗的和尘土漫天的世界里,给他们揭示了一个精美[a]、巧妙、难以名状却又充满诱惑的世界,即便他们对着香唇口吐秽言都不足以抵挡诱惑。

a. 添加到附册里。

从幼年起，雅克就喜爱人体。人体之美让他在海滩上幸福地微笑。他也喜欢人体的温暖，并一直被它吸引。他对此没有什么明确的想法，仅仅是出于本能的喜爱，不是为了占有。他那时也不懂，只是想着进入人体的光环之中，靠在同学的肩膀上，内心便充满强烈的信任感和依赖感。而在拥挤的电车上，当女人的手碰到他的手，时间稍长一些，他就会头晕目眩。是的，渴望活着，要活下去，渴望参与这个世界火热的生活，他在潜意识中想从母亲那里得到、最后没能得到或是不敢得到的东西，却在小狗布里昂身边寻觅到了。当小狗在阳光下依偎在他身边，他闻到了小狗那刺鼻的皮毛味儿。在那种最狂野、最刺鼻的味道中，生命的热度得以为他保留，他也无法将其舍弃。

在他朦胧的内心，产生了这种热情的渴望，这种对生活的疯狂永远驻留在他的身上，时至今日仍然完整如初，其程度丝毫未减，只是变得更加苦涩——当他重回家庭，面对童年的影像时——突然强烈地感觉到，时光和青春已经逝去，正如他曾经爱过的女人那样。哦，是的，他全身心地爱着她，是的，同她相处时欲望总是如烈火般炽烈。当他正在享乐，当他在沉闷中大叫一声离开她时，世界又恢复了火热的秩序。他爱她，因为她的美丽，因为她对生活的狂热，这狂热既慷慨又绝望，这也正是他所具有的情感。这份狂热使她拒绝，拒绝岁月的流逝，尽管她知道此时此刻光阴就在飞逝，但她不愿听到有一天人们说她仍然年轻，她想要保持年轻，永远年轻。一天，他笑着对她说青春飞逝，说日薄西山，她便放声大哭，呜咽着说："噢，不，不，我真的喜欢爱情。"她在很多方面都聪慧过人，也许正因为她真的聪慧过人，才拒绝世界的现状。

正如在那些时日里，那段回到自己陌生故乡的短暂时光，在那些扫墓祭拜的活动中，别人这样对她说起她的几位姨妈："这是你最后一次见到她们了。"的确，她们的面庞，她们的躯体，她们的衰败，让她想叫着离开；或是在晚上全家聚餐时，桌布是一位已经去世许久的曾祖母绣的，除了她再也没有人想到那位曾祖母，只有她会想起年轻时的曾祖母，想到她的欢乐，想到她对生活的渴望，正如她自己，如闭月羞花般貌美，年轻时光彩照人，围坐在餐桌边的人都赞美她，而周围墙上悬挂的年轻漂亮的女性肖像，正是当年赞美她的人，如今却都已年老色衰，一脸疲态了。

于是，她热血沸腾，想要逃离，逃到一个没有衰老也没有死亡的地方。在那里，青春容颜永驻，生命始终桀骜不驯，光辉灿烂，但这样的地方并不存在。她回来后，扑到他怀里哭泣。于是，他不顾一切地爱着她。

他自己也一样，或许比她更甚，因为他出生在没有祖先也没有回忆的土地上。在这里，他的先人被消灭得一干二净。在这里，年纪一大便孤立无援，丝毫得不到他在〔　〕¹文明国家获得的那种忧郁的帮助。他宛如一片不停颤抖的单刃刀片，注定要一下子折断，永远也无法复原。生命中纯粹的激情要面对彻底的死亡。如今，他感到生命、青春和天地万物都在离他而去，他无力挽救，只能沉溺在盲目的希望之中。多年来，这股无名的力量推着他跨过岁月的长河，让他得到无尽的滋养。他希望这股力量可以与重重困境分庭抗礼，正如它曾不断给予他经历生活、迈向衰老的理由，也会给予他不加抵抗、平静离世的理由。

1. 一个无法辨认的词。

附 录

单页 I

4. 在船上。和孩子一起午睡 +14 年战争。

5. 在母亲家——暗杀。

6. 蒙多维之行——午睡——殖民化。

7. 在母亲家。童年后续——他找回童年而不是父亲。他得知他是第一个人。莱卡太太。

"她用尽全力吻了他两三下，紧紧地搂住他。松开他后，她注视着他，又一次搂住他亲吻了一下，就好像她在内心衡量了一下（她刚刚给予的）满怀的温情，断定还缺点儿[1]。随后，她转过身，她似乎不再想他，也没有想别的，有时用一种奇怪的表情望着他，就好像现在他成了多余之人，扰乱了她独自活动的那个狭窄、空旷和密闭的世界。"

1. 这句话在此结束。

单页 II

一个移民 1869 年写信给一名律师：
"如果阿尔及利亚能够经受医生的治疗，那它必须有极强的生命力。"

村庄四周是壕沟或围墙（四角建了塔楼）。

1831 年派出了六百个移民，一百五十个死在帐篷里。因此造成了阿尔及利亚孤儿众多。

他们在布发里克垦荒时肩背长枪，兜里揣着奎宁。"他像个布发里克人。"他们当中百分之十九的人死于 1839 年。咖啡馆把奎宁作为一般消费品出售。

毕若曾给土伦市长写信，请他挑选二十个健壮的未婚姑娘，在土伦为他的移民战士们举行了婚礼。这就是"火线婚礼"。不过，要尽量把事情办得圆满。经过核实，未婚妻可以调换。这便诞生了富喀军垦农场。

起初的集体劳动，便是军垦农场。

"地区性"殖民化。格拉斯的六十六个园艺师家庭将舍拉加殖民化。

阿尔及利亚各级市政府通常都没有档案室。

马翁人组成小群体，带着箱子和孩子登陆。他们的话值得记录。永远不要雇用西班牙人。他们把阿尔及利亚沿海地区变得繁荣富足。

比尔曼德雷和贝尔纳达的家。

［托纳克医生］的故事，米提贾平原的第一个移殖民。见德·邦迪科恩的著作：《阿尔及利亚殖民史》，第 21 页。

《皮雷特的故事》，同上，第 50 页和第 51 页。

单页 III

10- 圣布里厄 [1]

14- 马朗

20- 童年的游戏

30- 阿尔及尔。父亲及其死亡（+谋杀）

42- 家庭

69- 热尔曼先生和学校

91- 蒙多维 - 殖民化与父亲

II

101- 中学

140- 难懂自我

145- 青少年时期 [2]

---

1. 数字表示手稿的页码。

2. 手稿在第144页结束。

单页 IV

喜剧主题也很重要。把我们从深沉的痛苦中解救出来的，正是这种孤独和被抛弃的感觉，然而还未孤独到"他人"不"关注"我们的不幸的地步。正是在这种意义上，我们的幸福时刻有时是自己这种被抛弃的感觉膨胀，使我们陷入无尽的忧愁中。也正是在这种意义上，幸福常常不过是我们的不幸得到了同情的感觉。

敲穷人家的门——上帝将怜悯置于绝望旁边，就像将解药置于病痛旁边[a]。

a. 外婆去世。

年轻时，我对别人的要求多于他们对我的给予：持久的友情，永恒的激情。
现在，我对别人的要求少于他人对我的给予：无言的陪伴。而他们的激情、他们的友情、他们高尚的行为在我眼中奇迹般地保留着全部价值：优雅的完整效果。

玛丽·维通：飞机

单页 V

他曾是生活的主宰，冠以光彩夺目的天赋、渴望、力量和快乐，而他前来求她原谅的正是这些。她曾是屈服于岁月和生活的奴隶，什么也不知道，什么也不渴望，也不敢渴望，然而她却保留着一种完好无损的真实。他已经失去了这份真实，然而唯有真实才能证明人活着。

每星期四去库帕
训练、运动
舅舅
中学毕业会考
疾病
噢，母亲，噢，温情，受宠的孩子，比我的时代更伟大，比你屈从的历史更伟大，比我在这世上所爱的一切更真实。噢，母亲，原谅你的儿子曾逃离你的真实之夜。

外婆，专横，却站着服侍家人吃饭。

儿子让人尊重他母亲，打了他舅舅。

第 一 个 人

（笔记与提纲）

"没有什么抵得上卑微、愚昧、固执的生活……"
　　　　　　　　克洛岱尔《交换》

或还有
关于恐怖主义的谈话：
客观上她有责任（连带责任）
换个副词，或者我打你
什么？
不要汲取西方最愚蠢的东西。
别再说从客观上，或者我打你。

为什么？
你母亲是睡在阿尔及尔-奥兰火车前面吗？（无轨电车）

我不明白。
火车炸了。四个孩子死了。你母亲没有挪窝。客观地说，她还是有责任的*，那么你赞成枪毙人质。

*连带责任。

她不知道。
那个母亲也不知道。永远别再说什么从客观上。
承认有无辜者，或者我把你也杀了。你知道我做得出来。
是的，我见过。

a. 参看《阿尔及利亚殖民史》。

让ª是第一个人。
那么以皮埃尔为标志，给他一个过去，一个家园，一个家庭，一种道德（？）
——皮埃尔——迪迪埃？

沙滩上的青少年恋情——以及降临在海面上的夜幕——还有满天繁星的夜晚。

在圣艾蒂安和那个阿拉伯人相遇。两个逃亡者在法国的友谊。

征兵。我父亲应征入伍前，他从未见过法国。他见到了法国，被别人杀害了。
（这便是像我家这样卑微的家庭所给予法国的。）

雅克已经开始反对恐怖主义时，和萨多克的最后一次谈话。然而，他接待了萨多克，避难权是神圣的。在他母亲家，他们当着他母亲的面谈话。最后，雅克指着母亲说："看。"萨多克起身，走向他母亲，手放在胸口上，以阿拉伯人的方式躬身拥抱他母亲。然而雅克从未见他有过这种行为，因为他已经法国化了。"她也是我的母亲，"他说，"我的母亲死了。我爱她，尊敬她，就当她是我的母亲。"
（她遇袭，倒地不起。她很不幸。）

或者还有：
是的，我讨厌你们。对我来说，世上的荣誉属于被压迫者，而不是强者。那便是可耻之处。在历史上，一旦压迫者觉醒……那么……

再见，萨多克说。
留下来，他们会抓住你的。
那倒更好。他们嘛，我可以恨他们，我在仇恨中和他们相会。而你，你是我的兄弟，我们却分开了。

……

夜晚，雅克在阳台……远处传来两声枪响和奔跑声……
"怎么回事？"母亲问。
"没什么。"
"哦！我为你担心。"
他扑到母亲怀里……
随后，因留宿问题而被捕。
派他去烤东西　洞里的两法郎
外婆，她的权威
她的精力
他私留了零钱

阿尔及利亚人的荣誉观。

学习公正和道德，就是根据效果判断一种激情的好坏。雅克可以寻欢作乐——但是如果女人占据了他全部时间的话……

"我受够了为判定别人的对错而生活、行动和感知。我受够了按照别人赋予我的形象活在世上。我决定自治，我在相互依存中要求独立。"

皮埃尔会成为艺术家吗？

让的父亲是赶车人?

玛丽生病之后,皮埃尔发作了,是克拉芒斯式的(我什么也不爱……),由雅克(或格勒尼埃)解释这种堕落。

拿宇宙来比照母亲(飞机,以及它所能飞到的最遥远的地区)。

皮埃尔律师。伊夫通[1]的律师。

"我们是如此勇敢,如此骄傲,如此强壮……如果我们那时候有信仰,有上帝,那就没有什么能将我们击垮。但那时候的我们一无所有,所以必须学习一切,仅仅为了漏洞百出的荣誉而活着……"

这恐怕也是一个世界结束的历史——这些光辉年代充满了遗憾……

菲利普·库龙贝尔以及提帕萨的大农场。同让的友情。他在农场上方飞机失事而死。人们找到他时,驾驶杆插进肋部,脸砸在仪表盘上。碎玻璃片上布满血渍。

标题:游民。从搬家开始,以撤离阿尔及利亚土地结束。

两种狂热:贫妇及异教世界(智慧与幸福)。

大家都喜欢皮埃尔。雅克的成功与骄傲招致了他的敌意。

私刑处死的场面:

1. 共产党人,曾把炸药放进一座工厂。在阿尔及利亚战争中被砍头。

2. 一个无法辨认的词。

a. 他遇到他,见他未带武器,[挑起]决斗。

四个阿拉伯人被扔到卡苏尔山下。

他母亲是基督。

让人谈论雅克,由别人带出介绍,他们描绘的形象则互相矛盾。

有修养、爱运动、放荡、孤僻、最好的朋友、凶恶、忠贞不渝,等等,等等。

"他不爱任何人""找不到比他的更慷慨的心""冷淡疏远""热情如火",所有人都认为他精力充沛,除了一直躺着的他。

就这样逐渐描述这个人物的成长。

他说:"我开始相信我的无辜了。我曾是沙皇。我统治着万事万物,它们都由我支配(等等)。后来我明白,我没有足够宽广的心胸去真正地爱别人,我也对自己鄙视得要死。随后我承认,其他人也并没有真心去爱,只需接受自己跟所有人差不多就行了。
我决定不接受,我应该指责自己心胸不够宽广,我自由自在地摈弃希望,同时等待着机会到来,成为心胸宽广之人。
换句话说,我等待着成为沙皇但不乐享其成的时刻。"

还有:
人不能活得太真实——太明白——,这样做的人会脱离其他人,他再也不能分享他们的幻想。
他是一个怪物——我便是这样。

马克西姆·拉斯特伊:1848

年移民的苦难。
蒙多维——插入蒙多维的故事?
例如:1)坟墓,返回,以及[ ][2]在蒙多维
1-附)1848-1913年的蒙多维

他的西班牙一面
节制和好色
精力和虚无

雅克:"没有人能够想象我曾经遭受的苦难……人们敬佩成就大事的人。然而人们更应该敬重那些能够在他们那种处境下约束自己不犯弥天大罪的人。是的,敬重我吧。"

和伞兵中尉的谈话:
"你说得太精彩了。我们到旁边去,看看你是否还能滔滔不绝地讲。走吧。"

"好,不过我想事先告诉您,因为您可能从未遇到过男子汉。听好。我把要发生在您身旁的事算在您的账上,正如您所说的那样。如果我没有屈服,那就没什么事。只不过在日后,如果哪天有可能的话,我就会当众把口水吐到您脸上。如果我屈服了,逃脱了,无论是一年后还是二十年后,我都会杀了您,亲手杀了您。"

"照顾好他,"伞兵中尉说,"他可是个聪明人[a]。"

雅克的朋友"为使欧洲成为可能"而自杀了。为了成就欧洲,必须有一名自愿的牺牲者。

雅克同时有四个女人,因此过

着空虚的生活。

C.S.：当灵魂承受极大的痛苦时，就会渴望不幸，即……

参看：战斗运动史。

夏特在医院死去时，她邻居的收音机里正在播报无聊之事。——心脏病。极为虚弱。
"虽然我自杀，但至少我采取了主动。"

"你是唯一一个会知道我自杀的人。你了解我的原则。我一向痛恨自杀。由于它给别人带来的影响。如果有人坚持这样做，就得掩盖事实。出于慷慨。为什么我对你说这些？因为你喜欢不幸。这是我送你的礼物。祝你胃口好！"

雅克：跳跃的、全新的生活，人口和经验增多，全新和［冲动］的能力（洛普）——

结尾。她朝他伸出她那骨节粗大的双手，抚摸着他的脸颊。"你呀，你是最伟大的。"她那（略微衰老的眉弓中）深色的眼睛里有如此多的爱慕，以至于他内心深处的某个人——了解情况的那个——感到气愤……过了片刻，他把她搂在怀里。既然最具有洞察力的她爱他，他就应该接受，而为了确认这份爱，他应当更爱自己一些……

穆西尔的主题：在现代世界追求灵魂的救赎——D：《群魔》中的［往来］与分离。

酷刑。连带责任的刽子手。我从未能接近任何人——现在我们肩并肩了。

基督徒的状态：纯净的感觉。

这本书可能没有完成。例如："在把他带回法国的船上……"

他心生嫉妒了，不过他假装没事，扮演着芸芸众生的角色。随后，他便不再嫉妒。

四十岁时，他承认自己需要有个人给他指路，责备他或者赞扬他：一个父亲。权威而不是权力。

X看到一个恐怖分子朝……开枪。在一条漆黑的街道上，他听到那个人在他身后奔跑，便站住不动，猛然转身，勾脚将他绊倒，手枪落到地上。他捡起手枪，逼迫那人就范，随后想到不能将他放了，便把他带到远处的街上，让他在前面跑，然后朝他开枪。

兵营里的年轻女演员：一株草，煤渣堆上的第一株草以及这种强烈的幸福感。穷困而快乐。后来，她爱上了让——因为他纯粹。我呢？其实，我［不值得］你爱我。正是如此。能［引起］爱情的人们，哪怕是堕落者，都是国王和这个世界的证明者。

1885年11月28日：C.吕西安出生在乌来德-法耶：是C.巴蒂斯特（四十三岁）和科尔梅里·玛丽（三十三岁）的儿子。1909年（11月13日）与森戴斯·卡特琳小姐（出生于1882年11月5日）结婚。1914年10月11日死于圣布里厄。

四十五岁时，他比较了一下日期，发现哥哥出生在婚后两个月？然而，刚刚给他描述了婚礼的舅舅开始说起一条细瘦的长裙……

在家具乱堆的新屋里，是医生给她接生了第二个儿子。

1914年7月，她带着被塞浦兹的蚊子咬得身体红肿的孩子离开。
8月，征兵动员。
丈夫直接回到了阿尔及尔的［部队］。有一天晚上，他溜出来吻两个孩子。此后，她便再也没见过他，直到他的死讯传来。

一个遭到驱逐的移民摧毁了葡萄园，放出咸水渠的水……
"如果我们在这里的所作所为是一种罪恶，那就要铲除它……"

妈妈（说到N）：你被"录取"的那一天——"当你领奖的时候。"

克里克兰斯基和禁欲的爱情。

他对刚刚做了他情妇的玛塞尔不关心国家的不幸而感到惊奇。"进来吧。"她说。她打开门：她九岁的儿子——出生时被产钳夹坏了运动神经——瘫痪，不会说话，左脸向上斜，得喂他吃饭，给他洗澡，等等。他关上房门。

1. 格雷尼埃。

2. 一个无法辨认的词。

3. 一个无法辨认的词。

a. 强调破折号中间的内容。

他知道自己得了癌症，但没有说出来。其他人还以为他在演戏。

第一部分：阿尔及尔，蒙多维。他遇到一个阿拉伯人对他讲起他的父亲。他和阿拉伯工人的关系。

J. 杜艾：船闸。

贝拉尔死于战争。

当 F 得知了他和 Y 的关系后，她含泪嚷道："我也很漂亮。"而 Y 则喊道："啊！谁过来试试，来打败我。"

后来，这件事过去后很久，F 与 M 相遇了。

基督没有降临阿尔及利亚。

他收到她的第一封信以及看到她亲手写他名字时的感受。

理想的做法，如果这本书从头到尾是写给母亲的——只有在结尾才知道她不识字——是的，恐怕就是这样 a。

他在这个世界最大的希望，就是母亲能够读到所有关于她生命和血肉的东西，不过这是不可能的。他的爱，他唯一的爱，将永远保持沉默。

让这个贫困家庭摆脱穷人的命运，这命运便是不留一丝痕迹地从历史中消失。沉默的人。无论是从前还是现在，他们都比我伟大。

从他出生的那个晚上写起。第一章，然后是第二章：三十五年后，一个男人在圣布里厄下了火车。

Gr[1]，我把他视为父亲，他出生在我亲生父亲去世以及安葬的地方。

皮埃尔和玛丽。起初，他无法得到她：因此，他开始爱上她。相反，雅克和杰茜卡则拥有一见钟情的幸福。
因此，他花时间去真正爱她——她的身体掩饰了她。

［费加里］高原上的枢车。

德国军官和孩子的故事：为他而死，毫无意义。

吉耶词典中的书页：气味、插图。

制桶厂的味道：刨花的味道比锯末的更［ ］[2]。

让，永不满足。

他少年离家，独自生活。

在意大利发现宗教：通过艺术。

第一章结束：在此期间，欧洲调准了大炮，六个月后便开炮。母亲手里牵着一个四岁的孩子，怀里抱着一个被塞浦兹河畔的蚊子咬得全身红肿的孩子，他们一起来到了阿尔及尔。他们来到外婆家，在一个穷人社区的三居室里安顿了下来。"母亲，感谢您收留我们。"外婆腰板挺直，明亮而坚定的目光望着她："我的女儿，你得找活儿干。"

妈妈：像一个无知的宣告者。除了被钉上十字架，她并不了解基督的一生。然而，谁又能更了解呢？

早晨，在外省旅馆的院子里，等待 M。在他的感受中，这种幸福感从来都是昙花一现，而且有违道德——正因为有违道德，所以这样的幸福并不长久——甚至绝大部分时间都让他烦恼，只有少数的几次，就像现在，他强迫自己心态纯净，置身于清晨淡淡的阳光中，待在挂着亮晶晶露珠的大丽花中……

XX 的故事。
她来了，在使劲，"我是自由的"，等等，扮演着获得自由的人。随后，赤裸裸地躺到床上，尽力做到……最终，一个坏［ ］[3]。不幸的人。
她离开了丈夫——绝望的丈夫，等等。丈夫给另一个人写信："您有责任。继续去看她，否则她会自杀。"事实上，注定失败：喜欢绝对的东西。在这种情况下，寻求发展不可能之事——因此，她自杀了。丈夫来了。"您知道我为何而来。""是的。""好，选择权交给您，我杀了您或您杀了我。""不，选择的重担应该落在您身上。""杀吧。"事实上，典型的难题，受害者并不是真的负有责任。不过［也许］她对别的事负有责任，却从未付出过代价。荒谬。

XX。她内心有毁灭和死亡精神。

她［献身］于上帝。

———

一个自然崇拜者：一直猜疑食物、空气等。

———

在被占领的德国：
晚上好，长官先生。
晚上好，雅克应道，关上了门。他的声调让他诧异。他于是明白，许多征服者说话都带有这种腔调，因为他们对征服与占领都感到不自在。

———

雅克不想这样。他的所作所为，失去了自己的名字，等等。

———

人物：尼古拉·拉米哈尔。

———

父亲的"非洲忧伤"。

———

结尾。他带着儿子去圣布里厄。在小广场上，两个人面对面站着。你生活得如何？儿子问。什么？是的，你是谁，等等。（高兴）他感到周围死亡的影子变得厚重。

———

V. V. 我们这些处在这个时代、这个城市、这个国家的男男女女，我们相互拥抱，又相互排斥，恢复交往，最终分离。然而在这一整段时间内，我们在生活中互相扶持，表现出同甘共苦、一起斗争的绝佳默契。啊！这就是爱——对所有人的爱。

———

他在餐馆里总是点带血的牛排。四十岁时，他发现自己实际上喜欢煎得适中的牛排，一点也不喜欢带血的。

———

从艺术和形式的一切忧虑中解脱出来。无须媒介，找到直接的联系，这就是单纯。忘掉艺术，在这里就是忘却自我。并不是因为道德而放弃自我，恰恰相反，是因为接受地狱。想变得更优秀的人孤芳自赏，想享受的人也孤芳自赏。只有那个人放弃了他的现状、他的自我，接受发生的事及其后果。于是，这个人便在直接掌握中。
通过这种第二等级的单纯恢复希腊人或俄罗斯人的伟大。不要害怕。什么也别怕……但谁来帮我！

———

这天下午，在从格拉斯去戛纳的路上，他心中萌生出一种难以置信的激动。他突然发现，在多年的交往后，他爱上了杰茜卡，他终于爱上了她。她周围的世界和她相比，变得黯然失色。

———

我所说所写的事情与我毫无关系。不是我结婚，也不是我做了父亲，不是我……等等。

———

许多回忆录讲述了在阿尔及利亚殖民化过程中"找回的孩子们"。是的，我们都在这儿。

———

从贝尔库到市政广场，清晨的有轨电车。在车头，电车司机及他的操纵杆。

———

我要讲一个怪物的故事。
我要讲的故事……

———

妈妈和历史：有人跟她说了苏联的人造卫星："哦，我可不喜欢那么高的地方！"

———

倒叙章节。卡比利亚村庄的人质。被阉割的士兵——扫荡，等等。形势逐渐紧张，直到殖民化的第一声枪响。但为什么在此停住？该隐杀了亚伯。技术问题：一个章节或者倒叙追述？

———

拉斯代伊：一个移民，蓄着浓密的胡子，两颊的鬓发花白。
他的父亲：圣德尼郊区的一个木匠；他的母亲：洗小件布制品的女工。
此外，所有的巴黎移民（许多都是1848年革命党人）。巴黎的很多失业者。制宪会议投票通过决议，拨款五千万用于派人去建一个"殖民地"：
每个移民可以得到：
一座住宅
二到十公顷土地
种子、农作物，等等
食物配额
没有铁路（只开往里昂）。
从那里走水路——乘坐由马拉纤的驳船。《马赛曲》《出征之歌》，神甫的祝福，授予蒙多维的旗帜。
六条驳船，每条长一百至一百五十米。
睡在草垫子上。
女人们脱衣服时，互相拉起床单遮挡。近一个月的旅途。

———

在马赛大检疫站（一千五百人），一个星期。随后登上一艘旧驱逐舰：猎犬号。
在地中海米斯特拉尔大风中出发。
五天五夜——所有人都病倒。
博恩——所有居民都站在码头欢迎这些移民。
行李物品堆在底舱，有的丢失。
从博恩到蒙多维（坐在部队的

1. 作者在上面画了圈。

2. 作者在"无尽的遗忘"上面画了圈。

3. 一个无法辨认的词。

4. 一个无法辨认的词。

5. 两个无法辨认的词。

a. 1848年蒙多维。

辎重车上，男人们走路，把更多的位置和空间留给妇女和儿童），没有路。

摸索着穿越沼泽地、平原或者丛林，阿拉伯人投来仇视的目光，身边跟随着狂吠的卡比利亚狗群

——1848年12月8日[1]。蒙多维并不存在，军用帐篷。夜里，女人们哭泣

——阿尔及利亚的大雨整整下了八天，倾泻在帐篷上，河流泛滥。孩子们在帐篷里大小便。木匠建起了简易棚，用床单盖住家具。在塞浦兹河岸割下空心芦苇，以便孩子们能够将小便尿到帐篷外。

在帐篷里待了四个月，然后搭起了临时木板房，每个双套屋的木板房得住六家人。

1849年春天：炎热过早来临。人们在木板房里做饭。疟疾，尔后是霍乱。每天死八到十个人。木匠的女儿，奥古斯蒂娜死了，随后是他的妻子。他的内弟也死了。（人们把他们葬在凝灰岩层里。）

医生的处方：用跳舞来活络血液。

于是每天晚上，由乡村小提琴师伴奏，他们在两次葬礼的间隙跳舞。

直到1851年才分配土地。父亲死了。孤零零的罗西纳和欧也妮。

要去塞浦兹支流洗衣服，还得派一队士兵护送。

部队筑墙挖沟。他们亲自建造了小房子和小花园。

五六头狮子在村庄周围嚎叫（努米底亚黑鬃狮子）。豺狼。野猪。鬣狗。豹了。

袭击村庄。盗窃牲畜。

———

在博恩和蒙多维之间，一辆车子陷入泥中。乘客去寻找支援，只留下一个年轻的孕妇。人们发现她时，她的肚子被剖开，乳房被切掉。

第一座教堂：用柴泥建的四面墙，没有椅子，只有几条长凳。

第一所学校：枝条树枝建造的茅屋。三位修女。

土地：地块分散，人们背着枪耕种。晚上回到村庄。

一支有三千法国士兵的纵队夜里路过，抢劫了村庄。

1851年6月：暴动。几百名穿着阿拉伯斗篷的男人围住村庄。在小城墙上用火炉烟筒充当大炮。

———

的确，巴黎人下地种田了；许多人带着高筒黑礼帽去田地，他们的妻子身穿丝绸长裙。

———

禁止吸卷烟。只允许抽带有盖子的烟斗。（防止引发火灾。）

———

1854年建成的房屋。

———

在君士坦丁省，三分之二的移民几乎连镐和犁都还没碰一下就死去了。

古老的移民墓地，无尽的遗忘[2]。

———

妈妈。事实是，尽管当年我全心全意地去爱，却无法过那种盲目忍耐的生活，没有言语，没有计划。我无法过她那种无知的生活。于是，我跑遍世界，立业，创造，启发别人。我每天都忙得不可开交——但我的内心依然空空荡荡，犹如……

———

他知道他又要走了，再次欺骗

自己，忘记他所知道的。但他恰恰知道，他生活的真相就在这个房间里……

他肯定会逃避这个事实。谁能活在真实中呢？面对死亡，只要知道它在那儿，只需最终了解它，让它在心中滋养隐秘而无声的热忱。

———

妈妈临终时的基督教。贫穷、不幸、无知[ ][3]的女人，指给她看苏联人造卫星？愿十字架能够支撑她！

———

1872年，当父系家族安顿下来时，相继经历了：

——巴黎公社。

——1871年阿拉伯人暴动（在米提贾第一个被杀害的人是一名小学教师）。

阿尔萨斯人占据了暴动者的土地。

———

那个时代的规模

———

母亲的无知对应历史和世界的所有[ ][4]。

比尔·哈凯姆："很远"或"那边"。

她的宗教基于视觉。她知道她所看到的东西，却无法解释。耶稣就是受难，他倒下了，等等。

———

女战士。

———

写下他的[ ][5]以找回真实

———

第一部　迁徙的人

1）在搬迁途中出生。战后六个月[a]。孩子。阿尔及尔，父亲穿着佐阿夫军服，戴着一顶扁平狭边草帽上了战场。

a. 1850年马翁人——1872—1873年阿尔萨斯人——1914年。

1. 作者把这一整段都圈了起来。

2. 一个无法辨认的词。

3. 六个无法辨认的词。

4. 两个无法辨认的词。

5. 两个无法辨认的词。

b. 他午睡时的梦境。

2）四十年后。儿子在圣布里厄墓地父亲坟前。他回到了阿尔及利亚。
3）为了"那些事件"来到阿尔及利亚。
寻觅。蒙多维之行。
他找回童年,而不是父亲。
他得知自己是第一个人[a]。

第二部 第一个人

青少年时期:拳斗
体育和道德
成人时期:(政治运动,阿尔及利亚,抵抗运动)

第三部 母亲

爱心
王国:从前的运动伙伴、老朋友,皮埃尔,老教师以及他两次应征入伍的故事。
母亲[1]
在最后这部分中,雅克向母亲解释了阿拉伯问题、克里奥尔文明和西方的命运。"是啊,是啊。"她说道。随后是全面忏悔,结束。

———

这个男人身上有一个谜团,他想要解开的一个谜团。然而,这个谜团最终只是贫穷之谜,贫穷让人们没有姓名,没有过去。

———

海滩上的青春时代。充满欢呼、阳光、拼命努力,或隐约或明晰的欲望的时光过后,夜幕笼罩在大海上。一只雨燕在空中高声鸣叫。他的心中充满忧虑。

———

最终,他以恩培多克勒为榜样。独自生活的[ ][2]哲学家。

———

我想在此书写两个血脉相连之人的故事以及他们所有的差异。她仿佛是这世上最美好事物的化身,而他则是平静的怪物。他投身到历史的疯狂中;而她穿越了同一历史,却像走过其他平常的时代。大多数时间,她都静默不语,只用几个词来表达;而他则滔滔不绝,但千言万语也道不出她仅用沉默便能表达出的意思……母亲与儿子。

———

自由选择任何语气。

———

直到那时,雅克都觉得自己和所有受害者休戚相关,现在又认识到他和刽子手也连为一体。

———

他的忧伤。定义。

———

应当做自己生活的旁观者。以便在其中加入梦想来让生活圆满。但大家都在生活,其他人则向往你的生活。

———

他注视着她。一切都静止不动,时光流逝,伴随劈里啪啦的声响。仿佛看电影时发生的故障,画面消失了,在漆黑的电影院里只能听到机器运转的声音……
面对空白的银幕。

———

阿拉伯人出售的茉莉花项链。一串黄色和白色的花朵,芬芳馥郁[ ][3]。项链很快凋谢枯萎[ ][4],花儿变黄[ ][5],但花香驻留在陋室里久久未曾散去。

———

5月的巴黎,栗树的白色花簇随处可见,随风摇曳。

———

他爱母亲和孩子,以及一切由不得他选择的东西。最终,他争辩一切,质疑一切。他所爱的,从来都是必须爱的。命运强加给他的那些人,他所面对的世界,生活中所有他无法回避的东西,疾病、使命、荣誉或者贫穷,总之,是他的宿命。剩下的,对于他得选择的东西,他就尽力去爱,这不是一回事。他无疑经历过惊叹、激情,甚至经历过温情脉脉的时刻。然而,每个时刻都把他抛向其他时刻,每个人又把他推向其他人。结果,他从未爱过自己做出的选择,除非经历一些事情,否则那些逐渐强加在他身上的选择,偶然而自愿地持续了一阵,最终变成不可或缺的:杰茜卡。真正的爱情不是一种选择,也不是一种自由。那颗心,尤其是那颗心不自由。这是不可避免的,也是对不可避免的承认。而他,他全身心去爱的,从来都只是不可避免之物。现在他要爱的,就只剩下自己的死亡了。

———

[b]明天,六亿黄种人,几十亿黄种人、黑种人、棕色皮肤的人,一齐涌向欧洲的海角……最好[让他转变]。于是,教给他和与他相像的人的所有知识,所有他学过的知识。在这一天,与他同种族的人,他为之生存的全部价值观,都变得无用而消亡了。那么,还有什么价值呢?……他母亲的沉默。他在母亲面前放下武器。

M十九岁。他那时三十岁了,

1. 一个无法辨认的词。

a. 这一切属于一种抒情风格（非经历过的），绝非现实的。

b. 法国人是对的，但他们的道理压制着我们。因此，我选择了阿拉伯人的疯狂，被压迫者的疯狂。

他们彼此还不认识。他明白人们无法追溯时光，无法阻碍所爱之人的过往、曾经的作为和遭遇，人们无法把握自己的选择。因为在出生后第一次啼哭时，就得做出选择。我们生来就是分离的——母亲除外。人只能拥有必然有的，必须回归（参看前面的注释）并屈从于它。这是多么深的怀念，多么大的遗憾啊！

必须放弃。不，学会去爱不纯洁的东西。

最终，他请求母亲原谅——为什么，你是个好儿子——这是因为她不知道其他事，甚至无法想象 [ ]¹，她是唯一一个能够给予原谅的人（？）

既然我倒叙，就先介绍杰茜卡的老年，再介绍她年轻的时候。

他娶了 M，因为她从不了解男人，他为之着迷。
总之，他因为自身的缺点而娶了她。
随后，他将学会爱那些献身的女人——也就是说——爱生活中令人厌恶的需求。

用一个章节写 1914 年的战争。我们这个时代的孵化器。母亲眼中的？她既不了解法国或欧洲，也不了解世界。她还以为炮弹是自行爆炸的，等等。

交错的章节，要让母亲说话。对同一些事实的评论，但是只用她那四百个词语。

总之，我要讲述我所爱的人。也仅仅讲述这些。无比的快乐。
ª 萨多克：
1）"但是为什么你要这样结婚，萨多克？"
"我应该按照法国方式结婚吗？"
"按照法国方式或其他的！为什么你要屈服于一种你认为愚蠢而残忍的ᵇ传统风俗呢？"
"因为我们人民的特色就是这种风格，没有其他风格，他们坚持这样的风格。脱离了这种传统，便是脱离了人民。因此，明天我要走进这个房间，我要剥光一个陌生女子，在枪声中强奸她。"
"好吧。在此之前，我们去游泳吧。"

2）"怎么样？"
"他们说，目前，必须强化反法西斯阵线，法国和俄罗斯必须共同保卫国家。"
"她们不能在自卫的同时，在国内弘扬正义吗？"
"他们说那是以后的事，要等等。"
"这里等不来正义，这你知道。"
"他们说如果你们不等的话，那么你们在客观上就是帮助了法西斯。"
"因此，监狱是你们从前同志的好去处。"
"他们说，这很遗憾，但别无他法。"
"他们说，他们说。那你呢，你就沉默。"
"我沉默。"他望着他。
天开始热起来了。
"那么，你背叛我？"
他没有说"你背叛我们"，是对的，因为背叛涉及肉体、个人等等。

"不，我今天就离开党……"

3）"记住 1936 年。"
"对于共产党人来说，我不是恐怖分子。我是反对法国人的恐怖分子。"
"我是法国人。她也是。"
"我知道。就算你们倒霉。"

"那么，你背叛我了。"
萨多克的眼里闪烁着一种狂热的光芒。

如果我最终选择按年代叙述，雅克太太或医生将是蒙多维第一批移民的后代。
我们不要抱怨，医生说，只要想象一下第一批到达这里的我们的祖先，这里……等等。

4）雅克的父亲在马恩河被杀。这个默默无闻的生命留下了什么？什么也没有，不可触碰的回忆——在森林大火中，一只蝴蝶的翅膀被烧成灰烬。

阿尔及利亚的两种民族主义。在 1939 年和 1954 年间的阿尔及利亚（叛乱）。在阿尔及利亚人的意识中，第一个人的价值观就代表了法国人的价值观。两代人的历史变迁印证了现状。

在米利亚纳的夏令营，驻军兵营中早晚吹响的号角。

爱情：他多希望她们都是没有过去、没有男人的处女。他唯一遇到的一个，也的确就是这样的人，他和她共度一生，但他自己却没能做到忠贞不渝。因此他希望女人们不要像他这样。他与那些跟他相像的女

[1] 可能是他的父亲，吕西安·加缪。

人走得很近，这是他的性格使然。他爱她们，疯狂、热烈地占有她们。

青少年时期。他生命的力量，他生活的信仰。然而，他咯血了。因此，生活变成这般模样，医院、死亡、孤独，如此的荒诞，从而分散了精力。而在他内心深处：不，不，生活是另一番景象。

从戛纳到格拉斯路上的灯光……
他知道，即使他应该回到他一直生活的枯燥乏味中，他也要献出他的生命、他的心、他全部的感激。这份感激曾允许他有一次，也许仅仅一次，但就是这么一次，让他拥有……

最后一部分以以下画面开始：一头盲驴多年来一直耐心地围绕戽斗水车转，忍受着鞭打、恶劣的天气、太阳暴晒、苍蝇叮咬，还得忍受着这种枯燥单调、痛苦又缓慢的绕圈活动，河水不停地涌上来。

1905年。L.C.[1] 参加的摩洛哥战争。
但在欧洲的另一端，还有卡利亚耶夫。

L.C. 的生活。除了生存的意愿，整个一生都并非出自自己的意愿。孤儿。农业工人，不得不娶他的妻子。他的一生就这么不情愿地过着——随后战争杀了他。

他要去看格雷尼埃："像我这样的男人，我承认，就应该服从。他们需要专横的规则来约束，等等。宗教、爱情等：对我来说是不可能的。

因此，我决定服从您。"

随之而来的（消息）。
最终，他不知道谁是他父亲。但他自己，他又是谁呢？第二部。

无声电影，给外婆念字幕。

不，我不是一个好儿子：好儿子是留下来的那个。我呢，跑遍世界，我欺骗了她，因为虚荣、荣誉、百来个女人。
"但是，你那时只爱她吗？"
"啊！我只爱过她？"

当他在父亲墓旁，他感到时间解体了——这种新的时间顺序便是这本书的顺序。

他是个放荡的男人：女人，等等。
因此［过渡］使他受到了惩罚。随后他知道了。

在非洲，当夜幕快速笼罩大海，笼罩着高原和起伏不平的山脉时，便会让人感到焦虑不安。这是神圣的不安，面对永恒的惊恐。夜晚在德尔弗山边产生了相同的效果，寺庙突然出现在山中。但是，在非洲土地上，寺庙都被摧毁了，只残留着心中这份难以承受的沉重。它们消失了多少啊！在一片静寂中，背离了一切。

他们不喜欢他的地方，是阿尔及利亚人的东西。

他与钱的关系。一方面是由于贫穷（他什么也不给自己买），另一方面是由于他的骄傲：他从不讨价还价。

最后，向母亲忏悔。
"你不理解我，然而你是唯一一个能原谅我的人。许多人愿意原谅我。也有很多人以各种语调叫嚣我有罪。当他们对我说的时候，我并没有罪。另一些人有权对我这样说，我知道他们说的有道理，我应该获得他们的原谅。但是人们向那些自己心里知道能原谅自己的人请求原谅。仅仅是原谅，而不是要求你值得原谅，等待原谅。［然而］只是对他们诉说，对他们讲出一切，获得他们的原谅。我能请求原谅的那些男男女女，我知道尽管他们满怀诚意，但在他们心中的一隅，不能原谅也不会谅解我。只有一个人可以原谅我，但我对他从未犯有罪过，我把整颗心都给了他。我本可以去找他，我经常默默地这样做，但是他死了，我茕茕孑立。只有你可以这样做，但是你不理解我，不能读懂我。因此，我对你诉说，我给你写信，都只给你一个人。等写完了，我请求你原谅，不加任何解释，你会对我报以微笑……"

雅克在逃离秘密编辑部时杀了一个跟踪者（那人表情奇怪，走路跟跟跄跄，身子微微前倾。于是，雅克感到身体里腾起一股怒火：他再次出拳，从下往上击中那人［喉咙］，

鲜血立即从脖子下面的大洞涌出。随后，他又厌恶又暴怒，疯了一般直视着对方，又朝那

1. 四个无法辨认的词。
2. 一个无法辨认的词。
3. 四个无法辨认的词。

人打去 [ ]¹，也不看看他打在哪里……）……然后，他去了旺达家。

贫穷无知的柏柏尔农民。移民。士兵。没有土地的白人。（他爱他们，是他们，不是那些穿着尖头黄皮鞋，戴着围巾，只从西方学习糟粕的混血儿。）

———

结尾。
归还土地，那些不属于任何人的土地。归还那些无法买卖的土地（是的，基督从未降临在阿尔及利亚，因为在这里，连修道士也有产业和租地）。
他望着母亲，然后又望了望其他人，喊道：
"归还土地吧。把所有的土地都分给穷人，分给那些一无所有的人，他们如此穷困，从未奢望过可以拥有土地。分给那些在这个地方和她一样的穷苦大众，其中大部分是阿拉伯人，也有一些法国人。他们坚忍、顽强地在这里生活或幸存下来，仅仅依靠唯一有价值的名誉活在世上，即穷人的名誉。把土地交给他们，就像把圣物交给圣人。而我呢，重返贫穷，总之，又得浪迹天涯，我会面带微笑，幸福地离去。我知道自己如此爱恋的土地以及我尊敬的她和那些人，终于可以在我出生时顶着太阳会聚在一起了。"（于是，默默无闻的贫苦大众变得人丁兴旺，我会重新成为他们中间的一员——我将再回此地。）

———

反抗。参看《阿尔及利亚的明天》，第 48 页，塞尔维亚出版社。

阿尔及利亚民族解放阵线的年轻政委们，他们将战争命名为"塔尔赞"。
是的，无论日晒雨淋，我指挥，我杀人，我生活在山里。你曾给我的最好建议是什么：贝蒂讷行动。
而萨克多的母亲，参看第 115 页。

———

与……相对抗，在世界最古老的历史中，我们是第一批人——不是在 [ ]² 报纸上宣扬的那种衰败的人，而是迎接不同时代朦胧曙光的人。

———

没有信仰、没有父亲的孩子们，别人推荐给我们的老师让人反感。我们在生活中没有合法地位——骄傲。

———

人们称之为新生代的怀疑论——谎言。
从什么时候起，拒绝相信说谎者的老实人成了怀疑论者？

———

作家这一职业的高贵之处在于反抗压迫，因此甘于寂寞。

———

帮助我扛住不幸的命运，或许也能帮助我接受幸运——而支撑着我的，首先是伟大的思想，艺术在我脑海中形成了极其伟大的思想。
对我来说，它并非高于一切，只是因为艺术和任何人都分不开。

———

[古代文化] 例外。
作家从奴隶开始。
他们获得了自由——这不是 [ ]³ 的问题。

———

K.H.：所有的夸大都毫无意义。但是 K.H. 先生在被夸大之前就毫无价值。他坚持要兼职。

两 封 书 信

亲爱的热尔曼先生：

我待最近周围的嘈杂声少一些，才来和您谈一谈心声。人们刚刚给予了我极大的荣誉。这份荣誉，我既没有追求过也没有要求过。然而，当我得知这个消息时，除了我母亲以外，我首先想到的便是您。如果没有您，如果没有您向当年还是贫苦小男孩的我伸出热情的援手，如果没有您的教诲，没有您的榜样，那么这一切就都不会发生。这个荣誉的世界并非我所求。但这至少是一个契机，可以向您表明您曾经并将永远在我心中占据一席之地。我也向您保证，您为之付出的努力、您的工作以及您的慷慨，都会在您的一个小学生心中永存，尽管年岁虚长，但他始终是您的学生，永远对您心怀感恩。我紧紧地拥抱您。

阿尔贝·加缪
1957 年 11 月 19 日

我亲爱的小家伙：

我已经收到了你寄来的《加缪》一书，上面有作者让·克洛德·布利斯维尔先生的亲笔题词。

我不知道该如何向你表达你的慷慨之举给我带来的快乐，也不知道该如何感谢你。如有可能，我要紧紧拥抱你这个大男孩，对我来说，你永远是"我的小加缪"。

我还没有看完这部作品，只看了头几页。加缪是谁？我感觉那些试图探究你个性的人们，并没有完全成功。你在显示你的本性和感情时总会展现出本能的腼腆。你为人朴实、率真，因此容易掩饰真实的自己。另外，还有善良！这些印象是你在课堂上留给我的。

尽职尽责的教师从不会忽视任何了解他的学生、他的孩子们的机会，他会始终这样做。一个回答、一个举止、一个态度，都能充分揭示个性。因此，我以为十分了解当时的你，那个可爱的小家伙。通常，孩子身上孕育着日后成人的胚芽。你在课堂上表现出的快乐是全方位的。你的脸上表现着乐观的情绪。观察你的样子，我从未对你家庭的实际状况有过怀疑，直到你妈妈为你的奖学金名额来找我时，我才有所察觉。此外，这事发生在你将离开我的时候。在此之前，我一直觉得你和同学们的家境相当。你总是表现得很得体。像你哥哥一样，你的穿着整洁大方。我认为这是对你妈妈最好的赞誉。

再回到布里斯维尔先生的这本书，他在书中穿插了大量的照片。我激动万分地从照片上认识了你可怜的父亲，我一直将他当作"我的同志"。布里斯维尔先生好心提到了我：我对此向他表示感谢。

我看到研究和评论你的著作越来越多。看到你并未被你在文坛的声望（这是不争的事实）冲昏头脑，我感到甚是欣慰。你还是加缪：真的很棒！

我饶有兴趣地看了你改编并搬上舞台的戏剧《群魔》，情节一波三折。我太爱你，当然要祝贺你获得极大的成功：这是你应得的。马尔罗也想给你一个剧本。我知道，你酷爱戏剧。但是……这么多活动同时进行，你都能顺利完成吗？我担心你过于劳累。请允许你的老朋友提醒你：你有一个温柔的妻子和两个孩子，她们需要丈夫和爸爸。关于这一点，我要跟你说说我们师范学院院长时常对我们说的话。他对我们非常非常严厉，让我们看不到，也感受不到他对我们的爱。"人性是一本厚重的书，上面仔细地记录着你所有的过分行为。"我承认，多次在我快要遗忘的时候，这明智的忠告将我牢牢托住。这么说吧，尽量让人性这本厚重的书留给你的那一页保持空白吧。

安德丽提醒我说，我们在一档关于《群魔》的电视文学节目中见过你，听到过你说话。看到你回答那些提问，真让人感动。我不由狡黠地想到，你料想不到我终于又看到了你，听到了你的声音。这稍稍补偿了你不在阿尔及尔的缺憾。我们已经很久没有见到你了……

结束之前，我想对你讲讲，我作为非宗教学校的小学教师，面对密谋威胁我们学校的计划所感受到的痛苦。我认为，在整个教学生涯中，我都做到了尊重孩子身上最神圣的东西：寻求自己真理的权利。我爱你们所有的人，我认为我已经尽了最大努力不去表露我的观点，避免压制你们年轻的智力。当涉及到上帝的问题（在教学大纲中），我只说一些人相信，另一些人不信。每个人完全有权利去做自己想做的事情。同样，对于宗教的章节，我仅限于指出存在着哪些宗教，人们可以根据自己的意愿去信仰。根据事实，我也补充一下，有些人什么宗教活动也不参加。我知道，这无法取悦那些想把小学教师变成传教士，更确切地说，变成天主教传教士的人。在阿尔及尔师范学校（当时位于加朗公园内），我父亲和他的同学们不得不每个周日去做弥撒，去领圣体。有一天，他厌倦了这种束缚，便把"献身"圣体饼夹在了弥撒经书中，并把书合上。校长得知了此事，毫不犹豫地将我父亲开除。这就是"自由的学校"的拥护者们想要的东西（自由地……像他们一样去思考）。如今国民议会的构成，我担心结果不妙。《鸭鸣报》指出，在某个省，非宗教学校一百多个班级墙上挂着耶稣受难十字架。在我看来，这对孩子的思想意识造成了强烈的侵害。在不久的未来又会变成怎样呢？这些想法让我深感忧虑。

我亲爱的小东西，我快写完四页了，这是在占用你的时间，请原谅我。这里一切都好。我的女婿克里斯蒂安，明天就将开始他第二十七个月的兵役生活了！

要知道，即使我不写信，我也经常想念你们全家人。

我和热尔曼太太紧紧地拥抱你们全家四口。

向你们致以诚挚的问候。

路易·热尔曼

1959年4月30日于阿尔及尔

我记得有一次，你和班上那些像你一样初领圣体的同学们一起来看我。你看上去很快乐，身穿盛装庆祝节日，你对此颇感骄傲。坦诚地说，看到你们快乐，我也很高兴。我以为，你们之所以参加初领圣体仪式，是因为你们喜欢吧？那么……